Pilar Baumeister

Exotische Geschichten

Wo komme ich her?

Herstellung und Verlag:
BoD – Books on Demand, Norderstedt

ISBN 978-3-7347-4194-4

Inhalt

Die unehelichen Kinder (Lateinamerika)

„Ich bin ein Flüchtling", sage ich zu dem Mann auf dem Schiff, der mich mit interessierten Augen betrachtet.

Er ist viel jünger als ich, um die fünfundzwanzig, er heißt Tom und ist der Neffe des Kapitäns.

„Flüchtling?" wiederholt er erstaunt. „Aus welchem Krieg sind Sie geflüchtet? Aus dem ehemaligen Jugoslawien? Aus Uganda? Aus Äthiopien?"

„Nein, aus einem lateinamerikanischen Land. Ich war die uneheliche Tochter eines Diktators."

„Lebt Ihr Vater nicht mehr?"

„Sofern ich es von der Zeitung weiß, nein. Seit meiner Flucht sind schon ein paar Jahre vergangen. Ich war damals 22, als ich mit einem Schiff meine Heimat verließ. Jetzt befinden wir uns auch auf einem Schiff, aber es ist eine ganz andere Situation. Das hier ist eine Kreuzfahrt in die Karibik zum Vergnügen, damals war es Flucht. Ich war ein blinder Passagier ohne Papiere."

„Erzählen Sie mir die Geschichte, Frau Harmony. Ich höre Ihnen gerne zu. Sie haben sich einen neuen Namen zugelegt, nicht wahr?"

„Ja, es ist ein Teil meiner neuen Identität, Harmony... Ich beginne dann mit meinem Hauptthema, den unehelichen Kindern."

Franco hatte keine unehelichen Kinder. Dafür war er zu katholisch, obwohl auch Päpste, Priester und Nonnen bekanntlich solche gezeugt oder geboren haben. War nicht Rodrigo Borgia (später Alexander VI.) der Liebhaber zahlreicher Frauen, unter anderen Vanozza de' Cattanei und Giulia Farnese? Als Kardinal hatte er sieben Kinder und im selben Jahr als er Papst wurde, noch eine Tochter, Laura.

Franco wollte seine fade Ehe mit Carmen Polo, der „Frau der Perlenketten", wie sie genannt wurde, zurecht erhalten, und es gab nie irgendwelche Gerüchte, dass er sie betrogen hätte, so erzählten es mir meine spanischen Verwandten aus Sevilla. Ein einziges Kind, eine eheliche Tochter, entstand aus dieser Verbindung. Aber Franco war die Ausnahme. die meisten Diktatoren haben uneheliche Kinder, wie zum Beispiel Fidel Castro (dem sieben nachgesagt werden) und Kim Jong Il aus Korea (neun mindestens, mit Schauspielerinnen und Sängerinnen). Viele der Diktatoren sind auch selbst unehelich. So steht es auf meiner langen Liste: Stalin, Castro, Hussein, Manuel Noriega (Panamá), Eva Perón... Ob ihr Machttrieb etwas mit der Dunkelheit ihrer Geburt und der erlittenen Ungerechtigkeit zu tun haben? In meinen vielen Studien und Nachforschungen über Diktatoren (und Sie müssen wissen, dass das meine große Leidenschaft ist, meine Sucht und meine Manie) habe ich zahlreiche Hypothesen aufgestellt, u. a. dass die meisten so heersüchtig und machtbesessen wurden, gerade weil sie am Rande der Gesellschaft lebten, im Verborgenen, enterbt, außerhalb der traditionellen Familie, nur als Schmutzfleck und Sünde verstanden, vom Vater verleugnet und von einer im höchsten Grade gedemütigten Mutter zur Welt gebracht, einer Sklavin, einer Nebenfrau ohne Rechte wie das Kind selbst.

Ich glaube, unsere moderne Zeit ist viel besser in der Hinsicht. Jedes Kind, egal aus welcher Art von Beziehung, besitzt den gleichen Wert vor dem Gesetz und darf nicht aufgrund seiner Geburt benachteiligt werden. Und auch die unverheirateten Mütter werden nicht mehr so schief, wie Verbrecherinnen, angesehen.

Ich rede aus Erfahrung, denn ich gehöre auch in diese Gruppe... nicht in die der Mütter eigentlich, sondern in die der unschuldigen, Gezeugten, die der Bastarde, ohne sichtlichen Vater, in die Klasse der Königskinder, aber ohne Beachtung in der Thronfolge, denn das gilt immer noch in allen königlichen Häusern trotz des fortschrittlichen Denkens heutzutage.

Eine Überraschungsmischung aus den verschiedensten Schichten, bin ich... aus Dienerschaft und Aristokratie. Ich mache mich kundig über meine ganzen Vorfahren auf dem Gebiet in der Geschichte. Ich denke zum Beispiel an Juana, Beltraneja genannt, die nie zur Königin wurde weil sie als angebliche Tochter des Favoriten ihrer Mutter, Beltrán de la Cueva, vom kastilischen Adel nicht akzeptiert wurde, oder an die drei unehelichen Kinder Ferdinands, des katholischen Königs. Diese Beltraneja ist eine der traurigsten Figuren der Geschichte, zusammen mit Ana, der unehelichen Tochter von María de Mendoza und Juan de Austria (Nichte des Königs Philip II), die gezwungen wurde, gegen ihren Willen Nonne zu werden. Und heute ist es auch nicht viel anders. Der Hof schließt den Bastard automatisch aus. Man kann sich eine geschiedene Frau noch als Königin vorstellen, aber nicht eine außereheliche ungekrönte Prinzessin, die der Vater nicht anerkennt und die Stiefmutter gewöhnlich hasst oder ignoriert. So vergessen viele oft die Stimme des eigenen Blutes. Andererseits gibt es aber Regierungsformen wie die römische, die es den Kaisern erlaubte, gerade fremde Kinder zu adoptieren und sie zu ihren Nachfolgern zu bestimmen. Warum hat mich kein fremder Vater adoptiert und mich zu einer wichtigen Gestalt im Hof gemacht?

Ich lächle pervers, zynisch und traurig. Denn es nützt mir wenig, dass die Vorurteile weniger sind. Und vielleicht sitzen sie genau so stark und mächtig, nur dass die Menschen jetzt über mehr Antidiskriminierungssätze verfügen, Waffen der Verstellung, theoriefungierte Gleichheitsgesetze, aber ohne Wirkung. Na ja, ich kann im Moment viel reisen und könnte einen Ländervergleich womöglich anstellen, um über die praktische Anwendung von Gesetzen in anderen Ländern zu erfahren. Aber damals war ich noch nicht aus meiner armen Heimat herausgekommen.

Auch wenn ich nicht seinen Namen trug, wussten alle Menschen in der kleinen Stadt, wo ich lebte, wer mein Vater eigentlich war. Er hieß Orlando Mistral Sánchez. Er war wie Rafael Leónides Trujillo in der dominikanischen Republik der 50er Jahre, ein lasterhafter, prinzipienloser und brutaler Diktator, der sich immer neue Frauen holte, sie vergewaltigte und, falls sie gebunden waren, deren Ehemänner oder Verlobte tötete oder verbann. So hatte es Trujillo auch mit den armen Schwestern Mirabal getan, - Minerva, Patria, Maria Teresa und Dedé - die später zu hoch angesehenen Märtyrerinnen und Nationalheldinnen des Landes wurden. Von 1930 bis 1961, als er ermordet wurde, litt man unter dieser grausamen Diktatur.

Mein Vater hatte über 35 Kinder. Es war unmöglich, sie alle statistisch zu erfassen, und deshalb bekam er hin und wieder noch eine Überraschung über eine nicht von vornherein bekannte Vaterschaft.

Eines Tages heiratete er plötzlich seine alte Geliebte, meine Mutter, die zu seiner dritten Ehefrau wurde. Die Gründe dafür waren rätselhaft, denn er liebte keinen Menschen eigentlich. Er liebte mehr die Hunde und die Katzen als die Menschen. Außerdem bot ihm meine Mutter keinen sexuellen Reiz mehr; seit meiner Geburt, wobei sie beinahe gestorben wäre, war sie sehr keusch und religiös geworden. Aminta, die Heilige, wurde sie genannt. Sie war nicht nur gutherzig, sondern sie konnte auch mit ihrem sanften Gebet Krankheiten heilen, so sagten die Leute mit großem Respekt. Vielleicht war das auch der Grund, warum er sie heiratete, er fühlte sich schon ziemlich alt, krank und pflegebedürftig.

Am Tag ihrer verspäteten Hochzeit war ich schon 16 Jahre, fünf Monate und drei Tage alt. Ich hatte sehr zwiespältige Gefühle gegenüber meinem Vater, den ich nicht mochte und manchmal mit wahrem Entsetzen anschaute. Aber andererseits war es ein Glückstag für mich, denn ich war rehabilitiert für die Gesellschaft, die legitime Tochter eines reichen und mächtigen Mannes. Ich brauchte nicht mehr in fremden Wohnungen putzen zu gehen, stattdessen würde ich jetzt Privatlehrer und alle Mittel zu einer guten Ausbildung bekommen. Alle Menschen waren auf einmal sehr nett zu mir und behandelten mich wie eine Prinzessin.

„Hallo Harmony. Heute ist dein Glückstag. Statt Mitleid mit dir zu empfinden wie bisher, bewundern wir dich und die unvorhergesehene Wende deines Schicksals."

Darauf war ich natürlich stolz, auf die schönen Kleider, die man mir schenkte und auf meine Mutter, die wie eine aristokratische Dame aussah, eine rührende Braut auch voller guten Gedanken für uns alle, sogar für den widerlichen Orlando Mistral, dem sie jetzt noch mit etwas Hoffnung begegnete: „Wer weiß? Vielleicht befindet er sich auf dem Weg der Einsicht und der Besserung."

„Mich wird er nicht bestechen," dachte ich bitter und rachesüchtig. „Ich bin nicht so blauäugig wie meine Mutter. Dieses Monster! Muss ich ab heute seinen Bart küssen? Das ist die wohlverdiente Strafe für meine ganzen Privilegien. Aber als uneheliche Tochter habe ich das auch manchmal tun müssen, und jetzt habe ich auch Rechte, nicht nur Pflichten."

Ein Bischof kam am Tag vor der Hochzeit in unser bescheidenes, armes Zuhause, und ich beichtete ihm meine rebellischen

Gedanken. Er wurde sehr streng zu mir, verteidigte das Monster Orlando als guten Sohn der Kirche und hielt mir eine lange Predigt, die ich überhaupt nicht verstehen konnte, denn in der ganzen Angelegenheit war ich doch die am wenigsten Gefragte gewesen.

„Du bist böse, Harmony. Du sollst deine Eltern ehren und lieben. Du solltest dankbar sein, dass er sich jetzt so gut zu euch verhält."

Er segnete meine Mutter und mich, empfahl uns viel Geduld für die Zukunf, Freude an den Veränderungen und einen starken Glauben an Gott.

„Ja, Geduld wird das Monster uns abverlangen," dachte ich gedrückt und voller Ahnungen.

Noch andere hohe Persönlichkeiten kamen vor der Hochzeit in unsere Hütte und zerstreuten mich ein wenig. Meine hysterische, launenhafte Großmutter, die mich bisher keines Blickes gewürdigt hatte, kam uns besuchen, lobte meine Manieren, meine Schönheit und gab mir etwas von ihrem Schmuck, natürlich nur Modeschmuck, aber immerhin... Es gefiel mir, so viel Glanz zu sehen, und meine Mutter bekam eine sehr wertvolle Kette. Dann kamen viele Diener und Nachbarn des neuen Hauses, in dem wir in Zukunft leben würden. Plötzlich Diener zu bekommen schien mir sehr komisch, es brachte mich zum Lachen, wie wenn man gekitzelt wird. Stellenweise verging mir das Lachen jedoch, denn ich fand es sehr kompliziert, und ich konnte mich mit dem Gedanken nicht anfreunden. Camila Ortiz war wie eine Spionin und von Anfang an mochte ich sie nicht. Die anderen aber riefen eher mein Mitleid hervor, wenn ich sah, wie viel sie arbeiten mussten und wie oft Orlando sie beschimpfte.

„Senorita Harmony. Seien Sie meine Verbündete. Legen Sie ein gutes Wort für mich bei Ihren Eltern ein."

Ein Gefühl von unbequemer aber gleichzeitig interessanter Macht wurde zum ersten Mal bei mir wach. Meine neue Zopfe Estrella wollte mir bei allem helfen, was mich sehr verunsicherte, denn ich war daran gewöhnt, alles alleine, ohne Hilfe zu machen.

„Ich lege Ihnen alles zurecht: die Wäsche, die Bücher, die Sie lesen möchten; ich bereite das Bad für Sie. Ich bringe Ihnen morgen das Frühstück ans Bett."

Von all diesen genannten Hilfen war es die letztere, die mir wirklich Spaß machte, denn im Bett frühstücken schien mir eine reizvolle Art der Verwöhnung, die ich nie beanspruchen durfte.

„Gut, Estrella. Mit dem Frühstück morgen als Probe bin ich einverstanden," sagte ich resolut, aber alles andere möchte ich weiterhin allein erledigen."

Estrella und Camila hatten wir schon eine Woche vor der Hochzeit. Aber sie schliefen nicht mit uns in der Hüte, die viel zu klein war, sondern in einem Hotel in der Nähe. Noch hatte ich meine Mutter ganz für mich alleine und noch lag der Schwarm von unzählbaren Dienern in der Ferne. Ich machte mir schon Sorgen um diese fremde Welt, die mich erwartete, obwohl ich auf der anderen Seite dem Neuen nicht abgeneigt war und vor Neugier platzen könnte,

Neugier auf neue Freundschaften, auf Tänze und Feiern aller Art, auf junge Männer.

Die Hochzeitsvorbereitungen zerstreuten mich so sehr wie die Besuche. Alle sprachen davon: die Verwandten meines Vaters, die drei Ehepaare unserer neuen Nachbarn, die so viele Kinder hatten und die nur Englisch konnten, weil sie die meiste Zeit in New York lebten. Man sprach auch über unseren Umzug in das große Haus und von der Hochzeitsreise der Eltern. Mit dem Umzug war es noch nicht soweit, denn zuerst waren Olando und Aminta zehn Tage verreist, und erst als sie zurückkamen, würde ich meine paar Habseligkeiten einpacken können. Estrella und Camila würden mich in der Zwischenzeit begleiten und versuchen, mir die Mutter zu ersetzen, was wahrscheinlich von vornherein zum Scheitern verurteilt war. In der für mich entstandenen Situation gab es natürlich Schlechtes und Gutes. Man versprach, mich für die kurze Trennung von meiner Mutter zu entschädigen, indem man viele aufregende und schöne Dinge für mich einkaufte.

„Du wirst keine Langeweile haben. Die jüngeren Cousinen deines Vaters werden dich zu Kinos, Theatern und Partys ausführen. Du darfst auch dein Zimmer in dem neuen Haus nach deinem eigenen Geschmack möblieren und dekorieren."

Trotz Befremden und Misstrauen empfand ich die kommende Hochzeit als faszinierend, ja, weil ich so viele reiche Leute zusammen kennen lernen würde, weil es auf einmal mysteriöse köstliche Speisen serviert würden, weil meine Mutter und ich plötzlich als gesellschaftsfähige Damen angesehen wurden.

Als die Hochzeit schon vorbei war, fühlte ich mich etwas enttäuscht und leer; trotzdem erfreute ich mich noch an der Erinnerung unseres Erfolgs. Die Erinnerung an das gute Essen schmeckte mir noch immer ein paar Tage danach. Auf der menschlichen Ebene hatte ich noch eine Besonderheit genossen, den Anblick einiger meiner überall verstreuten Halbgeschwister, die meine Mutter auch zur Hochzeit eingeladen hatte. Ach, die unehelichen Kinder des Diktators, genau so unehelich wie ich selbst! Zwölf davon waren anwesend. Einige kannte ich schon, aber andere noch nicht, wie die kleine Beatriz und die süße Paulina. Als ich sie alle sah, ärmlich gekleidet, als Randfiguren ohne Bedeutung, schüchtern, schweigsam und ziemlich düster an der Feierlichkeit teilnehmend, ergriff mich eine Welle von Mitgefühl, Zärtlichkeit und Freigebigkeit. „Ich werde alles Mögliche für sie tun, sie wenigstens vor der Armut schützen. Ich kann sie so gut verstehen!", dachte ich. Ich fühlte mich auch so, jedes Mal, wenn ich hörte, dass Orlando eine neue Frau geheiratet oder zu einem höheren Konkubinat erhoben hatte.

Wir, die unehelichen Kinder, hätten beinahe den Diktator umbringen können. Nein, soweit ging ich damals nicht in meinen Gedanken. Ich verweigerte ihm nur entschieden meine Tochterliebe, und umso stärker liebte ich die anderen, die Geschwister, die kleine Armee der Schwachen und Verlassenen.

„Wo sind die vielen Übrigen? Er hat mehr als nur zwölf, das weiß ich."

Als Produkt der zwei vorangegangenen Ehen blieben fünf unangenehme, hochmütige Burschen, die mich von Anfang an ignorierten, und eine kränkliche Frau, schon über die vierzig, die stotterte und nervös lachte. Ich glaube, sie fühlte sich sehr verlegen und hätte sich am liebsten versteckt, deshalb mochte ich sie einigermaßen. Ich nahm mir vor, ihren Kontakt zu suchen.

„Ich habe sie viel lieber als die Männer, diese rücksichtslosen Banditen ohne Bildung und ohne delikate Gefühle, eine zweite Fassung von Orlando. Dass meine heilige Mutter diesen Mann ertragen kann... das scheint mir fast abstoßend. Und an ihren Stiefsöhnen wird sie auch nicht viel Freude haben."

Tom, der junge Mann auf dem Schiff, unterbricht meine Geschichte mit einer nervösen ungeduldigen Frage:

„Wollten das Monster oder Ihre Stiefbrüder vielleicht Sie vergewaltigen? Sind Sie deswegen geflüchtet?"

„Nicht genau. Orlando war weniger grausam als in seiner Jugend. Die heilige Aminta und der Bischof auf der anderen Seite bezähmten ihn, und seine große Angst vor dem Tod spielte die Hauptrolle. Meine Stiefbrüder übergingen mich weiterhin, als würde ich nicht existieren. So hätte ich tausend Jahre in Frieden leben können. Und sechs Jahre vergingen seit der Heirat meiner Eltern ohne großartige Störungen oder Entbehrungen. Ich war frei und reich, aber nicht desto weniger mit einem unbeschreiblichen Gefühl von Verlust auf allen möglichen Ebenen behaftet. Meine Beziehung zu Aminta war nicht mehr so vollkommen, wie sie zu sein pflegte. Innerlich tat ich meinem Vornamen Unrecht, denn ich fand keine Harmonie mehr für meine Schritte, Handlungen und Gedanken. Am Ende stotterte ich soviel und wurde psychisch so labil wie meine vierzigjährige Schwester Aurora, die ewig in Depressionen versank und sich darüber schämte, die Tochter des Diktators zu sein. Auch mir war es sehr peinlich. Es wurde uns oft zum Vorwurf gemacht, vor allem unser Mangel an Persönlichkeit. Es stimmte schon, dass wir keinerlei Persönlichkeit hatten. Wir waren Feiglinge und zitterten vor der leichtesten Bedrohung des Vaters, weniger vor dem gegenwärtigen, aber doch vor dem der Vergangenheit. Für meine Halbgeschwister konnte ich auch nicht soviel tun, wie ich es mir erhofft hatte. Ich stieß immer an Grenzen und fand wenig Unterstützung in meinen Wohltätigkeitsbestrebungen. Der Bischof wurde zu meinem Feind und empfand es als eine Überschreitung seiner Kompetenzen, dass ich für andere Menschen kämpfte.

Eines Tages kam eine fremde Frau in die Stadt und konferierte lange Zeit mit dem Monster. Sie verweilte fast zwei Stunden in seinem Büro und am Ende dachte ich schon, sie würde Orlandos fünfte Frau werden. Die schnelle Scheidung konnte ich mir lebhaft vorstellen und unsere Verbannung aus dem schönen Haus. Aber Aminta beruhigte mich mit ihrer neulich so ausdruckslosen Stimme und erzählte mir das Endergebnis der langen Besprechung. Es war so: Orlando und die fremde Frau, von der keiner etwas wusste, hatten tatsächlich vor vielen, vielen Jahren ein Verhältnis miteinander gehabt, und daraus war Aminta entstanden, meine Mutter. Wieder eine uneheliche Tochter des Diktators und gleichzeitig seine Frau! Ich kam noch hinzu ...

Das war mir schon zuviel. In der selben Nacht entschloss ich mich zur Flucht. Ich flüchtete. Verstehen Sie? Ich war noch dazu seine uneheliche Enkelin!"

Die ungebrauchte Frau (Kurort in Bayern)

Anima Piontek lächelt den Mann an, der ihr mit einem geheimnisvollen, lockenden Flüstern einen Spaziergang im Mondschein nach dem Tanz im großen Kurhotel vorschlägt.

„Wir könnten wenigstens eine halbe Stunde spazieren. Ich denke, es ist noch viel zu früh, um schlafen zu gehen und das Wetter viel zu schön."

Sie lehnt es aber ab. Ohne Schroffheit jedoch... auf eine fast zärtliche Art, ohne ihn verletzen zu wollen.

„Nein, nicht jetzt. Wir könnten uns vielleicht morgen treffen. Jetzt fühle ich mich hier am Tisch in der Frauengruppe wohl. Trinken Sie etwas mit uns."

Klementine Hoffmann kokettiert mit einem anderen Mann, der auch ihr bisheriger Tanzpartner gewesen ist. Sie scheint über den weiteren Verlauf ihrer Beziehung unschlüssig. Sie fängt an, ihre Telefonnummer für ihn aufzuschreiben; aber dann lässt sie ihre letzte Ziffer ungeschrieben.

Ursula Kleidermann kokettiert nicht, wenn überhaupt, nur mit ihrem Eis, das sie in einer ambivalenten Mischung aus Freude, orgiastischem Genuss und schlechtem Gewissen wegen ihrer Abmagerungskur langsam und bedächtig verspeist. Und die zwei älteren Damen, die kaum noch laufen können und mehr zum kritischen Anschauen als zum Tanzen gekommen sind, die Schwestern Ilona und Tamara Huber, kokettieren nur noch mit ihren Erinnerungen an ihre Kindheit in Finnland bei ihrer Großmutter mütterlicherseits.

Alle bleiben am Tisch sitzen, die fünf Frauen und die zwei Männer, die womöglich etwas mit Anima oder Klementine anfangen wollen. Benno Finsterling erzählt Anima, dass er Masseur sei, und massiert ihre rechte Hand mit harmonischen, sanften Bewegungen, die sie nicht als lästig empfindet, aber die keinerlei Leidenschaft in ihr erwecken; er würde sie damit nur zum Schlummern bringen, „wie die vielen maschinellen Bestrahlungen, Massagen und Moorpackungen, die mein Rücken zu spüren bekommt. Alles hat für mich die Form eines Entspannungstrainings angenommen." So ist das kurze Streicheln des Mannes für sie keine romantische Annäherung, eher eine therapeutische Übung, wie so viele andere.

Ihr Körper ist verschlossen, versiegelt, verhärtet, Vakuum verpackt wie Kaffee, den man nur mit Schere, Messer oder den eigenen Zähnen, aber nicht mit den bloßen Händen zu öffnen vermag.

„Dieser Mann kann nicht genau abschätzen, wie schwer es ist, bis zu mir zu gelangen. Welcher Mann wäre noch imstande, meinen Körper zu öffnen, wieder einen Zugang zu ihm zu finden, wenn schon alles vermauert ist und keinerlei Türen oder winzige Fenster mehr zu sehen sind, deren Scheiben er noch zerschlagen könnte? Ich erschrecke vor jeglicher Intimität zurück."

Klementine denkt schelmisch: „Die letzte Ziffer könnte er noch leicht erraten. Schließlich sind ja nur zehn Variationen möglich, von null bis neun."

Dann sagt sie es Herrn Frankenbach in ihrer „Manie des Flirtens", die nach Animas Meinung schon „krankhaft" ist: „Herr Frankenbach, die letzte Ziffer habe ich nicht geschrieben, aber Sie werden mich bestimmt finden können." Und sie lacht dabei mit hysterischen, belustigten kleinen Schreianfällen.

Herr Frankenbach stellt sich mürrisch an den Anfang und behauptet, er möge das Spielchen gar nicht. Aber danach versucht er mit bittender, klagender Stimme die geheime Zahl aus ihr herauszupressen.

„Flüstern Sie es mir doch ins Ohr... Ist es eine zwei, eine neun? Oder ist es eine drei?"

Ursula denkt betrübt: „Warum liebe ich dieses Eis so sehr? Damals liebte ich nur Menschen und Tiere. Aber jetzt schätze ich immer mehr die äußeren Reize der Gegenstände, die man problemlos bekommen kann, während die anderen mir fehlen. Es scheint, die Geschmacksorgane haben bei mir die Oberhand gewonnen und sind mir wichtiger als Sehen, Hören oder Betasten. Und damals waren mir das Kochen, Essen, Eis oder Kaffeegenuss nicht so relevant wie jetzt... da sie beinahe zu meinem einzigen Lebensziel geworden sind. Warum habe ich mich so verkleinert und mich in eine Ameisenwelt begeben, die mich sowieso nicht befriedigt? Meine innere, große Stimme ist verklungen und dabei habe ich nur einen unwürdigen Ersatz gefunden: du, armes Eis, arme Ursula!"

Anima, die ungebrauchte Frau (die anderen sind es vielleicht auch, aber sie wissen es weniger) trägt einen italienischen Namen, der

„Seele" bedeutet. Seele und Körper sind nicht sehr weit entfernt voneinander. Von der Verschlossenheit ihres „Leibes" ist sie völlig überzeugt, daher thematisiert sie es ständig in ihren Gedanken.

„Ich bin lange nicht mehr gebraucht worden. Ich trage die Krone der Untätigkeit in mir, eines viel zu frühen Abschieds von der Liebe. Natürlich kann man das nicht sofort an meinem Gesicht sehen; man trägt kein sichtliches Schild für das genaue Maß an sexuellen Aktivitäten. Auch bei einer Prostituierten kann man es nicht sofort erkennen, genau so wenig kann man es bei den ungebrauchten Frauen vermuten, wie ich selber eine bin. Zumindest ist es auf den ersten Blick nicht so klar; später zeichnen sich schon gewisse Tendenzen ab, die in etwa gegenwärtige oder vergangene intime Erfahrungen verraten, deren Mangel, Überfluss oder potentielle Fähigkeiten. In meinem Fall ist es die totale Abneigung dagegen, völlige Lähmung und Lustlosigkeit. Es mag sein, dass ein guter Beobachter meinen jetzigen Zustand auch bemerkt, weil ich bei aller notwendigen gesellschaftlichen Verstellung die Miene einer Besiegten und aus der Liebe Vertriebenen manchmal nicht unterdrücken kann und wie eine verwelkte Blume nahe daran bin, jeden Menschen um Wasser zu bitten. Ja, begieße mich reichlich mit Wasser, sonst trockne ich aus... damit meine letzten Stunden nicht so unerträglich sind. Aber will ich wirklich mit Wasser begossen werden? Will ich nicht eigentlich davor flüchten?"

Benno fragt etwas gekränkt: „Hat dir die Massage nicht gefallen?"

„Doch, doch, sie ist sehr gut."

„Wird dir der Spaziergang gefallen?"

„Morgen... wahrscheinlich. Aber nicht jetzt."

„War der Tanz mit mir nicht in Ordnung? Habe ich etwas Falsches getan?"

„Nichts das ich wüsste. Der Tanz war fein. Aber warum diese Fragen. Erwartest du von mir, dass ich dir ein Zeugnis ausstelle?"

Sie reagiert gereizt auf seinen aufdringlichen Ton, und die Erinnerung an den Tanz bringt sie beinahe zum Zittern vor Ungeduld, denn sie verbindet mit der unumgänglichen, erzwungenen Berührung ihrer Körper auf der Tanzfläche eher unangenehme Eindrücke.

Ilona sagt zu Ursula: „Meine Schwester und ich, wir haben eine sehr schöne Kindheit erlebt."

Ursula erwidert: „Ich auch, Frau Huber. Über meine Kindheit konnte ich mich nicht beschweren; meine Eltern und Geschwister waren sehr verständnisvoll. Meine Probleme fingen erst an, als ich 22 wurde."

Klementine sagt: „Finnland soll ein sehr schönes Land sein, habe ich gehört. Kennen Sie auch Finnland, Herr Frankenbach?"

Er nickt. „Ich war vor fünf Jahren in Urlaub dort. Wenn dieses Land Sie so sehr interessiert... vielleicht könnten wir zusammen eine Reise dorthin machen."

Ursula denkt bedrückt und düster: „Mein Eis zerschmilzt sehr schnell. Ich hasse sprechen zu müssen, gerade wenn ich Eis esse. Warum lassen Sie mich nicht in Ruhe, ganz still in einer Ecke sitzen und mich meinem kleinen Genuss hingeben? Stattdessen muss ich noch die beiden Damen fragen, ob sie Finnisch gelernt haben."

„Sprechen Sie Finnisch, Frau Huber?"

Tamara antwortet als Erste sehr munter und unternehmungslustig: „Natürlich, es war die Sprache unserer Großmutter. Und wir lebten dort fast 30 Jahre. Außerdem halten wir unseren Anschluss an Finnland sehr lebendig; wir besuchen oft Verwandte und vor allem die Enkelkinder unserer schon verstorbenen Cousins."

„Ach finnischer Tango!" ruft Klementine aus. „Er ist fast so reizvoll wie der Argentinische, aber natürlich gibt es große Unterschiede, nicht wahr?"

Anima kann ihre Langeweile kaum kaschieren, sie gähnt und denkt: „All unsere Frauengespräche sind frivol, oberflächlich. Die zwei älteren Schwestern sind vielleicht die einzigen, die noch ehrlich und authentisch wirken. Doch ist mir jetzt eine Damenrunde viel willkommener als dieser Benno. Warum duzen wir uns überhaupt, Benno und ich? Wie ist es dazu gekommen? Klementine ist klüger als ich, sie sagt immer ,Herrn Frankenbach' zu diesem neuen Kurschatten, der unbedingt ihre Telefonnummer haben will. Aber so klug ist sie überhaupt nicht. Sie hat ihm eben die ,Sieben' ins Ohr geflüstert. Ich habe es gehört. Sie hat ihre Lippen übertrieben geöffnet, viel gelacht und die ,Sieben' ausgesprochen. So kann ich meine Lippen nicht mehr öffnen. Nein, ich kann meinen Körper nicht mehr öffnen. Ich mag ihre Koketterie und ihr gekünsteltes Lachen gar nicht. Aber im Grunde ist es ja nur ein verzweifelter Versuch von ihrer Seite aus. ‚Wir sitzen im gleichen Boot', hat sie mir gestern gesagt. Sie ist auch eine ungebrauchte Frau und weiß auch nicht, wie sie es anstellen könnte, wieder produktiv und liebesfähig zu sein."

Bei Ursula sitzt kein Mann, nur die Schwestern Huber, die ihre ständigen Begleiterinnen geworden sind, besser gesagt, sie ist ihre Begleiterin und bekommt von ihnen häufig Süßigkeiten und leckere Speisen spendiert, denn die finnischen Schwestern sind sehr reich. Ursula ist die dickste von allen, sie wiegt über 120 Kilo. Und sie schämt sich dessen, immer wenn sie in den Spiegel sieht oder ihre riesigen Oberschenkel und Hüften betastet. Kein Mann würde auf die Idee kommen sie wegen ihrer Dickleibigkeit anzusprechen, und die finnischen Schwestern sind einfach zu alt für Sexualität. Nicht nur das, Sie strahlen eine besondere gegenseitige Schwesterliebe aus, die alle übrigen Menschen ausschließt. Es mag irgendwelche 83-jährigen Damen geben, die noch verführungsbereit wären, aber in ihrem Fall sind sie absolut darüber hinaus und brauchen keinen Mann mehr. Nur großmütterliche Fantasien füllen ihre Gehirne; der schöne, gemütliche Kreis ihrer Erinnerungen an Kindheit und Jugend genügt ihnen.

Ursula merkt auch, wie asexuell ihre neuen Freundinnen sind, gleich heiligen Jungfrauen., während sie sie betrachtet und teilweise beneidet, denn sie ist bloß dick, aber nicht so alt und vergeistigt; sie würde noch gerne einen männlichen Kontakt als

Ersatz für Süßigkeiten in Anspruch nehmen und folglich leidet sie mehr unter dem Verlust als die älteren Damen.

„Sie waren aber nicht immer so", denkt Ursula. „Sie hatten geheiratet und nach einigen Jahren ihre Männer verloren. So sagten sie zu mir, als ich sie kennen lernte. Erst später haben sie entschieden wie in der Kindheit wieder zusammen zu leben. Die Einigkeit macht sie stark; sie leben in einem ständigen Gespräch miteinander und immer bemüht, sich gegenseitig Freuden zu bereiten. Ja, diese Großmutterzärtlichkeit und Güte, mit der sie sich selber und den anderen Wärme geben können, auch den hypothetischen Enkelkindern, die sie für kurze Zeit adoptieren; mich haben sie ebenfalls für kurze Zeit adoptiert. Aber im Grunde brauchen sie keinen, nur vorübergehend. Sie sind wirklich nicht einsam, während ich... Ich habe keine Schwester und keine beste Freundin, die gerne nur für mich leben würde."

Die eigentlichen Themen am Kaffeetisch nach dem Tanz sind natürlich: Finnland, Reisen, Urlaub, Kur... Aber Animas Gedanken drehen sich hauptsächlich um das Flirten, um die Umwege bis zum eigentlichen Gebrauchen einer Frau, bis zur Eroberung, bis zur Urszene des Geschlechtsaktes.

„In Finnland ist es sehr schön, aber kalt", sagt der unoriginelle Herr Frankenbach. Gleichzeitig murmelt er mit einem zufriedenen Flüstern zu Klementine in seiner triumphierenden Hartnäckigkeit: „Jetzt habe ich Ihre Telefonnummer vollständig. Die Sieben werde ich natürlich nie vergessen."

„Ach, seien Sie nicht so sicher. Sie können plötzlich an Amnesie leiden. Oder ich habe Sie einfach belogen."

Die nächste Frage kommt von Benno, und sie ist so trivial wie all die übrigen Kommentare:

„Sind die Preise in Finnland sehr hoch?"

Seine Stimme klingt wie die eines Roboters, denkt Anima. Er ist uninteressiert, versucht lediglich seine Wut und sein Missbehagen bei der Verzögerung des angestrebten Spaziergangs zu mildern.

„Warum sprechen wir soviel von Finnland und gar nicht von Bayern, wo wir uns jetzt befinden?", fragt Ursula plötzlich. „Wir machen alle eine Kur hier in Oberbayern in den Bergen, und die Landschaft ist wunderbar. Wir kommen aus den verschiedensten Städten. Ich komme aus Köln und musste über 7 Stunden mit dem Zug fahren. Anima hat spanische und italienische Vorfahren, kommt aber aus Leipzig, sie vertritt die neuen Bundesländer. Ilona und Tamara kommen aus Stuttgart, und Klementine ist diejenige, die hier zu Hause ist; sie versteht bayerisch im Gegensatz zu uns, trägt auch ein Dirndl. Doch wir reden nur von Finnland... Warum eigentlich?"

Anima antwortet verträumt: „Das Ausland zieht uns an. Ich war immer ins Ausland verliebt. Meine Eltern kommen aus Spanien."

„Es ist schon sehr wichtig, dass wir hier sind," sagt Herr Frankenbach. „Wir haben alle ein gemeinsames Ziel: die Wiederherstellung unserer Gesundheit. Aber wir sind hier keine Lungenkranken wie die Patienten in Lesbos. Höchstens leiden wir an Übergewicht, wie ich selbst. Bei Ihnen, Frau Klementine, kann ich mir nicht vorstellen, dass Sie aufgrund großer Gesundheitsschäden hier sind. Wahrscheinlich sind es nur Müdigkeitserscheinungen, weil Sie, überarbeitet und verspannt, unbedingt eine Kur brauchten. Nicht wahr? Darf ich indiskret sein und Sie fragen, warum Sie sich einer Kur unterzogen haben?"

Klementine lacht frivol, leer und unreif wie eine pubertierende Schülerin.

„Sie haben Recht. Ich bin fast gesund, wie Sie sagen, bloß etwas erholungsbedürftig. Ich brauchte bloß ein bisschen Urlaub von meinem Arbeitgeber, aber verraten Sie mich nicht."

Anima lächelt unwillkürlich darüber, dass manche Männer sich in gewissen Situationen so unwissend und unangemessen verhalten. Was weiß der dicke Herr Frankenbach über die Krankheiten der anderen?

Gerade über ihre Krankheiten haben die Frauen sehr ausführlich und mehrmals miteinander gesprochen. Vor den Anwendungen beim Warten redet man meistens davon, und viel weniger über Finnland wie jetzt am Kaffeetisch nach dem Tanz. Klementine hat keine Gebärmutter mehr, sie hat nach der Unterleibsoperation als Anschlussbehandlung diese Erholungskur verschrieben bekommen. Die Schwestern Huber haben jeweils eine Schulter- und Beinoperation hinter sich und beide kaputte Füße, was das Laufen besonders beschwerlich macht. Sie machen sich große Sorgen um die Zukunft, vor allem ist Ilona von dem Gedanken entsetzt, dass sie ihre letzten Tage in einem Rollstuhl verbringen sollte. Was Anima und Ursula betrifft, scheinen sie weniger krank als die anderen zu sein. Sie leiden nur an Kreislaufschwäche, Frustration und Stress, weil sie nirgends belebende Anregungen bekommen und unter harten Bedingungen arbeiten müssen: für Anima ist es ein schwieriger Chef, der sie meistens beleidigt; Nachschichten im Krankenhaus für Ursula; so vergeht ihr Alltag, vor und nach der Kur.

„Wir werden unseren Arbeitgeber aus dem Fenster werfen," sagt Anima aggressiv. Dabei denkt sie weniger an ihren Chef als an Klementine und ihre Gebärmutter.

„Von uns beiden ist sie noch mehr eine ungebrauchte Frau. Sie behauptet zwar, das beeinträchtige ihre Orgasmen nicht im Geringsten, mache sie noch raffinierter und häufiger, sogar bei platonischen Beziehungen und besonders wenn sie, so begeisterungsfähig wie sie ist, sich mit ihrem berauschenden Klavierspiel beschäftigt. Trotzdem... es kann doch nicht das gleiche sein wie mit Gebärmutter. Ich habe noch meine Organe und könnte meine Untätigkeit zu jeder Zeit beenden. Doch was hilft es mir, wenn ich mich nicht mehr dafür interessiere? Nur mit Gewalt könnte ich es vielleicht erreichen und Gewalt bringt überhaupt kein Vergnügen. Wir sind mehr oder weniger in der gleichen Situation. Klementine hat mir gestern erzählt, dass sie schon seit sechs Jahren keine körperliche Liebe mehr von ihrem Mann bekommt. Ihr Mann ist auch Diabetiker wie mein Gustav. Sie und ich... unsere

Körper bleiben hinter Glas in einer Vitrine, wohlkonservierte Figuren, aber voll Staub trotz Glas, unbenutzt, ohne Daseinsberechtigung, wie eine Vase ohne Blumen. Am Anfang fiel es mir sehr schwer, doch danach habe ich mich so sehr daran gewöhnt, dass mein chronischer Zustand jetzt nur Verschlossenheit ist. Sollten jetzt neue Blumen für die Vase kommen, oder sogar die alten Blumen meiner Ehe, würde ich sofort abwinken und schnellstens flüchten."

„In Finnland gibt es bestimmt auch Kurorte," sagt Ursula. „Dort werden die Leute auch mit viel Gymnastik, medizinischen Bädern, Mohrpackungen, Inhalation und Bestrahlungen versorgt wie hier; sogar besser als hier."

Ilona sagt in einem kurzen Rückblick: „Unser Großvater war Pfarrer, unsere Mutter wurde zu einer sehr guten Geigenspielerin. Musik, Religion und der Bauernhof unserer Cousine Eila bildeten den Mittelpunkt unseres Lebens. Gesellschaftliche Abende waren keine Seltenheit, wir organisierten Theaterkreise, literarische oder musikalische Programme und Gemeindegespräche über Jesus."

Tamara setzt die Litanei der Schwester mit einem ähnlichen elegischem Ton fort: „Jetzt vermissen wir es natürlich, schon seit Jahren. Als Ersatz und zum Trost backen wir manchmal einen deliziösen Kuchen für unsere Adoptiv-Enkelkinder, wir erzählen Geschichten und spielen auch Theater für sie. Wenn Sie möchten, Ulla, werden wir Kuchen für Sie backen, wenn Sie uns in Stuttgart besuchen kommen."

„Das ist nett von Ihnen. Dankeschön."

„Haben Sie keine eigenen Kinder?", fragt Anima zerstreut, während sie unvermeidlich wieder an den unangenehmen Tanz mit Benno denkt.

„Nein. Es ist nicht so, dass wir nicht gebärfähig waren, mit unserem Körper ist alles in Ordnung, nicht wahr, Ilona? Aber wir haben eine Erbkrankheit in der Familie, wahrscheinlich von der Seite unseres Vaters. Einige in der Nachkommenschaft unserer zwei Onkel und unserer Tante sind geistig zurückgeblieben. Wir wollten das Risiko nicht eingehen."

Die anderen wurden etwas verlegen. Krankheiten, wie der Tod, gehören zu den Tabuthemen, denen man am liebsten wie einer schlechten Reklame ausweicht, denn sie sind viel weniger attraktiv als die exotischen, nordischen Seiten Finnlands und die kulturellen Abende einer künstlerisch begabten Familie.

„Dabei sind Sie beide so intelligent", sagt Herr Frankenbach mitten in einem Hustenanfall, den er kaum in der Lage ist zu kontrollieren.

Die anderen bieten ihm Bonbons an, besonders Klementine holt ihre Taschentücher und Erfrischungstücher in einer übertrieben fürsorglichen und liebevollen Geste heraus.

Benno folgt Animas Beispiel, er zeigt seine Langeweile und gähnt ununterbrochen.

„Warum geht er nicht weg? Wir brauchen ihn nicht", denkt Anima verärgert.

Ihre Erinnerung durchläuft wie besessen noch einmal die Tanzszene, in der sie sich so unwohl gefühlt hat.

„Er presste sein Körper immer stärker an den meinen und wollte unbedingt meine Sinnlichkeit herausfordern; aber ich war wie tot, ich freute mich gar nicht über den Kontakt, obwohl er nicht hässlich aussieht und wahrscheinlich die besten Absichten hegt, mir neue Lebenskräfte einzuflössen. Statt locker zu werden und meine Weiblichkeit fließen zu lassen, wurde ich steif, unergründlich, distanziert. Der Kontakt wurde mir nach ein paar Minuten immer widerlicher, drückend, erstickend, unsympathisch und beinahe schmerzhaft. Wenn man so unwiderruflich verschlossen ist wie ich, tut jeder misslungene Eröffnungsversuch weh, bitte Benno... Herr Finsterling, lass mich in Ruhe und entheilige nicht den Tempel meiner sexuellen Armut, das Gebet meiner zweiten Jungfräulichkeit, die noch tiefer, konzentrierter und radikaler als die erste ist. „Lass mich mein klösterliches Nonnendasein auskosten, dieses mickrige, aber friedliche Überleben der alleinstehenden Frauen, die es gelernt haben, ohne Männer zu existieren." Nein, der Kontakt war nicht angenehm; er verunsicherte mich, verwirrte mich, als wäre ich noch nie mit männlichen Organen in Berührung gekommen und als wäre ich zum ersten Mal mit einer unschönen, feindlichen Körperlichkeit konfrontiert. Es baute sich sofort Widerstand, Abwehr in mir auf. Ich wollte ihn loswerden und unmittelbar mit dem Tanz aufhören. Doch die Höflichkeit verbietet es, den Tanz mit sichtlichen Anzeichen der Wut und des Ekels abrupt zu unterbrechen, und auch die Angst, sich lächerlich zu machen, denn eine 55-jährige Frau kann sich unmöglich wie ein erschrockenes Mädchen von 16 benehmen. Was ist letzten Endes der Kontakt bei einem Tanz? Nichts so Intimes, oder wenigstens nichts woraus ein Kind entstehen könnte. Ich durfte mich nicht so genieren und ihn so brutal ohne Partnerin im Tanzsaal stehen lassen. Aber ich gab ihm schon zu verstehen, dass mir seine Nähe nicht willkommen war. Ich zog automatisch meinen Körper von seinem weg und löste mich sanft vom schweren Druck seines Armes auf meine Taille. Dabei fragte er erstaunt: „Warum?" Er scheint ziemlich eitel, glaubt zu sehr an sich selbst und seinen Charme. Wie könnte ich ihm das alles erklären, meinen jetzigen Zustand? Dass mein Körper wie eine inselhafte, von allen Seiten zugeschlossene Muschel ist, und das gewaltige Öffnen ihrer Schale einer Zerfleischung gleichkommt, unvermeidlich Weh verursacht. Das würde er einfach nicht verstehen, deshalb sagte ich etwas Leichteres, was er nachvollziehen kann: „Ich möchte meinen Mann nicht betrügen. Er liebt mich und wäre enttäuscht". Das ist wenigstens ein Argument, nicht wahr? Dann füge ich noch verstärkend hinzu: „Außerdem möchte ich nicht, dass die Leute uns sehen und denken: ‚Das ging aber schnell: Sie hat schon einen Kurschatten.' Aber all diese Ausreden treffen in meinem Fall nicht zu. Es geht um meine eigene Unlust. Das Öffnen einer Auster ist einem elektrischen Schlag oder einer Bombe vergleichbar, und dabei wird die Auster nicht einmal geliebt, nur als nettes

Kurabenteuer angesehen! Bennos Antwort war auch die typische in solchen Situationen. Er wollte mich von dem Gegenteil überzeugen, sagte, dass ich nicht so prüde sein solle, dass ich auch ein Recht auf Freiheit und Genuss besitze. Eben... Warum in so etwas einwilligen, was keinen Spaß mehr macht? Was geschieht, wenn eine Frau es nicht mehr gerne hat? Aber er wird es nicht verstehen, er wird hartnäckig behaupten, ich sei noch zu jung, um darauf gänzlich zu verzichten, und es bedürfe nur einer klugen, sanften Behandlung der „Schale, damit diese schmerzlos, wollüstig und mit gegenseitiger Freude geöffnet werden könne." Aber ich bin sehr misstrauisch, verkrampft. Mir geht es nicht in den Kopf, dass seine Lippen, seine Hände oder weitere fremde Organe dieses Menschen mir irgendwelche Freuden bereiten könnten. Es ist auch eine Angelegenheit des Herzens, und mein Herz ist wie erfroren, seitdem ich mehrmals vergeblich versucht habe, meinen Mann zur körperlichen Liebe zu motivieren. Mit Gustav hätte ich es vielleicht erreichen können, den alten Zustand der Freude beim erotischen Kontakt, aber bei diesem unbekannten Masseur, der sich so offensichtlich als praktischer und sehr schneller Kurschatten für einsame Damen anbietet... Es ist beschämend und peinlich, in diesen fremden Armen zu sein, und es ist nicht auf Grund der Prüderie, sondern wegen meiner Beziehungslosigkeit mit ihm und meines Mangels an Gewohnheit. Männer sind für mich wie unpersönliche Maschinen geworden. Der Mann bleibt auch ungebraucht, wenn die Frau dazu erzogen wird, keinen Wert mehr darauf zu legen. Gewiss, die Eingewöhnung diktiert alles, und wenn man nicht mehr in der Liebe geübt ist, verlernt man alle Schritte. Was mich verwundert, ist, dass ich meine erste Jungfräulichkeit so ohne Beschwerden, so Natur belassen frisch überwinden konnte, während die zweite so hartnäckig und tief verwurzelt sich nicht mehr bewegen lässt. Ich bin Schwester Anima vom Kloster der nicht mehr heißblütigen Frauen. Ich finde es schade, denn es hätte mein Leben interessanter gemacht, wie Reisen, Kultur, Kinder, Gebet, neues Haus mit Sauna und Schwimmbad und all die materiellen und geistigen Dimensionen des Daseins. Aber ich weine dem Verlust nicht nach, so brauche ich keinem hinterher zu laufen, damit er mir etwas gibt. Stolz bin ich nicht darauf, wohl bemerkt, denn es ist wie eine Behinderung des Körpers, und die Organe sind ja da, um sie richtig zu gebrauchen, sonst stumpfen sie ab, verstümmeln. Mein trockener Unterleib ohne Sinnlichkeit, ohne Liebeselixiere... Ich bin wie ein armloses Geschöpf voller Prothesen und muss mit meinem Mund und meinen Füßen malen, noch schlimmer... Mein Mund und meine Füße versuchen nicht mehr mir die Arme zu ersetzen, ich male nicht, ich weiß nichts mehr über die Zärtlichkeit oder Brutalität des körperlichen Besitzes in der alten, unbeschreiblichen Schaukel der Hochzeitserlebnisse. Immerhin kann man auch mit einer Behinderung ganz gut leben, solange man nicht mit ständigen Leistungsanforderungen von jemandem gequält wird, wie „der arme Herr Friedemann". Soll ich als armloses Wesen umsonst versuchen, Hunderte von Knöpfen zu nähen und die Millimetergeduldsarbeit des Nadeleinfädelns immer weiter führen? „Lass mich lieber gehen, Benno, und zwinge mich nicht mit deinen Anforderungen. Siehst du nicht, dass ich eine alte Jungfer bin, die am bequemsten allein schläft?"

Ursula hat ihr Eis zu Ende gegessen und fühlt sich sehr unglücklich. Es war zu wenig von der Droge, sie wagt aber kein zweites zu bestellen. Die Schwestern Huber beobachten ihre Trauer und haben beinahe Mitleid mit ihr. Das Einfühlungsvermögen der beiden ist groß, und sie nehmen alles sehr ernst, nicht so ironisch verzehrt wie die meisten Menschen unserer Zeit. Ilona sagt glänzend und spontan: „Wenn Sie möchten, könnten Sie uns dieses Jahr nach Finnland begleiten. In Finnland gibt es auch sehr gutes Eis, oder sehr wirksame, tolle Abmagerungskuren, wenn Sie es lieber haben..."

„Ja, es wäre nicht schlecht, wenn Sie mich adoptieren würden", sagt Ursula mit etwas Hoffnung zu den alten Damen. „Ich könnte mir dann eine neue Stelle in Ihrer Nähe suchen."

„Ja, und wir haben viele Freunde", fügt Tamara prahlerisch hinzu. „Wir werden Ihnen viele Freunde vorstellen, so dass Sie am Ende nicht mehr so alleine sind."

Die anderen hören nicht zu, und es ist gut so, denkt Ursula; sie könnten sie leicht für eine Erbschleicherin halten und sie auslachen.

Herr Frankenbach spricht mit Klementine über ihre musikalische Begabung: „Ich möchte gerne ein Konzert von ihnen hören."

Anima erinnert sich daran, dass ihre Kurfreundin trotz der Entfernung der Gebärmutter doch Orgasmen hat und besonders bei der Musik.

„Ich hätte es nie für möglich gehalten, Beethoven und körperliche Ausgüsse, Wagner und sinnliches Verlangen... Aber das ist nur, weil ich dumm und engstirnig bin, deshalb kann ich mir nichts darunter vorstellen. Es gibt auch Frauen, die sich unter der Dusche befriedigen, Wasser als der beste Liebhaber."

Benno verlässt schon die Gruppe, und sie atmet auf, weil keiner mehr versuchen wird, sie zu verfolgen und zu belästigen. Aber noch dauert die Qual ein paar Sekunden. Bevor er geht, will er unbedingt wissen, ob er sie morgen abholen kommen soll. „Es hätte wenig Zweck, ihn nur aus Höflichkeit zu belügen."

Sie verneint wortlos mit dem Kopf. Er wirft ihr einen warnenden, drohenden Blick zu, als wäre sie im Begriff, den größten Fehler ihres Lebens zu machen.

Sie sagt leise und demütig, aber ohne zu zögern: „Ich will mich ja nur erholen. Verstehe doch, ist nichts gegen dich. Ich will mich erholen."

Sie erweitert den Satz in ihren Gedanken und endet mit folgender Erklärung, die er aber nicht hört: „Ich wünsche mir nichts sehnlicher als ungebraucht zu bleiben, eine süße, friedliche Selbsttötung des

Sexuellen. Im Grunde brauche ich nicht einmal Waffen; alles ist schon getötet."

„Ich habe nichts gegen Erholung", sagt Finsterling unnachgiebig. „Ich kenne einen sehr schönen Weg."

„Die Erbschleicherin, so wurde ich immer genannt, weil ich gerne mit älteren Menschen gelebt habe", denkt Ursula. „Aber viel von der ganzen angestrengten Pflege für verschiedene Verwandte habe ich nicht gehabt. Doch die finnischen Schwestern sind gütiger, glaube ich."

Herr Frankenbach steht auch vom Tisch auf und sagt:

„Am Sonntag führe ich Sie zu einem bayerischen Fest aus, Frau Klementine, dann müssen Sie Ihr Dirndl anziehen."

Klementine lacht und lacht, schrill laut, aufgeregt, als hätte sie mehr als drei Gebärmütter in ihrem Leib.

„Ich höre sie, ihre Gebärmütter. Und meine ist noch da, aber lebt nicht mehr," denkt Anima. Sie sagt zum Schluss mit peitschender, böser Stimme: „Ich möchte keinen Weg mit dir gehen, Benno."

Sie hat Angst, weil er so überzeugt von seiner Wahrheit des Fleisches zu sein scheint, während sie keine, nicht einmal die religiöse oder geistige in sich spürt. Er könnte ihr den Mund mit einem Taschentuch zustopfen und sie leicht ersticken. Aber das ist Unsinn. Dieser Mann an sich ist harmlos, er will ja nur Spaß, Lust...

Es sind alle Männer im allgemeinen, die sie beunruhigen. Sie will einfach keinen Sex mehr, aus hygienischen Gründen nicht und aus Gewohnheitsgründen; sie hat keinen Wunsch mehr, ihren Zustand zu ändern, nachdem sie die Tür zur Liebe endgültig zugemacht hat. Und sie grübelt weiter mit verdoppelten Argumenten: „Jeder verteidigt das wenige, was noch da ist; ich verteidige meine Festung, meinen Ruhepunkt. Ich bin gewissermaßen durch meine gemütlichen Fernseherabende allein im Bett entschädigt worden. Nicht einmal mit meinem eigenen Mann könnte ich wieder Liebe machen. Manchmal versuche ich mir vorzustellen, wie es wäre, wenn Gustav ganz plötzlich mit großer Liebessehnsucht nach dieser Ewigkeit unserer Keuschheit wieder zu mir käme und ich voller Jugend und wunderbarer Erinnerungen seinen Körper noch einmal empfangen würde... Manchmal denke ich, dass es großartig wäre und reklamiere für mich, wie alle Verzweifelten, zumindest eine schöne Stunde, eine letzte gemeinsame Erfahrung mit ihm. Aber immer mehr zweifle ich schon daran. Es würde mich zu alarmierend neu vorkommen, als wären wir ganz andere Menschen. Unsere Intimität wäre zu zweideutig, nicht mehr vertraut. Es käme mir fast lästig und herzzerreißend zu spät vor dieses Wunder des wieder Zusammenseins. Unsere Nacktheit und unsere Kleidungsstücke würden wir nach dieser Pause von so vielen Jahren kaum noch erkennen und verstehen können. Und mit diesem Fremden, diesem aufdringlichen Tanzpartner, wäre es noch unzumutbarer, heuchlerisch, ekelhaft, verdammte Profanierung.“

Jetzt steht Anima am Rande der Hysterie und schreit zur Überraschung der übrigen Tischnachbarn Benno an: „Ach, geh' mal weg! Ich will kein Wort mehr darüber hören, kein Gedanken mehr darüber verlieren! Ich habe meine Tür zugemacht."

Die anderen ungebrauchten Frauen lächeln idiotisch, nervös und verlegen dabei. Na ja, bei solchen Kuraufenthalten gibt es manchmal hysterische Szenen. Das heißt aber nicht, dass die arme Anima ganz verrückt ist, sie ist nur unter Stress.

„Sie kann nicht richtig flirten wie ich und ihre Überlegenheit zeigen," denkt Klementine.

„Sie hat diesem eitlen Benno einen Korb gegeben", denkt Ursula mit Bewunderung. „Endlich hat er die Jagd aufgegeben und verlässt das Lokal. Aber warum hat Anima jetzt angefangen zu weinen? Weint sie nur um sich selbst? Oder um uns alle?"

Ich und die anderen Hiobs

Eine spanische Familie in Köln

Tante Josefina Pardo (ich habe noch eine zweite Tante Josefina Ramirez, von der Seite meines Vaters) ist nur Hausfrau und Verkäuferin in ihrem Lebensmittelgeschäft, aber hat viel gelesen. Ich, ihre Nichte, Lolita Ramirez, habe mit 22 weniger gelesen, höchstens Gesetzestexte für mein Jurastudium. Heute hat sie eine abgekürzte Biographie des Cervantes in der Zeitung gelesen.

„Der arme Teufel! Er hatte viel Pech im Leben. Ich habe noch nie von einem Menschen gelesen, den so eine Kette von Unglücksfällen traf."

„Was war mit ihm genau? Erzähl'! Es interessiert mich."

„Zuerst war er fünf Jahre in Gefangenschaft in Algerien als Sklave, bis seine Familie das notwendige Lösegeld bezahlen konnte, um ihn frei zu kaufen. Dann verlor er seinen linken Arm in der Schlacht von Lepanto, ohne dass er je für seine Dienste vom König Philip belohnt worden wäre. In seinem Fall gab es keine Anerkennung, keinen Ruhm und keine Auszeichnungen. Ich finde, Cervantes war auch zu hartnäckig und auf falsche Ziele fixiert. Warum bestand er immer darauf, Soldat zu sein? Nach seiner Gefangenschaft in Algerien hätte ich die andere Erfahrung mit Lepanto nie ausprobieren wollen. Und es war nicht einfach eine kurze Phase von Schwierigkeiten, sondern immer gleich, eine verteufelte, chronische Vergeblichkeit in all seinen Versuchen, sich eine

Position aufzubauen. Seine Bemühungen um eine Stelle im Staatsdienst schlugen fehl. Am Ende plagte und quälte er sich mit einem sehr harten Job als Tributenantreiber von Lebensmitteln in Malaga und aufgrund gewisser Intrigen landete er im Gefängnis und musste zwei Prozesse wegen Fehlbeträgen über sich ergehen lassen, bis seine Unschuld geklärt werden konnte. Wieder zweimal! Ich hätte den zweiten nicht mehr abgewartet. Aber man kann immer für das Schicksal anderer klüger sein. Ich glaube, er befand sich in einer Sackgasse. Er war ein Hiob durch und durch."

„Hiob? Der Name klingt mir bekannt, aber ..."

„Ja, diese Person in der Bibel, die alles verlor und die von Gott vergessen worden zu sein schien, denn Gott erhörte nicht mehr sein Gebet, sondern schickte ihm absichtlich nur noch mehr Leid und Unglück, um seine Treue zu testen."

Ich seufze schwer. Ich brauche eine Bedenkpause.; will nichts gegen Gott sagen, aber ich finde es haarsträubend, dass er den armen Hiob so sehr gemartert hat. Hoffentlich übertreibt er es nicht, denn es gibt schon zu viele Hiobs auf der Welt.

„Mir fallen viele weitere Beispiele ein," sage ich leise. „Carl May saß auch im Gefängnis viele Jahre und wurde von Schulden und Prozessen verfolgt. Sein Leben war eine Katastrophe. Und dann die Todesfälle, nicht nur einer, sondern mehrere in kurzer Zeit bei einigen Menschen. Das ist auch ein Kapitel für sich: Lessing verlor seine Frau und seinen Sohn gleichzeitig, Mark Twain seine Frau und seine Tochter."

„Meine Güte! Ihr lernt viel in der Schule."

„Alles aus dem Internet."

Meine Tante ist etwas entsetzt über diese neue Art des Lernens, automatisch nimmt sie Schutz in der alt bewährten Methode des Zugriffs zum eigenen Leben: „Du mit 22 Jahren kannst kaum wissen, was es heißt, ein Hiob zu sein. Noch hast du alle Prüfungen bestanden und deine Eltern und Geschwister sind vollkommen gesund."

Ich ärgere mich über diese so typische Art der Erwachsenen, meine Erlebnisse so zu entkräften, zu mildern und herabzustufen.

„Immerhin habe ich schon einen Vorgeschmack davon. Ich habe mein erwartetes Stipendium nicht bekommen, und auch nicht den Job nebenbei im Krankenhaus, den ich wollte. Und Fernando, der auch Jura studierte und den ich gerne geheiratet hätte, ist seit Oktober mit einer anderen Frau zusammen."

„Meine arme Kleine! Es sind drei Ereignisse, die dich betrübt haben, verstehe. Aber wenn du denkst, wie viel Gott dir noch gelassen hat und wie viel er dir noch nehmen könnte... Alles ist in Ordnung zu Hause. Die Eltern verdienen gut, dein Studium geht voran, und eine Nebenbeschäftigung wirst du früher oder später finden. Einen besseren Mann als Fernando wirst du auch kennen lernen. Du hast viele Freunde, du leidest an keiner Krankheit, bist schön und jung, unverbraucht und ohne Behinderungen."

Ich nicke halb zufrieden und halb skeptisch, zwischen gehorsam und herausfordernd.

„Gewiss, unser schönes Haus steht noch, ist nicht abgestürzt wie andere, wie das Kölner Stadtarchiv. Es gibt so viele Katastrophen, zusammengebrochene oder in Brand stehende Gebäuden mit drei Familienmitgliedern, die alle auf einmal tot geborgen werden. So einen Unfall habe ich am eigenen Leib noch nicht erlebt, wenn du es so meinst. Aber ich bekomme richtige Angst davor, dass es mir eines Tages geschehen könnte. In der Ungerechtigkeit der Schöpfung gibt es keine Garantie, um uns zu schützen. Jeder von uns kann eines Tages zum Hiob werden."

Josefina stellt ihr Hörgerät lauter, damit sie mich besser hören kann. Sie nimmt meine Hand und zeigt mir eine Narbe in ihrer Stirn.

„Ich bin auch ein Hiob geworden. Als junge Frau hatte ich einen Unfall mit 18 Jahren im Auto einer Freundin; die Folge war eine starke Gehirnerschütterung, und ich lag drei Tage in Koma. Meine Mutter und meine Großmutter starben fast zusammen innerhalb von einer Woche. Aus meiner Ehe mit Agustín hatte ich vier sehr schmerzhafte Schwangerschaften, die aber immer mit Fehlgeburten endeten. Ich habe nie ein eigenes Kind gebären können. Es war ein Glück, dass wir am Ende Clara adoptieren konnten, aber auch das war mit großem Kampf und Ärger verbunden, bis die biologischen Eltern ihre Ansprüche zurückzogen; fast drei Jahre lang kam es einer Erpressung gleich. Und dann (das hatte nichts mit Claras Eltern zu tun) eines Nachts, während mein Mann und ich schliefen, kamen Einbrecher zu uns in die Wohnung und nahmen uns unser gespartes, verstecktes Geld weg. Und noch ein Unglück... Meine Schwester, deine Mutter, kam zu mir nach Madrid, wo ich damals lebte, um sich von einem berühmten Chirurgen am Brustkrebs operieren zu lassen; ich riet ihr dringend zur Entscheidung mit der besten Absicht und glaubte dabei ihr zu helfen und ihr eine Wohltat zu erweisen. Aber danach war sie mit der Behandlung sehr unzufrieden, da sie ihre rechte Brust verlor. Seitdem beschuldigt sie mich immer dafür, auch wenn sie es nicht ausdrücklich sagt. Unsere Beziehung hat darunter gelitten."

Ich lache unbequem und verlegen.

„Aufhören, Tante Josefina! Es reicht mir schon mit schlechten Nachrichten. Wir hatten mit Cervantes angefangen, und jetzt wirst du zu persönlich."

Sie fuhr mit ihrer Erzählung unbeirrt fort: „Man braucht nicht ewig ein Hiob zu sein. Manchmal geht es nach Perioden. In den letzten 15 Jahren zum Beispiel habe ich Ruhe und alles verläuft gut. Unsere Clara ist lieb zu uns und das Geschäft mit Agustín ist ein Segen Gottes. Im Urlaub reisen wir viel zu dritt und wir sind eine gutmütige Familie voll Verständnis zueinander. Finanziell und affektiv können wir nicht klagen, wir können nur Gott für soviel Großzügiges und Positives danken."

Ich seufze wieder. Mein Herz tut mir immer etwas weh, wenn ich das Wort „Positives" höre. Es fragt sich nur für wie lange... und wer steuert dieses ganze Karussell der Glücks- oder Unglücksfälle?

Manche Erzählungen der Familie liegen mir schwer im Magen. Nein, es ist nicht der Magen, sondern das Herz, das drückt und abzuschrumpfen und zu platzen scheint. Ob ich vielleicht herzkrank bin und man es noch nicht entdeckt hat?

Über die Tante als Hiob hatte ich schon öfters zu Hause gehört, jetzt weiß ich es. Deshalb kam mir der Name so bekannt vor. Es hatte sich oft herum gesprochen, dass unser Hiob, unsere Tante Josefina, viel Pech im Leben hatte. Meine Mutti, die etwas abergläubig ist, was mir sehr widerstrebt, sagt manchmal: „Ich besuche meine Schwester ungern, denn bei aller Liebe... Ich habe Angst, sie könnte uns ihr Pech anstecken. Es gibt Menschen, die schädliche Energien übertragen, auch wenn sie es nicht wollen. Bei ihr läuft immer alles schief. Deshalb konnte meine Brustoperation auch nicht ganz gelingen. Ich hätte ihrem Rat nicht folgen dürfen und stattdessen einen anderen Chirurgen befragen sollen."

Mama scheint nicht registriert zu haben, dass es der Tante in den letzten 15 Jahren besser geht. Für sie bleibt immer das alte Bild im Kopf von fast unerträglichen Niederlagen und einer Häufung düsterer Situationen. Den beinahe gleichzeitigen Tod von Mutter und Großmutter hatte sie auch mit großen Schmerzen erdulden müssen. Aber all die übrigen Pechsträhnen: der Unfall, die ständigen Fehlgeburten, die Prozesse, um Clara behalten zu können, der Einbruch, das alles gehörte zum schwarzen Schicksal der Tante. Und Mama will aus dem Grund nicht viel mit ihr zu tun haben, was ich nicht so ganz verstehe. Wenn ich so ein Hiob wäre, würden die Menschen dann keinen Kontakt mit mir haben wollen? Das wäre noch schlimmer als alles andere, finde ich. Ich frage mich, ob meine Mutter zu einer richtigen, großen Liebe fähig ist. Auf jeden Fall liebt sie ihre Geschwister weniger als uns, ihre Kinder. Vielleicht hatte sie zu viele Geschwister. Sie waren neun.

Ich lächle Tante Josefina an und will ihr unbedingt etwas Ermutigendes sagen: „Es tut mir so Leid, dass du soviel hast leiden müssen! Ich glaube nicht, dass das Schlechte vom Gott kommt, sondern vom Teufel. Gott kann nicht so grausam sein, dass er die Treue eines Menschen so übermäßig auf die Probe stellt."

„Das weiß ich nicht genau. Ich war immer unerfahren in Sachen Religion. Mir ist nur klar, dass man viel Geduld haben muss wie Hiob, bis die schlechte Zeit vorbei ist. Doch gibt es auch Menschen, die leider nur schlechte Zeiten erleben; von Anfang bis zum Ende müssen sie leiden."

„Wie schrecklich! Aber bei Cervantes war es sicherlich anders; er hatte einige Glücksstunden und schöne Augenblicke, wenigstens beim Schreiben seiner Bücher."

„Das hoffe ich auch, obwohl seine letzten Jahre nicht besonders toll waren. Seine uneheliche Tochter Isabel führte einen Prozess gegen ihn und er ärgerte sich auch sehr über die boshafte Parodie Avellanedas zu seinem Quijote."

„Das mit dem doppelten Tod muss furchtbar gewesen sein. Mama spricht fast nie davon, aber ich würde gern mehr darüber wissen. Woran starben die beiden Frauen?"

„Unsere Mutter an Krebs und die Oma nahm sich das Leben drei Tage danach."

„War ihre Liebe zu der Tochter so groß, dass sie das Leben ohne sie nicht mehr ertragen konnte?"

„Vermutlich. Uns, den neun Enkeln und Enkelinnen gelang es nicht, sie zu trösten. Wir gehörten nicht mehr in ihren Aufgabenbereich, denn wir waren schon erwachsen. Nach der langen Pflege unserer Mutter wusste sie nicht mehr was mit sich anzufangen."

„Und wie konntet ihr das verarbeiten? Für mich ist das unvorstellbar: Zwei Beerdigungen! Zwei Menschen, die verschwinden!"

„Wir waren viele und trösteten uns gegenseitig, soweit es ging. Die drei großen Schwestern brachten ihre Männer und ihre Kinder mit; unser Vater kam mit seiner neuen Frau und dem neugeborenen Pedro. Wir hatten nur eine Beerdigung für die beiden, das hatten wir uns erspart. Es war herzzerreißend den Pfarrer zu hören, wie er fortwährend die zwei Namen nannte: „Teresa und María", „Teresa und María", damit man nicht durcheinander kam mit den zwei Parallelgeschichten (Teresa war die Großmutter), und die beiden wurden in dasselbe Grab getragen. Teresa und María hatten auch im Leben eine Einheit gebildet, wie Romeo und Julia. Aber manchmal kommt mir der Gedanke, dass man sie vielleicht hätte fragen sollen. Vielleicht hätte jede eine individuelle Beerdigung für sich haben wollen, und eine Stunde für sich alleine beansprucht. So sehr miteinander vereint und ineinander verschmolzen waren die beiden Frauen nicht. Jede hatte eine eigene Persönlichkeit und wollte vor allem ein eigenständiges Ende ohne Vermischungen haben. Teresa hätte wohl ein paar Tage warten sollen und sich dann umbringen können, als die andere schon ihre Ruhe gefunden hatte."

Ich kann schon nachvollziehen, was sie meint: Es gibt Menschen, die nur durch den Tod miteinander verbunden sind, so in einer Schiffskatastrophe, einem Flugzeugabsturz oder in einem Brand. Wir beten für sie alle kollektiv zusammen, für die Minenarbeiter, die nicht mehr lebend aus der Schacht herausgeholt werden konnten, aber im Grunde verdient jeder ein individuelles Gebet und ist vielleicht eifersüchtig, dass er seine einmalige Zeremonie des Abschieds mit anderen teilen muss.

„Haben dich Teresa und María irgendwann in deinen Träumen besucht?"

„Nein. Ich bin ein Unmensch, Lolita, ich habe sie fast vergessen. Jetzt denke ich nur an die guten Zeiten."

„Vom Großvater und Onkel Pedro bekomme ich hin und wieder E-Mails und auch deine Stiefmutter schreibt sehr schön. 1990 emigrierten sie nach Frankreich, Toulouse, wo ein Teil ihrer Familie wohnt. Sie haben mich für nächstes Jahr im Sommer zu sich eingeladen. Meinst du, ich sollte dahin gehen?"

„Warum nicht? Wir waren auch im vorigen Jahr dort, und es hat uns sehr gut gefallen. Pedro ist noch alleinstehend, und vielleicht wartet er auf dich. Er ist nur ein Onkel zweiten Grades, daher gäbe es keine Probleme, und mit Clara auch nicht, noch weniger, da sie keinen Blutstropfen der Familie hat. Aber sie will keinen Mann. Manchmal denke ich, dass sie lesbische Neigungen hat."

„Es ist sehr schade, dass Clara sich so sperrt und euch diese Freude nicht bereiten kann, euch mit kleinen Kindern zu erfreuen. Aber warte, vielleicht tue ich es eines Tages, ich bringe dir meine Kinder, und sie werden dann wie deine Enkel sein."

Die Vorstellung meiner noch so unwahrscheinlichen Mutterschaft, die so weit weg von mir liegt, macht mich melancholisch. Ich muss wie so oft an Fernando denken, in den ich so verliebt gewesen bin und an unsere zerstörten Heiratspläne.

„Fernando ist auch ein Hiob auf seine Art", sage ich nachdenklich. „Seine Eltern trennten sich, seine gute Oma starb, er brach sich das rechte Bein im Skiurlaub, er fiel durch ein paar Klausuren und wird früher oder später sein Studium abbrechen, er stürzte sich in Schulden, nahm Drogen und noch dazu, zu seinem Unglück auf lange Sicht gesehen, traf er diese Frau... Sara Ortiz. Sie ist eine reiche Erbin, älter als er und unterstützt ihn finanziell."

„Man kann nichts von so einem Mann erwarten", sagt die Tante missbilligend. „Er ist kein Hiob, sondern ein Dummkopf und zusätzlich ohne Menschenwürde, wenn er sich von einer Frau unterhalten lässt."

„Aber vor zwei Jahren hatte er noch eine glänzende Zukunft vor sich, er war stark, resolut, und ich mochte einige sehr ansprechende Eigenschaften seines Charakters. Das Schlimmste sind die Drogen. Wenn die Frau ihn wenigstens davor retten könnte, wäre sie mir sympathischer. Aber je mehr Geld er hat, desto mehr kann er sich von dem Zeug besorgen. Ja, ich denke an die vielen Hiobs der Drogen, die natürlich nicht in der Bibel stehen, aber die wirklich und besonders in unserer Zeit überall existieren. Sie können nicht mehr normal leben, sie verschulden sich, prostituieren sich."

„Komm', zerbrich dir nicht mehr den Kopf über ihn. Du musst ihn vergessen."

Ich finde diese pauschalen Urteile der Menschen sehr unangenehm und ungerecht, so wie wenn meine Mutter gesagt hat: „Lieber vermeiden wir den Kontakt mit der Tante, sie könnte uns mit ihrem Pech anstecken." Gott sei Dank bin ich nicht so ängstlich. Irgendwann werde ich zu Sara, Fernandos Geliebte und Sponsorin, gehen und mit ihr ganz offen über ihn sprechen. Es ist uneigennützig von mir und ohne Hoffnungen für mich selbst. Ich empfinde nur Mitleid mit ihm und möchte nichts unversucht lassen, um ihr die Augen vor der Gefahr zu öffnen, in der sie sich befinden.

„Ich kann ihn nicht so schnell vergessen", sage ich zu Josefina. „Man sollte ihm in dieser schlechten Lage eher helfen, und wenn ich ihn gänzlich leugne, dann hat er keinen Ausweg mehr."

„Aber was willst du gegen seine vielen Laster tun? Du arme Taube! Er ist nicht derselbe Mann, den du vor ein paar Jahren kanntest."

„Genau. Und diese Verwandlung scheint mir erschreckend, so grauenvoll wie ein doppelter Todesfall. Nicht alle Hiobs verwandeln sich, nur die ganz Verrückten und Verzweifelten wie er. Du hattest dich nicht verwandelt, als du ein Hiob warst, nicht wahr? Es ist, als hätten die bösen Geister sein Herz gestohlen. Ich kann nicht so hart sein: als Verlobter hat er mich sehr enttäuscht, aber etwas von der langjährigen Freundschaft bleibt. Ich vermisse ihn, und das Lernen ohne ihn macht keinen Spaß mehr. Ich glaube, ich werde auch nicht Rechtsanwältin, es ist nicht meine richtige Berufung."

„Sei vorsichtig, nicht dass er dich auch in seinen Abgrund mitreißt!"

Die Hiobs sind oft nicht gut zueinander und besonders wenn sie eine gute Zeit erleben und sich nicht mehr an ihr damaliges Unglück erinnern, wie meine Tante. Ich sage nichts zu Josefina über meinen geplanten Besuch an Sara, denn sie würde nur Schwierigkeiten darin sehen. Ich verabschiede mich langsam von ihr und verspreche, sie bald wieder zu besuchen. Im Grunde braucht sie mich viel weniger als andere, weil sie kein Hiob mehr ist. Sie ist nicht so einsam, wie sie sich gibt; sie hat noch ihren Mann, Clara und bestimmt noch ein paar der vielen Geschwister. Über den Onkel Pedro weiß ich wenig, aber ich glaube, er ist mehr ein Hiob im Moment als alle anderen in der Familie. So wie ich gehört habe, malt er sehr schöne Bilder, aber ohne Erfolg; er führt ein sehr zurückgezogenes Leben und hat nie eine Freundin gehabt. Er wollte als junger Mann Priester werden, aber er wurde von einem Priester sehr enttäuscht und fand keine Zuflucht mehr in der Religion. Er vergötterte seine Mutter und hatte häufige Auseinandersetzungen mit dem Vater, weil er fand, dass dieser nicht gut genug für sie war. Am Ende zog er aus dem Elternhaus aus, um dem ewigen Krach ein Ende zu setzen, und er lebt jetzt wie ein Einsiedler unter sehr armen Verhältnissen, keine Heizung, kein Bett, nur eine Matratze auf dem Boden und seine Bilder überall, kein Wunder, dass er oft krank ist mit häufigen Erkältungen und Asthmaanfällen. Ich möchte auch bald zu ihm gehen und vielleicht sein Leben ein wenig zum Positiven ändern, wer weiß. Warum ziehen die Hiobs mich immer an, statt dass sie mich abstoßen?

Ich renne zu mir nach Hause und fasse den Entschluss, mit Sara zu telefonieren. Ich befürchte, ich könnte Fernando bei ihr antreffen und es ist nicht notwendig, dass wir uns persönlich begegnen. Auch telefonisch kann ich ihr sagen was ich möchte, und es ist vielleicht weniger peinlich.

„Ich bin Fernandos ehemalige Freundin. Entschuldige die Störung, wir kennen uns ja kaum, doch ich wollte etwas mit dir besprechen."

Sie zeigt sich nicht überrascht, sondern flüstert mit zynischer Stimme: „Ich wusste, dass du dich früher oder später melden würdest."

„Ich wollte nur eine kleine Warnung aussprechen, um mein Gewissen zu beruhigen. Es geht nicht um mich, sondern um ihn. Bitte rette ihn vor Obdachlosigkeit und seinen Schulden, aber vor allem vor der Droge. Die Droge könnte eure Zukunft zerstören."

Sie lacht unbekümmert: „Unsinn, er ist nicht abhängig. Wir machen es nur ganz selten, wir machen eine kleine Reise zu zweit zum Spaß."

Ich bin entsetzt, sie begreift nicht den Ernst der Lage.

„Was am Anfang harmlos erscheint, kann sehr gefährlich werden."

Sie hat aufgelegt und ich verstehe, dass ich nichts dagegen tun kann. Auf jeden Fall ist es besser per Telefon als aus ihrer Wohnung rausgeschmissen zu werden. Und die Hoffnung darf man nicht aufgeben. Vielleicht werden meine Worte eine Nachwirkung in ihr haben. Die Chancen sind gering, aber auch wenn wir ein Gebet an Gott richten, wissen wir nicht, welche geheimnisvollen Prozeduren im Himmel stattfinden. Ich tue beides, auch ein Gebet an Gott richten für all die Hiobs der Welt, damit sie nicht ganz zermalmt und von so viel Unglück überwältigt werden. Ich bin aber keine Heilige. Mein Gebet gehorcht nur einem Impuls aus eigensüchtiger Angst, dass es mir auch passieren könnte.

Man fängt damit an, dass man kein Ziel, keine Richtung mehr hat und wenn zusätzlich noch Krankheiten und Familien- oder

Freundschaftskonflikte auftreten, dann hat man das große Los des Unglücks gezogen. Wie leicht und vorhersehbar! Aber ich muss die guten Zeiten genießen und auch Gebrauch von meiner Freiheit machen, meine Lieblingsgerichte bestellen. Ja, eine neue Richtung nehmen. Ich werde etwas anderes studieren, vielleicht Psychologie. Ich möchte immer gerne wissen, warum die Menschen etwas tun, die Motivationen und Rätseln des Verhaltens. Warum trennte sich Cervantes von Catalina Palacios und lebte dann nach ein paar Jahren wieder mit ihr zusammen? Ich würde gerne für Biographien recherchieren und mit psychologischen Kenntnissen an die Beweggründe für bekannte Persönlichkeiten herangehen. Es ist so stimulierend, an allerlei Menschen zu denken. Heute sind es die Hiobs, morgen die schönen Frauen, übermorgen die stummen Schachspieler der Geschichte...

Einen Satz von Hiob in der Bibel will ich suchen, ein Zitat. Wenigstens eine Inhaltsangabe finde ich in einem Vergleich zwischen der Geschichte aus der Bibel und Josef Roths Roman „Hiob": „Gott gibt dem Satan, der an der Frömmigkeit Hiobs zweifelt, das Recht, Hiob durch Leiden zu prüfen. Hiob wird seine ganze Habe genommen, und seine Söhne sterben, ohne dass er schuldig geworden ist. Hiob bleibt auch im Leben fromm, und Gott belohnt ihn, indem er ihm alles erstattet, was der Satan ihm genommen hat."

Jetzt könnte ich meiner Tante sagen: „Siehst du? Es war doch der Teufel und nicht Gott. Gott schickt nur schöne Meisterwerke der

Poesie und Musik, Geschenke, Gärten voller Blumen und reichen Schmuck für Körper und Seele."

Aber was sagte Hiob, als Gott kein Mitleid mit ihm zu haben schien? Es muss schrecklich sein, wenn die ganze Welt über einem zusammenbricht, Gott sich taub stellt und jede Unterstützung verweigert. Für mich liegt noch alles in der Luft. Hoffentlich erlebe ich so etwas nicht.

Die verborgene Sünde, ein spanischer Krimi

Der Priester hört ihrer Beichte zu mit einem unterdrückten Seufzer und fragt sich, ob ihr Geständnis etwas Gravierendes oder nur Lappalien enthüllen wird.

„Frau mit 60, aber noch sehr gut erhalten. Ich hätte es nicht vermutet, wenn sie es mir nicht selber erzählt hätte, dass sie vor ein paar Monaten ihren sechzigsten Geburtstag gefeiert hat."

Der Priester Federico Olivares hat Angst vor dem, was kommen wird. Immer diese Dunkelheit der Seelen! Dieses Verschwiegene, Unaussprechliche und Unverzeihliche, was plötzlich explosionsartig an die Oberfläche gebracht wird!

„Die vorhergehende Beichte hat mich müde gemacht, es war zu viel... Dieser Mann hat mehrfach seine Frau und das Kind geschlagen, dann ist er zu einer Prostituierten gegangen, und jetzt wollte er schnell von mir frei gesprochen werden und ein schnelles „ego te absolvo" von mir bekommen. Aber ich habe gesagt: „Nein. Alles hat seine Grenzen. Ich nicht absolvo, nicht absolvo." Er soll wenigstens Reue zeigen. Sonst mache ich nicht mit.

Federico zittert noch von der Anstrengung dieser Beichte. Das wissen die meisten Menschen nicht, wie vielen Gefahren ein Priester ausgesetzt ist. Der aggressive Mann, der nach Alkohol roch, wollte ihn anschreien und in der Kirche randalieren. Aber dann bekam er in letzter Minute etwas von Gottes Furcht und versprach, sich zu ändern und seine Missetaten wieder gut zu machen.

Federico kannte die Dame nicht, die im Beichtstuhl vor ihm kniete. War es eine Dame? Oder irgend etwas anderes? In dem Alter schien es zwar weniger wahrscheinlich. Aber sie hätte auch eine Bordellbesitzerin sein können. Nein, es war eine dezente Ehefrau und Mutter.

„Es handelt sich vermutlich um eine Lappalie. Sie redet sehr leise und gedämpft. Sie erzählt irgend etwas über eine Freundin, die sie sehr gerne hatte. Nein, keine lesbische Liebe, einfach eine Freundin."

„Wo haben Sie sich kennen gelernt? Und was haben Sie zusammen unternommen?", fragt der Priester zerstreut.

Beatriz Espejo García fängt an zu weinen, was ihr weiteres Sprechen verhindert. Tränen machen das Ganze noch komplizierter, denkt der Priester. Auf der einen Seite reinigen sie die zur Buße bereite Seele noch stärker als alle lateinischen Worte der Absolution, auf der anderen Seite sind sie peinlich und verschweigen die wahren Motive.

„Was ist das, meine Tochter? Sind es Tränen der Scham, des schlechten Gewissens, der Trauer oder der Wut?"

„Ich kann es nicht so auseinander halten. Ich denke... alles zusammen. Aber besonders der Trauer. Wie einer fühlt, dem ein wertvoller Mensch verstorben ist und noch dazu ohne den Trost der Erinnerung."

Er reflektiert automatisch weiter über vergangene Beichten. Auch wenn er versucht, sich auf die Gegenwart zu konzentrieren, kann er das nicht ändern. Sein Gehirn läuft immer weiter zurück. „Ich habe auch meine Erinnerungen." Man wirft eine Münze hinein, und der Automat der Beichten, der super voll ist, spuckt immer neue Päckchen hinaus wie Geldscheine, Butterbrotte oder Kaffeebecher.

„Der unaufhörliche Chor der Beichten quält mich manchmal und wird unerträglich. Man unterschätzt kläglich unsere Arbeit, wenn man denkt, wir bleiben immer stoisch und unerschütterlich. Im Grunde brauchte jeder Priester auch einen Psychologen."

Frau Socorro Núñez, eine Dame der Gemeinde, die er sehr gut kannte, hatte auch mit Tränen in den Augen ihr kleines, großes Verbrechen gestanden: „Ich habe das schöne Kleid meiner Schwiegertochter Melisa ruiniert. Sie gab es mir zum Bügeln in Vertrauen, und ich missbrauchte schamlos ihr Vertrauen. Ich tat es so, als würde das Bügeleisen nicht richtig funktionieren und verbrannte den Stoff an mehreren Stellen."

„Warum haben Sie so etwas gemacht, Socorro?"

„Ich weiß es nicht. Ich mag Melisa, aber andererseits bin ich eifersüchtig auf sie, weil sie die Liebe meines Sohnes voll besitzt und weil sie mir kaum erlaubt, meine Enkelin zu sehen. Einmal im Monat ist zu wenig, finden Sie nicht? Und jetzt wird sie mir die Kleine noch seltener überlassen. Ich bin sehr unglücklich."

„Die Frage ist nur, ob Sie unglücklich sind, weil Sie einen Schaden angerichtet haben oder nur weil Sie Angst vor Repressalien haben."

„Beides. Ich verstehe mich selber nicht mehr. Ich schäme mich so! Ich glaube, dass Melisa meine Absicht durchschaut hat, obwohl sie es mit keinem Wort erwähnen würde. Sie ist sehr höflich, wie eine Fürstin erzogen, und es macht mich sehr nervös zu sehen, wie tausendfach sie mir überlegen ist."

„Das ist gefährlich. Sie müssen aufpassen, nicht dass Sie ihr eines Tages noch Schlimmeres antun könnten. Wenn Sie sie nicht lieben können, dann halten Sie sich wenigstens fern von ihr. Seien Sie konsequent, immer auf der Hut vor dem Teufel, und als Selbstbestrafung verzichten Sie auf den Kontakt mit Ihrer Enkelin."

Es ist nicht nur, dass man sich alles anhören und wie ein Abfalleimer für grauenvolle, böse Gedanken und Taten sein muss, sondern man muss noch als Ratgeber auftreten, der immer nach Lösungen sucht, damit das nächste Mal der Teufel den Sieg nicht davon trägt.

Esperanza Rojas ist immer sehr sinnlich in ihren Beichten und hat keine Hemmungen in Bezug auf Tabu-Worte: „Ich habe mich meinem Mann zweimal im Bett verweigert. Aber nicht aus Keuschheit, sondern weil ich ihn durch sexuelle Enthaltsamkeit bestrafen und seinen Willen manipulieren will. Er ist zu wenig ehrgeizig, zu mittelmäßig. Ich will, dass er nach einer besseren Stelle sucht, dass er die guten Beziehungen, die er durch seine

61

Eltern hat, ausnutzt, um mir auch eine gute gesellschaftliche Position zu sichern. Er mag keine Partys, aber ohne Partys gibt es keine Kontakte. Ich will ihn dazu zwingen, wichtige Leute bei uns einzuladen. Meinen Sie, dass es eine Sünde ist, wenn ich ihn im Bett ablehne?"

„Natürlich, es gibt Ehepflichten, und Manipulation ist eine hässliche, schmutzige Angelegenheit."

„Ich habe meinen Vater belogen, als er mich fragte, ob ich schon einen Freund hätte."

"Ich habe etwas Geld vom Portemonnaie meiner Mutter gestohlen."

„Ich habe meine Hausarbeit von einem Kameraden schreiben lassen. Im Austausch habe ich ihm Schach beigebracht."

„Das Geheimnis meiner Tante habe ich verraten und alles meiner Mutter erzählt."

„Die Kinder wollten unbedingt einen Ausflug machen, aber ich habe eine geheime Freude daran, mich ihren Träumen und Wünschen zu widersetzen, ich weiß nicht warum. Bin ich ein sadistischer Vater? Ich habe wieder nein gesagt."

„Dann müssen Sie nächstes Mal ganz anders handeln. Es ist sehr übel, wenn Sie sich freuen, die Kleinen zu enttäuschen und Ihre Machtposition zu missbrauchen."

„Stopp, stopp, schwarze Seelen! Es ekelt mich an, immer das Böse überall zu sehen. Ob Lappalie oder gravierend... Es ist schwer zu entscheiden."

Manche Sünden sind veränderlich und zeitgebunden. Er erinnert sich an eine ganz alte Beichte vor einigen Jahren von einem verzweifelten Kind, das mit gequälter Miene sagte: „Pater Federico, ich habe heute vor der Kommunion etwas gegessen, zwei Oliven... Ich hatte so einen Hunger! Und ich vergaß in dem Augenblick, dass ich zur Kommunion gehen wollte."

Damals war es ein Sakrileg, vor der Kommunion irdische Speisen zu nehmen, sogar ein Glas Milch zu trinken. Und jemand sagte gequält: „Pater, ich habe aus Versehen die Hostie mit meiner rechten Hand angefasst."

Das war auch ein Sakrileg gewesen, während heutzutage viele Menschen die Hostie mit der Hand vom Priester empfangen und selbst in ihren Mund tun. Man wird nicht wie damals gefüttert, sondern füttert sich selbst mit der heiligen Nahrung. Man nimmt die Kommunion vielleicht weniger ernst und beichtet nicht so oft wie vor Jahren. Das ist gut, denn so fühlt er sich von dieser unangenehmen Arbeit etwas entlastet.

Trotzdem gibt es auch Sünden, die als solche ewig bleiben müssen.

„Meine Mutter leidet an Alzheimer. Es tut mir Leid, aber manchmal wünsche ich, dass Gott sie bald zu sich nimmt."

Da ist der Priester ratlos und weiß keine Lösung. Doch, schon, ein Heim...

„Wenn Sie nicht mehr können, ein Pflegeheim."

Aber die Angelegenheit ist sehr kompliziert, denn diese Nachfolger Dostojewskis, die sich wiederholt den Tod der Eltern wünschen, wollen sie auch behalten und sich damit wieder in die gewohnte Sünde mit resignierter Niedergeschlagenheit begeben.

„Ich selbst hatte auch das Problem, einen Vater mit Alzheimer, als ich jung war", erinnert sich Federico.

Natürlich gibt es einige, die Lappalien erzählen: „Ich bin ungehorsam zu meiner Mutter und komme abends zu spät nach Hause. Ich weiß, dass sie mit dem Abendessen immer auf mich wartet aber..."

Manchmal geht es um Verhaltensmuster (Soll ich mein Verhalten ändern? Früher abends nach Hause kommen?), aber meistens geht es um geheime Wünsche.

„Ich wünsche mir eine ganz andere Frau, als die, die ich habe. Ich ergötze mich an Pornobildern. Ich kann ohne sie nicht leben."

„Mein Glaube an Gott ist zu schwach im Vergleich mit meinem Glauben an die Heiligen. Ich bete meistens an Maria und die Heilige Theresia und kaum an Christus. Ich finde keinen Zugang zu ihm."

„Ich habe im Kartenspiel zum vierten Mal gewonnen, aber nur weil ich gepfuscht habe. Und dann habe ich mich gefreut, dass die anderen so dumm sind, dass sie nichts bemerkt haben."

Der Priester gibt sich Mühe, Beatriz Espejo trotz ihres Schluchzens und seiner vielen Erinnerungen zu verstehen. Auch wenn es nicht wichtig ist was sie erzählt, irgendeine Antwort muss er ihr letzten Endes geben.

„Zu viele Tränen, warum? Eine 60-jährige Frau sollte sich schon besser beherrschen können, eben weil sie so reif an Erfahrungen ist. Und wegen einer Freundschaft so viel Theater!"

„Was ist genau passiert?", fragt der Priester etwas missbilligend, denn die kostbaren Minuten vergehen, und er weiß nicht, wie er diese weinende Fremde trösten kann. „Ich dachte, Freundschaften wären besonders wichtig in der Jugend als Teenager auf der Schule oder in der Uni, aber nicht so sehr in Ihrem gestandenen Alter."

„Es stimmt nicht, im Gegenteil. Sie ist wahrscheinlich meine letzte Freundin, deshalb war sie mir besonders wichtig. Sie war auch die neueste, ein noch frischer Kontakt; wir lernten uns vor anderthalb Jahren kennen; und in meinem Alter ist es nicht so einfach, neue Freundschaften zu schließen. Sie meinen, ich übertreibe es mit der Freundschaft? Es ist so: Ich habe keine Kinder und keine Enkel, deshalb kreisen meine Gedanken meistens um die Freunde."

Federico nickt verständnisvoll und denkt:

„Ja, sie ist eine Großmutter, aber ohne Enkel, deshalb kann sie wie eine 16-Jährige die Enttäuschung einer zerstörten Freundschaft fühlen. Aus dem Grund sieht sie so jung aus, keine Erfahrungen. Sie lebt noch in den achtundsechziger Jahren, als Freundschaft viel wichtiger als die Familienbande zu sein schien. Aber warum haben sich die beiden Frauen verkracht? Vielleicht vertragen sie sich wieder. Manchmal ist alles nur Frauengeschwätz."

Doña Beatriz fängt an mit trauriger Stimme und seltsamerweise im Präteritum zu erzählen: „Carol war Amerikanerin, aus Kalifornien. Ich mag die Amerikaner besonders, weil sie so aufgeschlossen scheinen. Auch meine ersten Freunde, meine Englischlehrer Tom und Mary waren aus den USA. Carol war meine Nachbarin am Anfang. Es war schön, jemanden in der Nähe zu haben, dem man vertrauen konnte, den man mühelos oft sehen konnte, obwohl wir immer aus Taktgefühl miteinander telefonierten, bevor wir uns gegenseitig besuchten, um uns nicht zu stören, denn sie hatte einen sehr jungen und viel beschäftigten Mann, und ich hatte einen sehr kranken Ehemann. Ich schätzte ihre Nähe sehr, mit den praktischen Vorteilen, die es mit sich brachte. So etwas hatte ich im Leben noch nicht gehabt. Ich brauchte bloß meine Tür aufzumachen, und da war sie schon mit ihrem starken orientalischen Duft nach Weihrauch, der charakteristisch für ihre Wohnung war. Nach ein paar Monaten zog sie leider mit ihrem Mann um in eine viel schönere Wohnung in der Stadtmitte, die aber zu groß und unbeheizt war. Die räumliche Trennung fiel uns beiden etwas schwer. Sie versprach jedoch, mich öfters zu besuchen, da sie noch ein Auto hatte, und für mich immer da zu sein, wenn ich sie brauchte. Mit der Zeit entfremdeten wir uns. Sie verkaufte ihr Auto, wurde träge und kam mich nur äußerst selten besuchen. Manchmal trafen wir uns in einem Café, wo wir unser wertvolles

Gespräch und den Geschmack nach Schokolade noch zusammen zu genießen schienen. Später riefen wir uns noch regelmäßig oder in längeren Abständen an, und so hätte ich auch viele Jahre leben können mit diesem Schatten von Kontakt, der wenigstens etwas Freundschaft erlaubt und eine nostalgische Neugier hin und wieder zu sehen, was aus einem Menschen geworden ist, der eine Zeit unseres Lebens mit uns teilte. So habe ich es immer mit den Menschen gehalten, und ich habe noch ganz alte Freunde von der Uni, deren Verwandlungen durchs Leben ich ab und zu beobachte. Ich bewahre ihre Adressen und Telefonnummern und setze sie immer pedantisch auf den neuesten Stand. Aber Carol schickte mir neulich eine vergiftete E-Mail voller Anschuldigungen, wo sie radikal von mir Abschied nahm und es kategorisch ablehnte, jede weitere Beziehung mit mir zu pflegen."

„Na ja. Vielleicht vertragen Sie sich wieder. Haben Sie versucht, sich mit ihr persönlich auszusprechen?"

„Nein, es geht nicht mehr. Ich habe meine Freundin getötet. Deshalb bin ich hier."

Der Priester beginnt zu schwitzen.

„Das fehlte mir noch! Heute ist ein verfluchter Tag. Zuerst der Mann, der seine Frau schlägt und jetzt das. Kriminelle Bande. Ich werde morgen der Putzfrau sagen, sie soll den Beichtstuhl mit besonderer Gründlichkeit reinigen."

„Sie hat mir soviel Schreckliches geschrieben, dass ich nicht anders konnte! Es kam so unerwartet und unbegründet, wahrscheinlich in einem hysterischen Anfall. Dass ich zu viel von einer Freundschaft verlangen würde. Schließlich habe sie mir gegenüber keinerlei Verpflichtungen, nur ihrem Mann und ihrer Familie gegenüber. Freundschaft sollte frei sein und ich dagegen wollte sie in ein Gefängnis stecken. Im vorigen Jahr habe ich sie ‚zwingen' wollen, an meinem Geburtstag zu mir zu kommen, obwohl sie ganz andere Sorgen gehabt habe, die ich in meiner ‚plumpen Eigensucht und Unempfindlichkeit' gar nicht registrierte. Seit dem Tag sei es schon zu Ende mit unserer Freundschaft. Sie könne nichts mehr für mich empfinden. Und folglich habe ich sie getötet."

„Wie haben Sie es gemacht? Mit Gift? Mit einem Messer?"

Er kann sich schwer vorstellen, dass Beatriz Erlaubnis für eine Pistole besitzt. Sie lacht zum ersten Mal, als sie den Schreck am Gesicht des Priesters merkt. Sie wicht sich die Tränen ab und sagt nüchtern: „Nein, so war es nicht gemeint. Innerlich schon... Es war ein innerer Vorgang. Keine Waffe, doch harte Worte. In meiner Antwort-E-Mail habe ich ein entsetzliches Ritual, so wie ein Anathema, eine Verfluchung, durchgeführt. Ich habe ungefähr so geschrieben: ‚Vergiss dann, dass ich existiere, so wie ich auch deine Existenz vergessen werde. Ich lösche dich gänzlich aus meinem Gedächtnis, deinen Namen, deine Adresse, einschließlich deine Stimmer und deiner Gestalt. Sogar der beste Teil deiner Selbst und die schönsten Momente, als wir uns am Anfang so sehr anfreundeten und uns nahe kamen... alles von dir wird mit der Zeit verschwinden.'

Nein, seien Sie nicht erleichtert. Es ist schon eine gedankliche Tötung, und ich habe es so noch mit keinem anderen Menschen davor erlebt. Die Intensität und Fixierung meiner Gedanken auf ihr Verschwinden, auf die Vernichtung ihres Wesens wenigstens in Verbindung mit mir, hat mich alarmiert und unsagbar erschüttert. Ich komme mir wie ein Engel des Todes vor, denn die Existenz eines Menschen zu verleugnen, den wir gekannt haben, ist schon gleich dem Töten. Aber sie tat auch das gleiche mit mir als Erste, als sie mir ihre grausame E-Mail, ihren Löschungszauberspruch in die Luft schrieb. Sie machte mich unbrauchbar wie ein kaputtes Möbelstück ohne Beine; sie machte unser Kennenlernen sinnlos und vergeblich; sie löschte meine Arme, meine Stimme und meinen Namen. Hypnotisch wiederhole ich mir immer wieder: Aus meiner Küche verschwunden, aus meinem Herzen verschwunden... Ihre Adresse gestrichen. Ich habe sie aus ihrer Wohnung ausquartiert, da sie nicht mehr existiert. Trotzdem bleibt diese Straßennummer, die ich systematisch umgehen und nie besuchen werde, ein Tabu für mich. Und was macht man mit einer Leiche, die man nicht beweinen, nicht würdig bestatten und nicht einmal mit Gebet und Schweigeminuten für den Mangel an Leben entschädigen kann? Auf jeden Fall fühle ich mich auch schuldig. Ich habe schwer gesündigt und deshalb komme ich zu Ihnen. Ich bereue es. Am liebsten würde ich meine Freundin Carol wieder haben und dass alles verziehen werden könnte. Aber sie hat es selbst herausgefordert, den Tod und unser beider Einsamkeit. Sie hat mir jegliche Freundschaft gekündigt aus welchen Gründen auch immer, wie wenn man eine Scheidung einreicht oder ein Kind zur Adoption gibt."

Der Priester ist trotzdem beruhigt, dass die vor ihm kniende Frau keine Mörderin im klassischen Sinne ist.

„Sünde hin oder her. Gott vergibt alles. Seien Sie nicht zu streng zu sich selbst! Auf jeden Fall lebt ihre Ex-Freundin noch, und vielleicht eines Tages überlegt sie es sich besser und kommt zu Ihnen zurück."

„Sie sind ein Märchenerzähler. Ich bin zwar naiv, vielleicht sogar unterentwickelt, aber kein Kind mehr. Carol wird nicht wieder zurückkommen, und sollten wir uns irgendwo zufällig treffen, dann würde sie es so tun, als wenn sie mich nicht sehen würde. Es ist ein Bruch für das Leben, noch schlimmer als eine Scheidung. Alimente werden nicht bezahlt und keine gemeinsamen Kinder betreut. Die Freiheit der Freundschaft ist so eine Sache, keine Reklamationen werden angenommen. Doch ich bin traurig ohne sie. Wenn sie gestorben wäre, hätte ich wenigstens ihr Grab besucht, aber so... Ich darf nichts mehr tun."

Federico denkt jetzt an einige verbreitete Klischees über Nationalitäten und dass viele Amerikaner den Ruf haben, etwas oberflächlich zu sein.

„Vielleicht wird diese Carol Ihnen eines Tages aus Kalifornien eine Postkarte schreiben und Sie zu sich einladen: ‚Komm auf ein paar Tage vorbei. Wir wollen Weihnachten zusammen feiern, und ich will dir meinen neuen Mann vorstellen.'"

„Ja, wer weiß? Danke. Aber ich brauche eigentlich keinen Trost mehr in der Hinsicht. Die Wiederauferstehung meiner Freundin wäre genau so unüberschaubar und kompliziert, wie jetzt ihr Verschwinden für mich ist. Es ist eine Mentalitätsfrage: Wir berührten uns nur in einem Punkt, aber lebten ganz anders. Ich wurde von vornherein in einem Kloster erzogen und habe immer viele alte und kranke Menschen gesehen."

„Vielleicht ist Carol auch krank im Kopf, dass sie den Kontakt mit Ihnen so grundlos fallen lässt."

„Reden wir nicht mehr von ihr. Ich habe sie gestrichen, entaktualisiert und rückgängig gemacht wie die falsche Fassung einer Datei, die man nicht mehr aus dem Nichts retten will. Als erstes habe ich ihr den Namen weggenommen, die Adresse, dann die Stimme, die Gestalt... Und als letztes die guten Erinnerungen an den Anfang, als wir im selben Haus wohnten. Ich habe auch Teile meiner selbst mit gestrichen und rückgängig gemacht. Meine Null-Freundin ist nicht mehr und verschwindet so rasch wie ein Flugzeug im Horizont. Sie hat selbst die Null links platziert statt rechts, wo sie einen großen Wert als Zahl hätte haben können, hätten wir uns in der Zukunft gegenseitig begleitet. Aber ich habe es nicht zu verhindern gewusst und habe sogar am Ende tüchtig mitgewirkt."

„Sie wollen Ihre große Sünde beichten, weil Sie sich immer noch für eine Verbrecherin halten?"

„Ja. Glauben Sie, dass Gott mir verzeihen kann, dass ich einen Menschen gedanklich getötet habe?"

„Ja. Er hat sicherlich Verständnis dafür. Beten Sie drei Vaterunser und geben Sie eine Spende für gute Zwecke innerhalb Ihrer finanziellen Möglichkeiten."

Beatriz macht sich schon Sorgen, wie hoch der Betrag sein sollte und zu welchem Zweck. Mit gequälter Miene verlässt sie die Kirche. Die Beichte hat ihr wenig gebracht. Sie wird versuchen mit Gott zu sprechen, abends, wenn sie ganz alleine in ihrem Zimmer verweilt. Das ist viel tröstlicher als in einer Kirche zu beichten. Auf jeden Fall muss sie mit ihrem Verbrechen weiterleben.

Die Königin und die Masseurin, der Animateur, die Leihmutter und der Datendetektiv (Türkei)

Gesine Robinson liegt entspannt auf der Liege und ich massiere sie schon seit einer halben Stunde. Sie hat besonders hartnäckig darauf bestanden, nicht nur 15 oder 20 Minuten zu bekommen; das wäre ihr zu wenig, da ihre armen Muskeln einer reichlich ausgedehnten Pflege bedürfen. Ich beruhige sie in der Hinsicht und versichere ihr, dass wir uns so viel Zeit nehmen können, wie sie möchte.

„Bei uns gibt es viele Möglichkeiten, so viele wie der Körper braucht. Eine Vollkörpermassagen oder eine Lymphdrainage beanspruchen jeweils 40 Minuten."

Damit scheint sie zufrieden und versöhnt, nicht mehr von Zweifeln gequält.

„Vielleicht nehme ich beides. Ich habe meine Gesundheit bisher beschämend vernachlässigt. Der Rücken tut mir weh und die Beine. Bei vielen habe ich das Problem, dass sie sich nicht auf Lymphdrainage spezialisiert haben. Haben Sie es auch gelernt?"

„Ja, Mrs. Robinson. Es ist zwar unüblich in der Türkei, aber ich lernte es, als ich vor acht Jahren noch in Deutschland lebte und arbeitete."

„Die Umstellung muss sehr schwer für Sie gewesen sein, ich kann es mir vorstellen... obwohl die Türkei auch ein schönes Land ist. Ihre Kollegen haben mir bereits die Beine massiert und zwar bei unserem Aufenthalt im vorigen Jahr. Aber es war nicht direkt eine

Lymphdrainage. Könnten Sie mir den genauen Unterschied erklären, Frau Yesim?"

Ich versuche es mit einem Lächeln.

Es würde mich nicht wundern, dass sie vielleicht 24 Stunden am Tag Massage von mir verlangt. Die Touristen in unserem Hotel am Meer sind die Könige, und sie ist eine wohl situierte Deutsche, die Frau eines amerikanischen Diplomaten. Es ist nicht so, dass ich mich als eine Sklavin direkt betrachte; ich tue der Menschheit etwas Gutes, denke ich, dafür wurde ich ausgebildet und ich mache es gerne, die Menschen von Verkrampfung und Hektik zu befreien. Ich fühle mich ein wenig wie ein Arzt. Meine ist zwar keine lebensrettende Aufgabe, bewirkt keine dramatische Veränderung, aber doch eine kleine Besserung, lebenserhaltende Fortschritte, ohne die einige Menschen zu Pflegefällen werden könnten.

„Ich habe auch Krankengymnastik in Deutschland gelernt."

„Wie wunderbar! Vielleicht könnten Sie auch Gymnastik mit mir ausprobieren. Ja, warum nicht? Eine vollständige Kur: Meereswasser, Massage und Rehabilitationsübungen. Mein rechter Arm tut mir auch weh."

Ich kenne dieses euphorische Verhalten mancher Touristen. Sie glauben, den ganzen Tag in der Praxis mit Therapieanwendungen verbringen zu können, möchten den Urlaub als Wiedergeburt, Wiederherstellungsmittel für das ganze Leben verwenden. Nachher lassen sich aber von der Bequemlichkeit und Trägheit am Strand und von den leckeren, doch ungesunden Mahlzeiten wieder verführen. Wird sie wirklich so viele Stunden in der Praxis verbringen wollen?

„Ich frage mich, ob Sie so einen starken Willen haben, mitten im Urlaub, gerade wenn die anderen den Sonnenschein genießen..."

„Ja, gerade dann ist es so schön kühl in der Praxis. Und ich lasse mich dann von den schönen, aromatischen Ölen einlullen, die sie bei der Massage benutzen."

„Ja. Das ist auch eine Form von Genuss, eine viel subtilere als zum Beispiel ein Eis essen gehen, und es tut der Haut so gut, dem Geruchsinn, den Gesichtsmuskeln. Wir haben allerlei Düfte, tatsächlich: Aprikosen, Rosen, Vanille; sie können sich die aussuchen."

„Gewiss, Gerüche haben bestimmt viel zu sagen und einen großen Einfluss auf das Gehirn. Welchen Duft können Sie mir speziell empfehlen?"

„Sie könnten die Aromatherapie versuchen. Dann werden Sie mit den verschiedensten Sorten vertraut gemacht, und dann können Sie entscheiden, welche die positivste Wirkung für sie hat."

Sie ist ganz begeistert und überlegt sich die vielen Optionen, die angeboten werden: Massagen, Gymnastik, exotische und gesundheitsfördernde Düfte. Alles für die Gesundheit, ein Paradies! Bald wird sie nach den Preisen fragen und mit Freude registrieren, dass die Massagen in der Türkei billiger als in Deutschland sind. Man bezahlt das gleiche für die doppelte Zeit;

dafür gibt es aber keine Rotlichtlampe, weniger Komfort in den Räumen und weniger gut ausgebildetes Personal.

„Aber Sie sind doch gut ausgebildet, ich habe viel Glück gehabt. Auch dass Sie Deutsch sprechen ist ein Glück. Ich meine, ich kann ja auch Englisch. Wir leben in Boston die meiste Zeit; aber, um mich richtig zu entspannen, da brauche ich meine Muttersprache. Es tut mir echt leid, dass Sie so wenig verdienen. Etwas Trinkgeld werde ich Ihnen natürlich geben, die Hoteldirektion braucht nichts davon zu erfahren. Ich werde auch ein gutes Wort für Sie einlegen, damit Sie noch mehr Kunden haben.“

Ich fühle mich durch ihre erpresserischen Manieren etwas beschämt und versuche, vom Thema „Geld“ abzulenken.

„Sie sollen nichts geben. Wir wollen nur die Gesundheit unserer Patienten.“ Jetzt kremple ich das Arztmotiv heraus, damit sie etwas von meinem Idealismus versteht und mir den Beruf nicht mit Bestechungen und Geschäftsfrauenmentalität verdirbt. „Mir geht's um Ihr Wohlsein, ja, ich bin ein bisschen wie ein Arzt trotz meiner Bescheidenheit.“

Sie lobt mich von Anfang an. Und nach der halben Stunde meiner Massagekünste hat sich ihre Bewunderung noch gesteigert.

„Sie haben wunderbare Hände. Das ist schön und meine Muskeln freuen sich richtig.“

Sie scheint aber nicht lesbisch zu sein. Sie versucht nichts weiteres, als sich auszustrecken, sich meinen Bewegungen hinzugeben und ihren Genuss durch Seufzer und Worte auszudrücken. Es geht nur um die Beseitigung von Schmerz. Die Litanei dieser Schmerzen gesellt sich gleichrangig zu ihrem wiederholten Lob an mich: „Mein Körper ist ein Wrack; bestimmt muss man hart und viel daran arbeiten. Was meinen Sie, werde ich in Zukunft immer physiotherapeutische Hilfe brauchen?"

„Ich befürchte schon. Wenigstens nicht ganz weg lassen. Es ist immer gut, hin und wieder ein paar Anwendungen zu bekommen."

Im Grunde ist das die Antwort, die sie sich wünscht. Sie hat gern mit uns zu tun, mit Menschen, die ihren Körper streicheln und ihr ihre Aufmerksamkeit widmen. Außerdem bin ich natürlich daran interessiert, die Existenzberechtigung unseres Berufes noch einmal zu bestätigen.

„Was sagen Sie zu meinem Rücken? Fühlt er sich nicht besonders hart an?"

„Ja, hier oben. Da ist eine besonders harte Stelle. Daran muss ich ein bisschen arbeiten, bis eine gewisse Flexibilität erreicht werden kann."

Später wird sie genau so bekümmert und mit kindischer Besessenheit nach dem Schicksal jedes einzelnen ihrer Organe fragen: „Was sagen Sie zu meinem rechten Arm? Was halten Sie von meinen Beinen? Es ist noch kein Wasser darin, aber ich habe so ein Ödem, einen Geburtsfehler, deshalb sind sie so dick. Die Drainage kann mich deshalb nicht heilen, nur ein wenig erleichtern, haben sie mir gesagt. Aber der Nacken ist am allerschlimmsten, nicht wahr? Und diese Schmerzen hinten kommen sie wirklich von dem Rücken?"

Sie überschätzt meine Fähigkeiten, glaubt, ich sei noch besser als ein Arzt und könne ohne Geräte, bloß mit dem einfachen Kontakt meiner Hände, alles sehen.... Aber ich will sie nicht ganz enttäuschen, ich lasse sie eher in dem Glauben, denn er hat psychologisch viel für sich.

„Ja, ja," sage ich fest überzeugt, „deshalb massiere ich den Rücken und nicht nur den Nacken. Es gehört alles zusammen."

„Wie tückisch Schmerzen sein können! Heute hatte ich nur an den Nacken gedacht und nicht an den Rücken, mit Ausnahme der drei Stellen, die ich Ihnen vorhin gezeigt habe."

„Genau. Sehen Sie? Durch diese Stellen haben wir bereits die Ursachen der Schmerzen entlarvt. An sich gibt es nichts, was unverbunden wäre. Alle Teile des Körpers stehen in Verbindung zu anderen; und deshalb bin ich besonders für die Vollkörpermassage."

„Ja, das wird mir gut tun, nicht nur den Rücken, sondern den ganzen Körper massieren lassen. Es ist das, was sie in Deutschland weniger verstehen. Sie geben dir einfach zu wenig Zeit, in 20 Minuten bist du schon weg von der Praxis. Und sie denken nur an den Rücken, als wären die anderen Teile weniger wichtig. Es ist auch sehr schön, mit Ihnen zu sprechen, Yesim. Was für eine vertrauliche Atmosphäre! Nur wir zwei... Wir verstehen uns ausgezeichnet. Bestimmt, ich werde Sie beim Direktor empfehlen."

Über die „vertrauliche Atmosphäre" hat sie Recht. Ich mag auch sehr diese Intimität mit den Patienten; ich höre gerne ihre Seufzer der Erleichterung, während ich sie massiere. Ich berühre auch gern die fremde Haut, die mir nicht als fremd erscheint, denn ich sehe die ganze Anatomie ihrer Körper als eine Widerspiegelung meines eigenen, und ihre Glieder sind mir verwandte, sehr nahe Teile des Seins auf dieser Erde. Das Gemeinsame an uns allen zieht mich mit besonderer Kraft an. Ich genieße das Zittern ihres Pulses und ihres Herzens und den Kontakt ihres Fleisches in den verschlossenen, warmen Räumen, wo die Männer und Frauen sich ausziehen, um ganz frei von allerlei Belastungen zu sein, und mir ihre Nacktheit wie eine leise Beichte offerieren. Wirklich, ihre Nacktheit stört mich nicht im Geringsten; sie erinnert mich an meine eigene, und dafür habe ich etwas Anatomie und Medizin gelernt, um sie als ganz natürlich zu empfinden. Genau so nehme ich es auch in Kauf, dass die Füße einiger Patienten trotz gründlicher Waschung manchmal schlecht riechen. Es ist halt menschlich, und ich bin nicht zimperlich, sonst hätte ich mir diesen Beruf nicht ausgesucht. Mrs. Robinson riecht gut, nach Seife und Parfüm. Doch nicht alle Menschen riechen so gut. Wir, die Masseure, wir haben den intimsten Umgang mit den Patienten, den man sich vorstellen kann. Während die Ärzte sich ziemlich distanziert verhalten.

Mrs. Robinson ruft mit Entzücken aus:

„Sie verwöhnen mich ja, liebes Kind! Ich fühle mich wie eine Prinzessin, wenn ich so von ihren süßen Händen massiert werde. Sagen Sie, werden Sie zu Hause auch von jemandem, einem Freund oder Ehemann, so verwöhnt? Bekommen Sie ebenfalls eine Massage?"

„An sich äußerst selten; wir haben zu wenig Zeit dafür. Doch mein Freund massiert mich hin und wieder, wenn ich ihn darum bitte."

„Ist Ihr Freund Türke oder Deutscher?"

„Weder noch. Er kommt aus einem spanischen Hintergrund von der Seite des Vaters und wurde in Italien geboren. Er arbeitet bei der Animation hier im Hotel. Sicherlich haben Sie ihn schon gesehen. Er heißt Sergio Lopez."

„Ach, ja, der Mann mit der Gitarre, mit dem ewigen Tanz und mit dieser komischen Musik. In Punkto Musik bin ich etwas kritisch. Aber bitte, seien Sie mir nicht böse. Es ist nichts gegen ihn. Er ist ein sehr schöner Mann, auch sehr nett und gebildet. Doch was macht er in der Türkei eigentlich?"

„Seine Mutter ist von hier. Sein ganzes Leben hat er viele türkische und deutsche Freunde um sich herum und durch gute Kontakte hat er diesen Job gefunden."

„Wird er gut bezahlt? Ich habe beobachtet, dass die Animation einer höheren Stufe angehört als zum Beispiel die Stubenmädchen und die Kellner; sie dürfen auch zusammen mit uns essen, mit uns baden, zur Disko gehen usw. Ich weiß, was mir als schöne, lockere

Freizeit erscheint, ist für die harte Arbeit. Die Armen! Die sind immer unterwegs, um ihre Shows zu proben, mit den Kindern im Schwimmbad zu spielen, Tennis, Aerobic und ich weiß nicht was noch... mit den Erwachsenen zu üben. Und abends können sie fast nie früh ins Bett gehen, weil sie den angefreundeten Touristen nicht den Spaß verderben dürfen. Sie sind immer fröhlich, singen, lachen und sagen, dass es ,viel Spaß macht'. Aber bestimmt ist viel Gespieltes dabei, um die Gäste in guter Laune zu halten. Ja, es ist schon ein hartes Schicksal, das des Animateurs."

Ich nicke meine Zustimmung, was sie natürlich nicht sehen kann, denn sie liegt auf dem Bauch mit ihrem Rücken zu mir. Gesine ist nicht so oberflächlich, wie sie scheint. Auf jeden Fall hat sie etwas von dem ungeheuren Zwang dieses Berufes begriffen.

Der Job des Animateurs ist relativ neu im Vergleich mit meinem, denn gerade wir Masseure entstammen einer sehr alten, Jahrhunderte langen Tradition, dem Altertum der Chinesen, Griechen und Römer. Der Animateur dagegen ist ein typisches, frisch gebackenes Produkt der Touristenherrschaft. Wohl trägt er auch unverkennbar Spuren der Vergangenheit in sich; sein Bild ist geprägt von den Zügen des Sklaven und Narren, des Clowns zur Unterhaltung der Mächtigen; wie der Narr für den Hof, so ist der Animateur für die Touristen da, um diese zu belustigen und zu zerstreuen, damit sie keinen Depressionen verfallen und den Urlaub richtig genießen können. Doch trägt er auch viele neue Züge, die logischerweise durch die Zusammensetzung des

Publikums und der Umgebung (meistens Schwimmbad, Strand, Diskos und Hotelbetrieb in der Urlaubssituation) bestimmt werden. Der Animateur ist, anders als die klassische Figur des Narren, meistens braun gebrannt, immer bereit nach Bedarf ins Wasser zu springen, schwimmfertig, tanz- und gesangsfertig, gelenkig und animiert, immer auf Grüßen und Small Talk in Fremdsprachen eingestellt, mit einem Handtuch in einer Hand und einem Mikrophon in der anderen, ständig im Begriff, Ankündigungen in den Lautsprecher loszuschreien. Alles ist zu gekünstelt, zu angestrengt. Und ich sage es meinem Freund Sergio offen: Manchmal mögen es die Touristen auch nicht, dass man ihnen auf die Nerven geht und sie immer zum Mitmachen auffordert. Ich finde die meisten der angebotenen Shows tödlich langweilig. Aber sicher, Sergio und all die anderen sind bestrebt, nicht überflüssig zu bleiben, ihren Beruf zurecht zu erhalten, und deshalb zwingen sie die Touristen zu ihrem Glück: Lärm überall, Hupen, Trommeln, Applaus, Geburtstagsgratulationen, schrilles Pfeifen, pantomimisches Orchester als Begleitung der Platten, Türkischunterricht sehr leicht und frivol wie ein Aperitif mit viel Mimik und albernen Lauten, und zur Krönung der Aktivitäten, Strandanimation mit den Kindern, die natürlich die leichteste Beute sind, weil sie sich nicht wehren und meistens ohne Schwierigkeiten zum Mitschreien und Gestikulieren gebracht werden können.

„Was halten Sie von der Animation, Mrs. Robinson?"

„Um ehrlich zu sein, ich könnte sehr gut ohne sie leben.... In anderen Hotels gibt es mehr Qualität. Hier sind zu wenige Leute im Animationsteam und alles ist sehr eintönig und ungelernt, was sie fabrizieren. Es sind übrigens nur zwei junge Frauen; alles andere sind überall nur Männer... wie im Restaurant, keine Kellnerinnen. Die türkischen Frauen bleiben meistens zu Hause mit den Kindern, nicht wahr?"

„Ja, ich bin ganz froh, dass ich Arbeit habe. Hier in der Massageabteilung sind wir zu sieben Frauen, an sich ein ganz guter Durchschnitt; ansonsten gibt es viele Putzfrauen und die drei Schreibhilfen in der Rezeption."

Ach, was habe ich angefangen! Jetzt wird sie über die Frauenemanzipation in der westlichen Kultur reden und wie rückständig wir doch in der Türkei sind. Ich bin selber schuld daran, dass ich auf dieses Thema eingegangen bin. Im Grunde wünsche ich es mir auch, darüber zu reden, obwohl es mir teilweise widerstrebt, wie ein Leitmotiv in meinem Leben, von dem ich mich gerne befreien würde. Ich bin es unsäglich müde, immer über das Schicksal der armen türkischen Frauen Auskunft geben zu müssen, wie der Blinde, der ständig nur nach seiner Blindheit gefragt wird oder geschiedene Frauen, die zur Unterhaltung der Gesellschaft chronisch über das höchst traumatische Ereignis der Scheidung berichten müssen.

„Und Sie haben lange in Deutschland gelebt!", ruft Mrs. Robinson aus. Sie lässt nicht locker und kommt auf ihren bereits ausgesprochenen Gedanken zurück: „Was für eine Umstellung für Sie! Warum sind Sie in die Türkei zurückgekehrt?"

„Meine ganze Familie ist zurückgekehrt und ich konnte nicht anders. Trotzdem... Ich habe mir viel von meiner Selbstständigkeit bewahrt. Von meinen Ersparnissen kaufte ich mir eine Eigentumswohnung, und ich lebe nicht mehr bei den Eltern. Wir verstehen uns nicht sehr gut."

„Fällt es Ihnen nicht besonders schwer, diese Gegensätze miteinander zu versöhnen: berufstätige, alleinstehende Tochter mit einem ausländischen Freund und sich dabei an die Sitten des Landes anzupassen?"

„Ja, es gibt schon viele Reibungspunkte. Die türkischen Männer wollen sowieso mit Frauen die lange im Ausland gelebt haben, nichts anfangen. Wir sind wie gezeichnet, und sie verkehren nicht mit uns. Wir werden schief angesehen, mit Zurückhaltung oder Verachtung, und daran kann sich nichts mehr ändern trotz unserer Anpassungsfähigkeit. Manchmal zanke ich mich mit einem Busfahrer, weil er mir zuviel Geld abgenommen hat. Ich sehe nicht ein, warum ich mir immer alles brav und gehorsam von einem Mann gefallen lassen soll. Ich gebe Kontra und schreie einfach zurück. Dafür sind wir an einem Touristenort, das bedeutet in einer freien Zone, wie in einer Botschaft oder Kolonie."

Jetzt ist Mrs. Robinson noch zufriedener und fühlt sich in ihrer Meinung bestätigt, dass wir, die türkischen Frauen, den Touristen nur dankbar sein können.

„Würden Sie nicht gerne wieder in Deutschland arbeiten?"

Ich gehe das Risiko ein, ihr vielleicht zu missfallen, aber ich sage einfach, was ich denke: „Nein, nicht mehr. Dieses Kapitel ist für mich endgültig vorbei. Es war auch sehr schwierig für mich dort, besonders in letzter Zeit."

Sie kämpft offensichtlich zwischen dem patriotischen Gefühl, ihre Heimat zu preisen, und dem praktischen Gefühl über die Notwendigkeit weniger Ausländer im Lande zu haben (wir sind alle ambivalente Menschen, nicht nur die Türken); sie sagt: „Ja, in letzter Zeit ist es schwierig für alle. Zu viele Eingewanderte und zu viele Arbeitslose."

„In den 90er Jahren nahm mein Vater die Abfindung an, um das Land zu verlassen. Ich habe eine gute Stelle; uns geht's gut."

Damit will ich ihr verdeutlichen, dass sie kein Mitleid mit uns zu haben braucht. Meine Verteidigungshaltung ist instinktiv. Man muss sich oft gegen zwei Fronten verteidigen: gegen die nationalistischen Türken und nicht weniger gegen die Touristen mit ihren Wohltätigkeits- und Allmachtsfantasien.

Sie lenkt sofort ein.

„Ja, und es ist viel Fortschritt in der Türkei; ich sehe es schon."

Als Gast fühlt sie sich teilweise verpflichtet, das Positive im Land zu sehen. Jemand, der bei einem türkischen Gastarbeiter in Deutschland nur Fehler finden würde, bekommt sofort eine ganz andere Perspektive, sobald er die Türkei besucht, denn er will vor allem einen „schönen Urlaub" verbringen; dann sagt er, die Türken seien alle so nett und gastfreundlich.

Sie fügt mit großzügiger Herzlichkeit hinzu, als wollte sie uns ein spendables Geschenk reichen: „Amerika ist sehr daran interessiert, dass Sie endlich in die EU kommen."

Über Politik zu sprechen ist nicht unangenehm wegen der Politik selbst, finde ich, sondern weil man automatisch mit bestimmten Tendenzen und Strömungen identifiziert wird, die man vielleicht gar nicht vertritt. Ich denke zum Beispiel nicht, dass wir schon so viel Fortschritt haben und dass wir schon in die EU könnten. Aber wenn ich ihr das sagen würde, wäre sie verwirrt und gekränkt, weil sie vermutet, dass das nser großer Traum ist und wir fast auf Knien laufen würden, um ihn von dem riesigen Gott Europa zu erbetteln. Viele Touristen erpressen uns damit schon seit Jahren mit einem bestechenden Lächeln: „Wir werden dafür kämpfen, dass Sie in die EU kommen." Innerlich sind sie womöglich dagegen und ihnen stehen die Haare zu Berge, wenn sie daran denken, dass solche barbarischen Zustände, die nur für den Tourismus gut sind, in Europa zugelassen werden könnten. Ich bin nicht erpressbar, und ich glaube nicht an schöne Worte; zuerst müssten viele Veränderungen stattfinden von Seiten der Regierung und der Mentalität unserer Landsleute.

„Lieber als über Politik reden wir über Berufe, Mrs. Robinson. Sergio hat einen sehr modernen und ich einen sehr alten Beruf: der Animateur und die Masseurin. Wir sind in der Zeitkonstellation sehr verschieden, doch beide zum Wohl des Körpers und der Psyche, zum Dienst an den Touristen vereinigt."

„Ja, ich schätze durchaus die Rolle eines Animateurs. Er ist wie ein Psychologe wie eine Gesellschaftsdame zur Begleitung der Touristen, damit sie sich nicht einsam und vernachlässigt fühlen. Komischerweise wird der Programmierer unserer Freizeit immer mehr gefragt, genauso wie die Masseure. Ihre Massagen, meine Liebe, sind nicht nur für den Körper, sondern auch für die Seele."

„Danke. Ja, die Touristen sind auch ein ganz neues Publikum für uns. Damals waren wir ja nur in Krankenhäusern, an Kurorten und in Privatpraxen anzutreffen. Jetzt gehören die Hotels auch zu unserem Wirkungskreis."

„Das Thema ‚Beruf‘ finde ich schon faszinierend. Es gibt heutzutage tatsächlich viele moderne Berufe, die erst jetzt zum ersten Mal existieren, wie Astronauten, Computerprogrammierer. Ich lernte auch ein sehr interessantes Paar in Chicago kennen: Die Frau ist Mietmutter und der Mann Datendetektiv."

Ich bin erstaunt.

„Mietmutter, was ist das genau?"

„Eine Frau, die Kinder im Auftrag von anderen bekommt. Meine Freundin Sylvie hat bereits acht Kinder geboren und wird von ihren reichen Auftraggebern gut bezahlt. Es ist ein ganz anständiger Beruf, ihr wird der männliche Samen injiziert und sie hat dann die Schwangerschaft zu ertragen, danach die Niederkunft... und dann, wenn einmal die Arbeit geleistet ist, gibt sie das Kind einfach weg."

„Das kann ich mir schwer vorstellen. Sie muss sich dabei sehr schlecht fühlen."

„Nein. Am Anfang vielleicht, aber das ist ihr allmählich zur Routine geworden. Sie vermischt nie ihre privaten Gefühle mit den beruflichen, und sie weiß im Voraus, dass sie lediglich das Kind für eine andere Mutter austrägt, die leider verhindert ist, selbst Kinder zu gebären. Nach eigener Aussage macht es ihr viel Spaß, Paaren zu helfen, die sonst ohne ihre Hilfe kinderlos und traurig wären. Viele denken, sie tue das nur um des Geldes willen; aber sie behauptet, sie macht es mit viel Idealismus, um andere glücklich zu sehen. So ein Opfer ist es nicht für sie, denn sie mag wohl das Gefühl, schwanger zu sein; es verträgt sich gut mit ihrer Natur, gerade in diesem Zustand geht es ihr blendend. Aber sie mag sich weniger mit Kleinkindern beschäftigen. Sie würde ihre Freiheit vermissen und eignet sich nicht zur Pflege. Das weiß sie recht gut, und sobald die Geschöpfe ihren Bauch verlassen haben, kann sie sich davon seelisch lösen. Sie betrachtet sie bloß als „nette Freunde" und ist für die Lieferung ohne Schmerzen bereit."

„Lieferung? Es hört sich nach ‚Waren' an, es klingt unheimlich."

„Aber Sie sehen, dass es auch eine ethische Begründung hat. Sie ist wie ein gemütlicher Storch, der die Kinder an sonst verzweifelte Eltern bringt."

„Man könnte stattdessen bereits existierende Kinder adoptieren. Man bräuchte nicht dafür jemanden extra zu mieten. Eine vorübergehende, bezahlte Mutterschaft ist unnatürlich, und noch dazu mit Injektionen, ohne Liebesakt."

„Das kommt uns nur so vor, weil wir noch nicht daran gewöhnt sind. Aber in den USA und England ist es schon sehr weit verbreitet. Die Leihmütter gehören einem Verband an, einer Art Gewerkschaft, und sind regelrecht institutionalisiert. Wenn die Eltern ein Kind wollen, wenden sie sich an diesen Verband und suchen sich eine der verschiedenen Leihmütter aus, die ihnen vorgestellt werden. Vom Verband aus wird dann alles in die Wege geleitet.

Es gibt ein Treffen ein Mal oder zwei Mal im Jahr, wo die Leihmütter miteinander kommunizieren und Kuchen essen. Gelegentlich ist auch die Schar von Kindern anwesend, die sie in ihren Bäuchen getragen haben, und die Eltern mit Weihnachtsgeschenken für ihre damaligen ‚Bediensteten'. Ich habe auch so eine Party gesehen. Einige der Leihmütter waren schon wieder schwanger. Sylvie hatte zum Zeitpunkt Urlaub und hatte sich extra zu dieser Gelegenheit ein neues, sehr schönes Cocktailkleid anfertigen lassen. Sie war da mit ihrem Mann, aber flirtete ungeniert, locker und humorvoll mit dem Vater ihres letzten Kindes, dessen Frau krank war und nicht erschien."

Ich war ja nie eine Leihmutter und weiß nicht, wie diese Frauen fühlen; ich bin nur Masseurin für Touristen.

„Verdient Sylvie wenigstens viel Geld?", frage ich Mrs. Robinson.

„Verhältnismäßig nicht so viel, wenn man denkt, was sie alles in Kauf nehmen muss... Laborvorbereitungen, die neun Monate Tätigkeit Tag und Nacht, und dann der Höhepunkt mit sehr empfindlichen Belästigungen, manchmal sogar mit Kaiserschnitt, Fieber und Nachgeburtsproblemen. Natürlich wird sie für die Dauer eines Jahres angestellt und sie kann ihre Zeit so einteilen, wie sie will, wie eine Rentnerin ohne Verpflichtungen. Oft hat Sylvie an der Uni studiert oder kurze Reisen unternommen; kurz, damit ihre Auftraggeber nicht in unnötiger Sorge wären und sich beschweren könnten. Meistens wird sie wie ein Edelstein von ihnen behandelt und bekommt zusätzliche Geschenke und gute Pflege. Dann, wenn alles gut läuft, bekommt sie eine einmalige Summe, Entschädigungsgeld bei der Geburt, damit sie einige Zeit, vielleicht zwei oder drei Jahre, bis zur nächsten Vermietung, davon leben kann. Ihre Existenz ist mit nur einem Kind nicht abgesichert. Deshalb bieten sich die Frauen ein paar Mal an."

„Und was macht der Datendetektiv, ihr Mann?"

„Er hat sich sterilisieren lassen, damit sie kein Kind von ihm bekommt. Die meisten Leihmütter sind lesbisch oder mit impotenten Partnern zusammen."

„Ich meinte, was für einen Beruf hat er genau?"

„Georg sucht immer nach Daten, er ist ein Bösewicht der Elektronik, ein Krimineller sogar. Er spioniert andere Firmen aus, die den Markt an sich reißen könnten, kopiert unbemerkt und durch Umwege wichtige Dokumente und Ideen der anderen, macht

Adressen und Telefonnummern von Kunden der anderen Firmen ausfindig, um diese für sich zu gewinnen. Er kämpft dynamisch und emsig um jede Info, schlau wie eine Fuchs und verräterisch wie eine Schlange, bis er die Kontonummern und Lebensdaten von vielen Menschen in der Hand hat. Er entscheidet nicht genau, was damit zu geschehen hat; er bekommt nur Befehle, sortiert, spioniert; manchmal schickt er ganz böse Viren an die mit seiner Firma verfeindeten Computerbenutzer. Es ist der Virenkrieg, eine dunkle Macht unserer Zeit."

Davon weiß ich recht wenig. Ich kümmere mich um keinen Computer, nur um menschliche Körper wie jetzt. Man spricht überall über Viren; alle haben Angst um ihre Daten und benutzen Antivirusprogramme. Für mich ist alles sehr rätselhaft, da man keine Viren sehen kann. Ich vermute, sie sind wie die Krankheiten im Körper, die versteckt lauern und nur durch viele Untersuchungen manchmal erkennbar werden. Gefällt Ihnen dieser Aprikosenduft? Er ist sehr gut für die Haut, macht sie geschmeidig und lebendig."

Wir sind bald am Ende unserer Massage. Ich habe ihren ganzen Körper massiert, mit meinen Fingerspitzen und mit sanften Bewegungen das duftende Öl leicht in ihr Gesicht gestrichen. Sie lacht wie ein Kind. Es kitzelt sie. Ich mag diese Frau. Durch das Gespräch und den sehr engen Kontakt sind wir Freundinnen geworden, ja, vielleicht wie die zwei Frauen in einem Fernsehfilm, den sie mir später beschrieben hat. Die zukünftige Adoptivmutter und die Leihmutter beobachten zusammen im Ultraschall das langsam entstehende Baby im Bauch der Letzteren und teilen es gewissermaßen miteinander. Wir teilen die Wärme in diesem kleinen Raum, den Duft, die Nacktheit der Hauteindrücke, denn meine Hände sind genau so nackt wie ihr Gesicht. Das Gesicht ist das letzte Stadium. Davor habe ich ihre Beine und Füße massiert. Und ich drückte ihre Füße zärtlich, fasste sie ohne Bedenken an, ging durch ihre Zehen mit meinen Händen spazieren. Ich erleichterte ihre müden Knochen und ich weiß, dass gerade nach dem Kontakt mit ihren Füßen unsere freundschaftliche Beziehung sich intensiviert hat. Ich bin ein wenig wie ein Beichtvater, seitdem ich mit ihren Füssen so ungezwungen, natürlich und fröhlich umgehen kann. Und auch die Offenbarung ihres Gesichtes ist ein weiterer, nicht zu unterschätzende Annäherungspunkt. Ich streichle ihre Stirn, ihre Nase spielerisch, sogar ihre Lippen ganz kurz mit meinen Fingern, in das wunderbare Öl eingetunken, das so gut riecht.

Sie sagt zufrieden und dankbar: „Ich habe wirklich viel von dieser Stunde. Meine Füße vorhin... und jetzt die Art, wie Sie meine Stirn berühren! Sie sind wie eine Missionarin und haben alle menschlichen Schwächen des Körpers akzeptiert. Sie würden genau so sanft und frohen Mutes jemandem das Totenhemd für die Ewigkeit anziehen."

Und dann wiederholt sie meine eigenen Gedanken vor ein paar Minuten über Ärzte und Masseure: „Sie haben eine echte Berufung, noch mehr als ein Arzt. Ärzte sind so unpersönlich geworden heutzutage! Sie fassen einen kaum an und am wenigsten eine Frau, damit sie nicht für sexuelle Belästigung belangt werden können. Bei so vielen Geräten brauchen sie es kaum noch. Nur das Herz horchen sie manchmal noch ab, aber lieblos und durch viel Wäsche, als hätten sie Angst vor Ansteckung. Sie, die Masseure, sind die einzigen, die keine Angst haben, sich anzustecken, die den direkten Kontakt nicht scheuen. Aber erzählen Sie ein bisschen von sich. Arbeiten Sie immer als Masseurin?"

„Nein, nur im Frühling und im Sommer, solange das Hotel geöffnet hat. Im Oktober gehe ich in eine größere Stadt zu meinen Eltern und dann übersetze ich Werbeprospekte aus der Hotelbranche ins Deutsche. Aber das Massieren macht mir viel mehr Freude."

„Ja, ich fühle mich Ihnen auch sehr nahe. Die Massage trägt zu einer besonderen Freundschaft bei. Seit Jahren hatte ich mich nicht bei einem Menschen so wohl, so ungezwungen und locker entspannt gefühlt. Als Gegenleistung wünsche ich, ich könnte Sie auch massieren, denn es ist ja ein sehr ungleichwertiges Verhältnis zwischen uns: Ich lasse mich verwöhnen und Sie arbeiten für mich. Aber leider habe ich keine Begabung. Ich kann Ihnen bloß ein gutes Geschenk machen."

Wir haben uns die ganze Zeit über „Berufe" unterhalten, und ich würde sie gerne fragen, was sie bisher gemacht hat. Sie war mit Sicherheit nicht immer die Frau eines Diplomaten gewesen. Sie war vielleicht nicht immer eine Königin wie jetzt, denn die reichen Touristen sind wie unsere Könige geworden.

„Haben Sie studiert, Mrs. Robinson?"

„Ja. Kunstgeschichte und Politik, aber ohne Abschluss. Mein Vater handelte mit Tieren, folglich verkaufte ich mein ganzes Leben seit meinem 16. Geburtstag als Aushilfe im Laden Tiere. Das hätten Sie mir bestimmt nicht angesehen, dass ich immer nur mit allerlei Tieren, Katzen, Hunden, Vögeln, Affen, Papageien usw. zu tun gehabt habe."

„Nein. Aber dann wurden Sie zu der Frau eines Diplomaten, im gewissen Sinne zu einer modernen Königin, wie viele Frauen des Bürgertums, die heutzutage zu Königinnen werden können."

„Na ja, Henry und ich haben nichts mit dem Adelstand zu tun, aber ich weiß, was Sie meinen. Henry kam plötzlich wie ein Märchenprinz, kaufte sich einen Kanarienvogel und dann entführte er mich aus dem Laden wie ein Jäger eine Gazelle, aber ohne auf mich zu schießen."

„Haben Sie jetzt viele Tiere im Haus?"

Ja, unsere Zeit ist sehr interessant mit so vielen Berufen; obwohl Tiere verkaufen... das hat man schon immer getan. Nur dass meine Erzählerin ihr Leben so verändert hat, als Gesine Robinson, Gesine die Erste, die Königin der Kanarienvögel und der Touristen.

Ich habe zwei Bilder im Kopf: auf der einen Seite sehe ich meinen Freund und mich, den Animateur und die Masseurin. Wir beide sind um die Touristen bemüht, unsere Könige und Mäzene; wir sind zwar keine Künstler, aber wir brauchen auch Mäzene, Sponsoren, von denen wir halbwegs, mit Würde leben können. Besonders im Falle Sergios fällt es mir ein, wie abhängig er von dem Geld der Touristen ist. Zu meinem Ärger läuft er immer den Trinkgeldern nach. Ich weniger; ich kann auch bescheidener leben und nehme nur mit Zurückhaltung in der Praxis Geschenke an, einfach weil ich nicht zu materialistisch und bestechlich werden will. Sergio spielt mit drei Kindern im Wasser, bringt ihnen spanische Wörter zum Spaß bei, und dann trocknet er sie väterlich mit einem Handtuch ab; danach hüpft er weg zu einer Gesangsprobe mit den Kollegen für heute Abend; beim Vorbeigehen kokettiert er leicht und gemütlich mit zwei Schulmädchen, grüßt eine ältere Dame und empfiehlt ihr ein besonders gutes Gericht vom Speiseplan: Auberginen gefüllt mit Käse. Heute ist türkisches Fest, verkündet er jedem, der ihn hören will, und er sagt das mit einer begeisterten Stimme, als würde das zum ersten Mal geschehen, Er setzt sich kurz an den Tisch einer ziemlich ernsten deutschen Familie mit Beamtengesichtern und versucht, sie zur Show heute Abend zu animieren.

„Oder sonst kommen Sie morgen... Morgen ist Beauty Contest, die schönste Frau im Hotel wird ausgesucht und bekommt ein Geschenk von uns."

Im Vergleich mit meiner kommt mir seine Arbeit sehr anstrengend und hart vor, ich sehe mich selbst in den kleinen Räumen mit den Patienten wie in einem Nirwana der Wiederholung, mit den vorgeschriebenen Bewegungen meiner Hände: von unten bis oben, von rechts nach links; wir riechen an den wunderbaren Düften von Vanille, Rosen, Aprikosen, und wir hören im Hintergrund die entspannende Geigenmusik hören oder die gedämpften, einschläfernden Sololieder, die zu therapeutischen Zwecken immer für die Massage der Hotelgäste einprogrammiert werden. Tausendmal habe ich die gleichen CDs gehört. Es sind insgesamt sieben Stück, und sie wurden von unserem Chef und der Abteilung für Public Relations zusammengestellt. Für gymnastische Übungen, die nicht Passivität, sondern das aktive Mitmachen fördern sollen, habe ich zwei andere CDs. Ich genieße die Nähe der Patienten. Mein innerer Ausgleich wird durch die Ruhe begünstigt, die ich fühle und dadurch auch den anderen geben kann; es ist wie ein Austausch von guten Energien. Durch die Wiederholung meiner mechanischen Bewegungen, der CDs, der befriedigten Seufzer der Patienten im gemütlichen Raum und durch die Langsamkeit der Zeit, die fast zu einem Stillstand zu kommen scheint, entsteht der sonderbare Kontrast, dass ich keinerlei Müdigkeit oder Irritationen zu spüren glaube. Meine Luft ist rein, mein Wunsch zu helfen sehr lebendig, und wenn mein Arbeitstag zu Ende geht, ist es mir kaum bewusst, dass ich so viele Stunden gearbeitet habe.

Auch Sergio arbeitet viele Stunden und merkt es kaum, so sehr ist er mit den vielfältigen Zerstreuungen beschäftigt, die er den anderen anbieten muss. So sind wir, der Animateur und die Masseurin, die modernen Sklaven der Touristen, die neuen Missionare eines fröhlichen, hedonistischen Wohlbefindens in einer sonst sehr unzufriedenen und konfliktbeladenen Umwelt. Doch natürlich... durch meine Eitelkeit bedingt, erscheint mir das Wohlbefinden, das ich vermitteln kann, viel tiefer, höher und ehrlicher zu sein, als diese extrovertierte Haltung einer in einer Disko oder einem Schwimmbad genießenden Masse. Die Massage ist die individuellste Form, einen Menschen anzusprechen. Man kann Gymnastik noch in einer Gruppe machen, aber man kann unmöglich fünf oder sechs Körper gleichzeitig massieren. Ja, ich bin froh, dass ich diesen Beruf habe.

Noch ein Bild, das mich reizt, ist sowohl die Leihmutter als auch der Datendetektiv, dieses originelle Paar, das nur in unserer Zeit des Computers und der künstlichen Befruchtung möglich geworden ist. Der Datendetektiv, ihr Mann... er hat immer Nackenschmerzen, weil er in so einer schlechten Haltung, gekrümmt und gebeugt, vor dem Computer sitzt. Auch seine Augen sind nicht mehr so gut, wie sie am Anfang waren; immer angestrengt und boshaft schnüffelt er in fremden Daten herum... Er ist der Teufel unserer Zeit, arbeitet nicht mehr mit Schwefel wie im Mittelalter, sondern mit Viren. Er ist kriecherisch, schlau; ihm kann man nichts nachweisen. Wie viele Viren hat er produziert, dass all die Antivirusprogramme nicht mehr in der Lage sind, sich vor ihm zu schützen? Wir sind wie besessen. Was für Ziele verfolgen die Menschen, indem sie Daten töten? Immerhin ist es besser, Daten zu töten als Menschen. Ich würde es nicht so sehr als Weltuntergang empfinden, wenn die ganze Liste unserer Patienten verschwinden sollte. Sie würden sowieso weiter kommen und unsere wunderbaren Düfte weiter einatmen. Selbstverständlich hat der Matias Pascale in Pirandellos Roman immer noch weiter gelebt, auch wenn sein Datenbestand als Lebender gelöscht wurde. Aber trotzdem... Daten zu töten ist eine sehr gravierende Angelegenheit. Wenn es nach mir gegangen wäre, hätte ich mich nie so abhängig von den Maschinen gemacht. Meine Massage ist noch unabhängig, denn dafür brauche ich bloß meine eigenen Hände. Sergio braucht schon viel mehr, um die Leute zu animieren: Ball, Mikrophon, Musik; aber er kann noch ohne Computer gut auskommen, genau so wie die Mietmutter, die bloß ihren Bauch braucht und die ihr verabreichte Zeugungsspritze. Der Datendetektiv dagegen braucht unbedingt den Computer; er lebt ja nur dafür, kauft sich ständig kompliziertere Computerprogramme. Wie ekelhaft! Wie kann die Leihmutter mit so einem Mann leben?

Morgen kommt Gesine wieder zur Lymphdrainage. Wir haben die Termine für die nächsten Tage endgültig festgelegt. Durch den häufigen Kontakt werden wir uns womöglich noch mehr anfreunden. Oder vielleicht umgekehrt?

Während ich ihre Stirn, ihre Nase und Mundwinkel streichle, denke ich flüchtig über meine Beziehung zu Tieren nach. Diese ist besonders lahm und entfremdet; ich habe immer Angst vor den unberechenbaren Katzen und vor bellenden Hunden gehabt und eine etwas verachtende und harte Einstellung zu allen essbaren Tieren, die man kühl und ohne Bedenken verspeist, wie zum Beispiel Kalb, Rind und Geflügel. Nur die Delphine ziehen mich an und die Vögel in der Luft mit ihrem Gesang. Ansonsten verabscheue ich vor allem die Insekten, die so klein, lästig und unappetitlich sind, und ich finde Tiergeschichten höchst langweilig. Bei aller Liebe zur Schöpfung im Allgemeinen bleiben mir Mücken und Fliegen ausgesprochen fremd. Ich persönlich brauche sie nicht, wüsste nichts mit ihnen anzufangen. Aber vielleicht wird mir die Massage bei Gesine, als eine Demutsgeste der Berührung mit einem Körper, noch etwas Schönes beibringen, und zwar, wie ich auch den Körper eines Tieres streicheln könnte. Gewiss, die Tiere, diese armen, willkürlich in die Welt gesetzten Kreaturen, welche wie die Blumen und die Menschen — womöglich im Unterschied zu den Steinen - auch leiden und wie wir einen Beruf haben... Der Beruf der Tiere ist die Dienerschaft an den Menschen. Bei den Insekten erkenne ich weniger einen nützlichen Dienstauftrag. Aber die Insekten, die brauche ich ja gar nicht zu massieren.

Ein Telegramm an das Jenseits

Herr Friedental steht in unserer Buchhandlung, aber wie immer kauft er uns keine Bücher ab, höchstens interessiert er sich gelegentlich für die Neuerscheinung einer jungen Autorin, die nicht älter als 30 ist. Heute hat er mir den Grund seines Verhaltens erklärt: „Ich lese nur Bücher von Schriftstellern, die noch nicht verstorben sind. Ich hätte sonst Angst, sie könnten mich mit ihrem Tod anstecken. Genauso höre ich mir nie die Schallplatte eines toten Sängers an; ich betrachte nie das Gemälde, das ein bereits nicht mehr lebender Maler hinterlassen hat."

Er ist ein Idiot. Er enttäuscht mich immer wieder. Weder meine Schwester Liva noch ich werden ihn heiraten, obwohl er uns beiden schon mehrmals seine Liebe erklärt hat.

„Ich kann es nicht glauben, Herr Friedental. Haben Sie aus dieser übertriebenen Angst vor dem Tod heraus Goethe noch nie gelesen?"

„Vera, in der Schule musste ich einiges, natürlich, da zwangen sie mich, die Toten zu lesen. Aber damals dachte ich weniger daran. Jetzt möchte ich keinen direkten Kontakt mehr. Sobald ich weiß, dass ein Mensch dem Jenseits angehört und nicht mehr unserer Welt, weigere ich mich, weiter an ihn oder sie zu denken. Es ist nicht Unempfindlichkeit von mir, sondern aus Furcht und Verzweiflung. Ich möchte unbeschwert sein, möchte nur lebende Materie um mich herum sammeln, keine Fossilien, keine Überreste von Menschen, die mir durch das Sterben unerreichbar geworden sind. Sie bleiben mir unverständlich. Ich hätte sowieso keine Aussichten auf ein nächstes Treffen mit ihnen. Am liebsten lese ich die Zeitung, wo ich mich darauf verlassen kann, dass die meisten Journalisten aktuelle Beiträge schicken und noch nicht unter der Erde liegen. Oder ich kaufe mir ein Buch von dem neuesten Nobelpreisträger, der irgendwo die gleiche Luft atmet wie ich, der meine Briefe und Telefonate noch beantworten könnte. Was würde ich sonst mit einem Toten machen?"

Ich bin verblüfft und empört, argumentiere schwer mit meinem trockenen Mund, als hätte ich vor Monaten mein letztes Wasser getrunken: „Halten Sie denn nichts von der Unvergänglichkeit der Kunst? Ist es nicht wahr, dass es gerade der Kunst am meisten gelingt, den Tod zu überleben?"

„Ich kann unmöglich die ganze Kunst erfassen. Ich bin sehr bescheiden, ich begnüge mich mit der Kunst der letzten vier oder fünf Jahre. Mehr will ich ja nicht. Ich möchte nur ein paar Gesprächspartner, die ich ohne Schwierigkeiten erreichen kann, wenn ich irgendwelche Fragen habe."

Verschlossen und voller Tabus ist er. Er würde mich auch nicht lieben können, wenn er wüsste, dass ich an Hepatitis leide und dass ich neulich die Windpocken gehabt habe. Und charakterlich ist er das Gegenteil von uns, von meiner Schwester Liva und mir. Wir sind wie ein Museum; in unserer Buchhandlung bewahren wir alles auf und leben mehr für die Vergangenheit als für die Zukunft.

„Wie können Sie auf Freud und Kafka verzichten, bloß weil diese nicht mehr unter den Lebenden sind?"

„Ich verzichte. Es ist ein Grundsatz von mir, keine einzige Gestalt des Totenreiches zuzulassen. Sonst müsste ich sie alle akzeptieren und wie ein Totengräber alle in mein Leben einschmuggeln. Die Friedhöfe der Jahrhunderte machen mir Angst. Dann müsste ich noch weiter zurück gehen bis zu Homer und zu Aristoteles; und je weiter zurück ich ginge, um so gefährlicher wären die Toten."

„Aber Herr Friedental. Wie kann man sich so anstellen! Sie glauben doch nicht, dass die Worte der Abgeschiedenen, Brechts, Huxleys, Heines... allein durch die Berührung ihrer magischen Sprache Sie schon töten können? Sind Sie so feige, dass Sie eine Mauer zwischen sich und den Geistern benötigen? Sie alle hatten auch einen Körper; das was sie schrieben, hatte einen Körper; sie waren wie Sie und ich, als sie lebten. Wir sind uns alle darin ähnlich, dass wir - zusammen mit dem Körper - noch einen Geist besitzen. Und es ist unser Recht, etwas zu bewundern, zu lieben, was nicht mehr da ist. Wir schicken immer ein Telegramm an das Jenseits, wenn wir an einen toten Maler, Dichter, Sänger, Komponisten oder Filmschauspieler denken, der uns beeindruckt hat."

„Deshalb. Es ist ein Totenkult, mit dem ich nicht einverstanden bin. Ich flüchte lieber, ich gehe zu meinem Nachbarn."

„Und was ist, wenn Ihr Nachbar etwas von jemandem liest, der... Oder wenn er den Tod von Angehörigen und Freunden zu beklagen hat? Was ist, wenn er selbst stirbt?"

„Dann bleibt mir nichts übrig, als einen anderen Nachbarn zu besuchen. Aber jetzt reden wir nicht mehr über dieses unangenehme Thema. Das muss ich Ihnen zur Bedingung machen, sonst treffen wir uns nie wieder. Sie sind doch jung, Vera, problemlos hübsch, kein Museumsstück. Warum erwähnen Sie denn nur diese alten Namen? Sie wissen, wie sensibel ich bin. Ich hätte Angst, mir die ganzen Krankheiten zu holen. Was war bei Freud, Kieferkrebs oder Schwindsucht?"

Seine Menschenfeindlichkeit ärgert mich. Wir sind gut für ihn nur solange wir leben. Was können wir dafür, dass wir alle eines Tages verschwinden müssen? Ich will ihn auch nicht wiedersehen, wenn ich dieses für mich so wichtige Thema nicht vertiefen darf. Außerdem finde ich es sehr peinlich, dass er zwischen Liva und mir immer unentschlossen bleibt. Er duzt uns noch nicht, küsst uns noch nicht... betrachtet uns nur und kann sich für keine richtig entscheiden. Ich glaube, dass so ein Anti-Tod-Mensch im Grunde auch Anti-Leben ist. Tolstoi und Schiller hatten auch eine Zeit lang zwischen zwei Schwestern gezögert... doch es hat nicht so lange gedauert wie bei diesem Trottel.

Ich bekomme eine große Lust, ihn zu erschrecken und zu verletzen.

„Als Schiller starb... Sie wissen, dass er früher als Goethe gestorben ist..."

"Bitte hören Sie damit auf."

„Als Tolstoi starb, war er ganz weit weg von seiner Frau, war ausdrücklich vor ihr geflüchtet und nicht einmal in seiner letzten Sekunde wünschte er, sie zu sehen."

„Ersparen Sie mir diese ganzen Sterbeanekdoten. Ich finde es sehr geschmacklos, ein schlechter Witz. Sonst gehe ich sofort."

„Karl Krolow ist im Juni 1999 an einer Lungenentzündung mit 84 gestorben."

„Vera, Sie sind nicht mehr schön. Ihre Schwester würde mich nicht so quälen, wie Sie das tun."

„Und Sie wissen ja gar nicht, dass ich neulich die Windpocken gehabt habe."

„Wer hätte das gedacht, dass Sie so etwas Unangenehmes... Aber die Hauptsache ist, dass Sie jetzt wieder gesund sind."

„Doch Ansteckung darf man nicht ganz ausschließen, und es gibt so vieles, was man nicht voraussehen kann. Vielleicht werde ich eines Tages ein totes Kind zur Welt bringen."

Da ist er endgültig entsetzt und geht zur Tür. Ich bin erstaunt und auch erschrocken über meinen eigenen Zynismus. Aber es ist immer noch lustig, ihm das Spiel seiner Unentschiedenheit verdorben zu haben. Jetzt wird er auch nicht Liva nehmen, einfach weil er eine Schwägerin wie mich unter keinen Umständen ertragen könnte. Ich glaube nicht, dass sie sehr traurig sein wird, wenn sie erfährt, wie beschränkt er ist.

Während er durch unseren Buchladen läuft und seinen Mantel aus der Garderobe holt, rufe ich ihm alle Namen der Toten nach, die mir erinnerlich sind.

„Picasso, Nietzsche, Frank Sinatra, Carlos Gardel, Goya, Leonardo da Vinci, Klaus Mann."

Der Chor der geliebten Namen begleitet mich. Nachdem Herr Friedental mich allein gelassen hat, höre ich meine eigene Stimme wie in einem Gesang. Ich würde gerne noch andere Namen hinzufügen: Sarah Bernhardt, Isidora Duncan, Gutenberg, Daimler und Benz, Sebastian Bach, Klara Hoffmann... Merkwürdig, dass schon alle tot sind! Ich hatte sie als Weggefährten meines Lebens betrachtet. Schade, ich hätte ihm noch von Marie-Antoinette und ihrem Tode erzählen können.

Er ist wie ein Kind, das Angst vor dem Wald, der Einsamkeit und den Tieren hat. Aber der Ozean der Toten umkreist uns ständig durch die Kunst, durch die Erfindungen anderer und durch die Geschichte, denn es gibt kaum ungebrauchte, ganz neue Plätze, die uns nicht andere hinterlassen haben.

Wenn Liva von ihren Besorgungen zurückkommt, fragt sie nach Eduard Friedental. Wir wollten ursprünglich zu dritt spazieren gehen. Ich sage nervös: „Wir haben uns gezankt. Er mag Strindberg nicht, bloß weil er tot ist."

„Hat er sich endlich erklärt? Liebt er dich oder mich?"

„Wir haben nicht darüber gesprochen. Aber er wird nicht wieder kommen. Weil ich seine Tabus nicht respektiert habe. Aber er hat auch unsere nicht respektiert und hat uns beleidigt."

„Worum ging es denn da?"

„Die Buchhandlung ist unser Stolz, nicht wahr? Wir sind wie die Buchgöttinnen, die die Gaben der Ewigkeit verteilen. Und plötzlich kommt einer und sagt, er liebe nur Bücher von Autoren, die noch leben. Er ist noch schlimmer als ein Analphabet, der gar nicht lesen kann."

Liva holt sich eine Flasche Mineralwasser und trinkt von dem sprudelnden Inhalt mit Genuss. Dann sagt sie kategorisch: „Ja, es ist gut, dass er nicht wieder bei uns erscheint. Es war das falsche Haus für ihn. Leute mit einem Buchladen für die Ewigkeit, wie wir, denken ganz anders als die ohne Tempel, welche nur vor sich hin leben."

Ich sitze am Telefon und höre den Anrufbeantworter von Therese Mittenzweig, einer Schauspielerin und Rundfunksprecherin, die eine sehr schöne Stimme besitzt. „Leider bin ich im Moment nicht zu erreichen. Aber ich melde mich bei Ihnen, sobald es mir möglich ist." Es ist entzückend, fast ergreifend sie zu hören. Ich kann mir nicht helfen. Ich würde beinahe anfangen zu weinen, grundlos, in ehrlicher Ekstase, bloß weil das ihre Stimme ist, ein Teil ihrer Persönlichkeit, die in der Luft schwebt. Natürlich weiß ich von vornherein, dass es sich nur um einen Datenträger handelt; er wird für alle Anrufer gleich serviert und hat nichts mehr mit ihr zu tun, nachdem sie die Aufnahme einmal geliefert hat. Sie geht dann ihre Wege unbeteiligt und ohne Wissen über die Anrufe... und das andere ist nur eine Maschine. Aber trotzdem beeindruckt mich die kurze Mitteilung. Es ist hauptsächlich ihre selbstsichere, klare und gepflegte Aussprache, die die Schauspielerin in ihr verrät, ihre Freundlichkeit, ihr leises Atmen, die tanzenden Silben im Wort „möglich" und das gedämpfte, beinahe zitternde „Dankeschön" zum Schluss. Plötzlich denke ich daran, dass es ein wertvolles Dokument ist; sollte sie durch eine rätselhafte Fügung des Schicksals gerade heute sterben, dann wäre dieses Tonband eine ihrer letzten Äußerungen und vor allem eine bleibende, die in der Lage wäre, dem Tod zu widersprechen, weil man immer wieder - sogar eintausend Mal, wenn man es wollte - ihre Stimme hören könnte.

Die Frage ist ja, wer hier eigentlich lügt? Ist ihre Stimme wirklich da? Ist sie wirklich tot, wenn ihre Stimme noch da ist? Dieser Gedanke stört meine Ruhe. Während ich ihre Stimme höre und bewundere, glaube ich bereits den Film ihres Unfalls zu sehen. Ich sehe die Trümmer ihres Autos und das Krankenhaus später. Aber ihre Stimme überlebt. Sie hat immer die gleiche, unbeschädigte Qualität der Freundlichkeit, dasselbe flüsternde „Dankeschön" zum Schluss, als wäre sie gleichwertig mit den Stimmen der Lebenden. Nichts unterscheidet sie von den Lebenden, und wenn die

Aufnahme gut aufbewahrt wird, wird sie nach Jahren genau so frisch, ausdrucksvoll und echt klingen wie jetzt. Und das Foto, das ich von ihr habe, wird auch immer das gleiche, unvergängliche Gesicht zeigen. Lügt das Foto oder lügt der Tod? Ich denke soviel darüber nach, weil wir immer tote Bücher verkaufen, meine Schwester und ich.

Therese, müsstest du gerade heute sterben, hast du wenigstens etwas Schönes hinterlassen. Es hört sich gut an. Meine Hypothesen und weitere Überlegungen nehmen kein Ende. Ich frage mich als nächstes, ob du dich auf diesem Anrufbeantworter auch selbst hören könntest, wenn du tot wärest... oder nicht mehr? Was empfinden diejenigen, die nicht mehr da sind? Sehen sie auch noch ihre Fotos, während wir ihre Fotos in Händen halten und uns an sie erinnern, mit Neugier oder Sehnsucht an sie denken? Sieht Frank Sinatra seine eigenen Filme, jedes Mal wenn wir uns einen anschauen? Hört Carlos Gardel die alte Schallplatte mit seinen gefühlvollen Tangos, jedes Mal wenn wir sie für uns auflegen? Freut sich Sebastian Bach immer wieder, wenn seine Musik gespielt wird?

Ist Goethe froh, dass er jetzt sein 250-jähriges Jubiläum hat, dass so viele über ihn sprechen und schreiben? Kann der Geist eines Menschen, egal ob groß oder klein, am Tag der Beerdigung - wenn viele ihn feiern und beweinen - gleichgültig und passiv bleiben? Ich selbst wäre bestimmt sehr erschüttert, wenn jemand, Jahre nach meinem Tod, meine Stimme auf dem Anrufbeantworter abhören würde oder meine Lieblingsgegenstände, meine Violine und meine Bücher, anfassen würde.

Michael Lerus starb 1990. Zwei Jahre danach erschien die Gesamtausgabe seiner Werke; hat er sich dann gefreut?

Die Empfindungen der Toten sind das große Geheimnis. Erleben sie vielleicht noch intensiver und wahrnehmungsfähiger als wir jedes Mal, wenn wir ihre Namen rufen und ihr damaliges Aussehen in unsere für sie fremde Gegenwart von neuen Gestalten importieren? Was empfindet der junge Büchner über den riesigen Umfang an Sekundärliteratur unter seinem Namen, er, der so kurz lebte? Was denkt er über den Büchnerpreis, der jedes Jahr mit der gleichen Zeremonie an verschiedene Autoren überreicht wird? Womöglich sammelt er seine ganze Aufmerksamkeit, spitzt er seine Ohren und strengt seine Augen jedes Jahr neugierig an; er bückt sich tief oder streckt seinen Hals sehr hoch, um alles besser zu verstehen, oder er flieht sofort, um sich in eine ganz andere Welt zu begeben? Hört Elvis Presley seine Platten mit, während wir tanzen und noch von ihm schwärmen?

Ja, ich sprach mit Friedental an jenem Tag von dem Telegramm. Wie empfangen die Toten das Telegramm der Lebenden, jeden Impuls, den wir bewusst oder unbewusst an das Jenseits schicken? Wie reflektieren sie unsere Gedanken, Träume, Halluzinationen, unser Herzklopfen, jedes Mal wenn wir an sie denken? Mit Freude, Irritation, Gleichgültigkeit?

Was geschieht in einem Geist ohne Körper, wenn wir uns zu ihm hingezogen fühlen und ihn zu den verschiedensten Anlässen rufen? Was geschieht, wenn eine Tochter versucht, sich mit dem Vater oder eine Witwe sich mit ihrem Mann im Jenseits zu verbinden? Wenn ein Gedicht in einem Unterrichtsraum interpretiert wird? Bei einer Diskussion über Philosophen, die vor vielen Jahrhunderten lebten? Was wird im Geheimen bei einer Totenmesse durch das Grübeln, Trauern und das Gebet der Hinterbliebenen in einem bewegt, der nicht mehr da ist?

Das Telegramm lautet: „Erbe angetreten. Danke für Gold, Aktien und Scheine. Es wäre aber noch viel schöner mit dir zusammen."

Therese bedankt sich auch in der ewigen Schnecke ihres Anrufbeantworters, mit ihrem charakteristischen, sanften Zittern der Freundlichkeit. Aber ich habe das Telegramm geschickt, nicht sie.

Therese lebt noch. Liva lebt noch. Eduard Friedental lebt noch. Ich lebe noch.

Eine fremde Substanz (in Spanien zu Francos Zeit)

(Die Geschichte basiert auf Heinrich Bölls Roman: "Und sagte kein einziges Wort" und seinem Hörspiel: „Ein Tag wie sonst")

Willy Brandt

George Orwell

Ernest Hemingway

Ernst Toller

Ilja Ehrenburg

Egon Erwin Kisch

Gustav Regler

André Malraux

„Und wer war noch da?"

„Die Spanier waren da..."

Victor hatte nie viel gesprochen, nicht einmal am Anfang, als wir uns kennen lernten und alles so neu war. Von Natur aus schweigsam, las er meistens die Zeitung beim Frühstück oder beim Abendessen. Hätten wir damals Fernsehen gehabt, wie es heutzutage so üblich ist, dann hätte dieses Gerät ihm natürlich die Zeitung ersetzt. Aber sehr wenige Leute besaßen einen Fernseher zu Hause in den 50er Jahren; Fernsehen war mehr so ein allgemeines Gut, das man mit den Fremden teilen musste, eher für die Kneipen bestimmt, wie die Bücher, die meistens für die

Bibliotheken bestimmt waren. Die Stille eines Menschen, der fernsieht, ist anders als die Stille eines Menschen, der die Zeitung liest. Wenigstens sind er und seine Angehörigen von Geräuschen, Bildern und Stimmen umgeben.

Aber die Kinder machten genug Lärm, und es war keine eigentliche Stille. Außerdem wandte er manchmal den Kindern seine Aufmerksamkeit zu und fragte höflich wie ein Besucher nach ihrem Tagesablauf, nach ihren neuen Aktivitäten, Hausaufgaben und Schulzensuren. Trotz seiner Armut an Worten war er sehr gutherzig. Mehr als arrogant und distanziert wirkte er unbeholfen. Seine sympathische und bewegliche Mimik erzählte schon einiges von alledem, was er verbal nicht ausdrücken konnte. Und trotzdem war seine Stille ein einschläferndes Element, etwas, was mich nachdenklich stimmte, was das Lebenspotential der Familie gelegentlich verminderte, bremste und sogar verkümmern ließ.

Ich muss mich korrigieren: Leben gab es genug. Ich sprach viel mit meiner alten Mutter, die mit uns im Haushalt lebte, und als die Kinder erwachsen wurden, führten sie einige neue Gewohnheiten zu den Mahlzeiten ein. Unsere zwei großen Söhne redeten und redeten ununterbrochen, hatten viel mitzuteilen; auch die Großmutter ließ ihr Hörgerät pfeifen und erkundigte sich über alle möglichen Themen. Die Zeitung war keine stille Kirche mehr, sie wurde von uns allen kommentiert und abwechselnd vorgelesen. Die laute Lektüre erfüllte einen praktischen Zweck: Zuerst begannen mein Mann und ich unserer blinden Tochter Juaquina die Zeitung vorzulesen, und mit den Jahren kamen die zwei Brüder dazu. Jetzt lasen wir sie ihr vierstimmig vor, nur die Großmutter nicht, weil sie nie die richtige Brille fand.

Wir hatten Spaß mit dem kollektiven Vortrag, und die Stille war wenigstens weg...

Aber die Zeitung erzählte nur Lügen, genauso wie die Rundfunksendungen in jener Zeit. Sie erzählte von dem großartigen Generalisimo, unserem Befreier und Retter von dem Kommunismus, der sich nach einem blutigen Bürgerkrieg allerlei Vergeltungsaktionen gegen Andersdenkende erlaubt hatte. Es wurde nur über Positives im jetzigen Zustand berichtet, wie zufrieden alle Spanier seien, in Frieden mit der finanziellen Unterstützung der USA (unserer Verbündeten) und in einem faschistischen Polizeistaat ohne die Grundrechte einer Demokratie leben zu dürfen.

Wir meckerten über die Lügen oder wir überschlugen die Seiten, wenn es uns zu toll wurde. Javier wollte unbedingt die Sportseite vorlesen. Andrés war für die Humorkolumne zuständig (doch bitte keine respektlosen Witze über den heiligen Diktator). Juaquina wollte ihnen den Spaß nicht verderben, aber meistens hörte sie gar nicht zu, sie konnte sich nicht dafür interessieren. Mit der Zeit wurde die Zeitungsangewohnheit abgeschafft, denn Juaquina hatte viel lieber Romane oder Kurzgeschichten. Dadurch wurde ich zu einer sehr belesenen und literarisch orientierten Hausfrau. Ich wusste z. B. viel mehr über Dantes „Göttliche Komödie" als sonst üblich, ich wusste, dass es in Dantes Hölle nicht heiß, sondern kalt war. Nur Victor behielt die Zeitung weiter für sich, mit seinen Händen fest umklammert, diese Sammlung von Lügen und Lobeshymnen an die Diktatur. Seine monologische Stille wurde dadurch noch verstärkt und verdoppelt. „Woran mag er denken, wenn er das alles in sich hinein schluckt?", fragte ich mich manchmal.

Doch mit den Jahren wurde ich gleichgültiger und dachte immer weniger an meinen Mann, an seine Vorstellungen, seine Verknüpfungen oder Disassoziationen. Wir sahen uns täglich, aber er verschwand fast aus meinem Leben. Ich wurde von vielen anderen Dingen abgelenkt, von meinen gelegentlichen Jobs, die immer wechselten und die so schlecht bezahlt waren. Bei einem Metzger in der Nachbarschaft belieferte ich Großkunden mit Fleisch; ich weiß noch, wie schwer die Säcke voller Fleisch waren, die ich durch die Straßen auf meiner Schulter trug, denn nicht einmal eine Karre oder ein Einkaufswagen wurden zur Verfügung gestellt. Ich war Putzfrau auf kurze Zeit bei anspruchsvollen Damen, die mir ständig ihren Sauberkeitstrieb zeigten, und meistens hielt ich es nicht lange bei ihnen aus. Eine Zeit lang hatten wir eines unserer Zimmer an Studenten vermietet, ich kochte für sie mit, wusch die Wäsche der zwei Studenten und bügelte sie. Da ich keine gelernte Kraft war, arbeitete ich immer kurzlebig und hatte nicht viel Glück bei meinen Unternehmungen. Haushälterin bei einem Priester war ich drei Monate, ein halbes

Jahr half ich einem Arzt bei der Vorbereitung besonderer Pillen, die er nach eigenem Rezept herstellte. Er gab uns den Teig, und wir machten die runden Pillen daraus wie in Akkordarbeit, Tausende davon, aber glücklicherweise zu Hause. Es waren schwierige Zeiten der finanziellen Not, nicht nur für uns, sondern für die Mehrheit der Spanier, deshalb mussten so viele auswandern und einen Neubeginn als Gastarbeiter hauptsächlich in Frankreich, Deutschland oder der Schweiz versuchen.

Neulich, im Jahre 2007, habe ich aus deutschen Geschichtsbüchern und Wikipedia etwas über jene Zeit gelesen und... wie anders klingt es, als das, was die Zeitungen uns damals erzählten.

„Zwischen 1949 bis Mitte der 50er Jahre gab es die so genannten Hungerjahre, die Zeit der Autarkie und der außenpolitischen Isolierung Spaniens.„

„1936 begann der dreijährige spanische Bürgerkrieg mit einem Militärputsch gegen die demokratisch legitimierte Republik. Mit dem Einmarsch des Siegers General Franco in Madrid im März 1939 endete der Krieg. Es folgte eine Phase schärfster politischer Unterdrückung der Sieger gegen die Besiegten.“

„Trotz des aktiven und passiven Widerstandes in der Bevölkerung kann sich das Franco-Regime innenpolitisch stabilisieren (bedingt durch die harte Repression).“

„Allein zwischen 1939 und 1943 wurden schätzungsweise 250 000 Menschen ermordet, und 350 000 Menschen flohen ins Ausland.“

„Spanien war Verbündeter des nationalsozialistischen Deutschlands, trat allerdings nicht in den Zweiten Weltkrieg ein. Wichtigste Stützen des Regimes waren die Kirche, das Militär und die Großgrundbesitzer. Nach 1945 war Spanien international geächtet und isoliert. Der Kalte Krieg änderte die Situation. Die USA bauten Beziehungen zu Spanien auf, das als Partner im Kampf gegen den Kommunismus interessant wurde. Innenpolitisch herrschte unvermindert eine scharfe Repression. Die Wirtschaftspolitik wurde durch Autarkiebestrebungen bestimmt, die eine Entwicklung aus eigenen Kräften vorsah. Ende der 50er Jahre mehrten sich allerdings Krisenerscheinungen, die auch durch Kredite aus den USA nicht überwunden wurden. Das Autarkiekonzept war gescheitert, es kam zu Unruhen in der Arbeiterschaft."

Und dann, 1956 und 57, kam es zu einer wirtschaftlichen Umorientierung des Regimes mit Opus Dei in der Regierung, was wir, die meisten von uns, damals nicht geahnt hatten: „1959 erhalten die Opus-Dei-Vertreter weitgehende Vollmachten für ein Stabilisierungsprogramm, das die Steuer- und Zinssätze erhöht und 70% des Außenhandels der staatlichen Kontrolle entzieht. Als Folge werden riesige Geldmengen nach Spanien gepumpt. Da die Löhne niedrig sind und es ein gesetzlich unterbundenes Streikrecht gibt, ist das Land nun ein Eldorado für die internationalen Konzerne. Weitere Gründe für das spanische ‚Wirtschaftswunder' sind die Abwanderung der Arbeitslosen in EWG-Länder und deren

Devisen, der einsetzende Tourismus. Doch durch die niedrigen Löhne fehlt die Kaufkraft und die Industrie drosselt die Produktion und vollzieht Massenentlassungen. So kommt es 1966 zu einer Wirtschaftskrise."

Aber nein, ich lese nicht soweit... Es war noch nicht so weit, kein 59, kein 66, kein 75...

Es war am Anfang der 50er Jahre, als das Ereignis meiner Geschichte sich abspielte. Zum Zeitpunkt dieser Erzählung waren wir als Familie von der Armut, der Knappheit an Mitteln und auch von Gesundheitsproblemen überwältigt. Meine Mutter hatte ein Magengeschwür, das, Gott sei Dank, nicht bösartig war, aber das eine besondere Pflege erforderte. Javier hatte Asthma und Nervenzusammenbrüche. Ich kämpfte dafür, dass er trotz Schwierigkeiten sein Abitur machte; er bekam viel Privatunterricht, da er wegen der Krankheit oft verhindert war, zur Schule zu gehen. Mit dem Lernen wurde er sehr erfolgreich und bestand alle Klausuren, aber nicht so in seinen Versuchen, eine Anstellung zu finden, vor allem, weil ihm der Militärdienst in unmittelbarer Nähe bevorstand und keine Firma bereit war, die anderthalb Jahre auf seine Rückkehr zu warten. Die zwei letzten Jahre vor dem Militärdienst waren immer eine tote Zeit für die jungen Menschen, keiner wollte sie annehmen. Javier hatte eine hysterische Angst vor seinen Erfahrungen in der spanischen Armee Francos, von der man im Verborgenen viel Negatives hörte. Würde er nicht besonders benachteiligt werden, sollte man in seiner Akte herausfinden, dass Victor drei Jahre lang auf der Seite der Republik gekämpft hatte? Juaquina war nicht besser daran als ihr Bruder; oft hatte sie Augenschmerzen durch den Grünen Star, litt an Appetitlosigkeit und seelischer Unausgeglichenheit, denn sie wusste nicht genau, was sie mit ihrem Leben anfangen sollte. Eines Tages besuchten wir Santa Lucía, ein katholisches Blindeninternat, in dem viele blinde Frauen (sie waren ja keine Kinder mehr), von ihren Familien vergessen, bis zu ihrem Lebensende verblieben. Ich wollte Juaquina nicht dort abgeben. Sie verfügten zwar über einen schönen Chor himmlischer und gut geschulter Stimmen, aber die Atmosphäre war traurig. Stattdessen blieb sie bei uns zu Hause. Sie hörte oft Radio und lernte viel im Privatunterricht. Später begleitete ich sie überall hin: Zu den verschiedensten Sprachkursen, Chemie- und Mathematikübungen; ich blieb draußen und wartete stundenlang auf sie. Es wurde zu meiner ständigen Aufgabe. Viel Zeit oder Gedanken für andere Dinge konnte ich nicht aufwenden. Andrés, Victor und ich waren noch die Gesündesten der Familie, aber an unserer Gesundheit hatten wir nicht viel Freude. Victor arbeitete ungefähr 14 Stunden am Tag als Taxifahrer. Wir sahen ihn nur kurz mittags und am späten Abend; er frühstückte nicht mehr bei uns, sondern er stand sehr früh auf und aß irgendetwas in einer Cafeteria unterwegs. Mittwochs hatte er seinen einzigen freien Tag, aber auch da war er nicht ganz bei uns, denn er musste sich um den Wagen kümmern

(Reparaturen, Waschanlage) und um seinen Vater und seine Geschwister, die er besonders liebte, die sich aber leider von Anfang an mit mir nicht vertragen hatten. Sie waren mir immer ein Dorn im Auge, und oft stritten wir, Victor und ich, ihretwegen.

Manchmal träumten wir davon, die Enge unserer Situation irgendwie verändern zu können. Besonders meine beiden Söhne und ich stürzten uns manchmal in die verrücktesten Träume. Diese Träume wechselten, hatten keine Konsequenz und Festigkeit. Mal trug sich Javier mit dem Gedanken um, Mitglied der Opus Dei oder der Falange zu werden, um so durch diese Verzweiflungstat seine Chancen im Arbeitsleben und im Militärdienst zu verbessern; mal wollten wir einfach auswandern, alles liegen lassen und uns ganz neue Ziele in der Freiheit vornehmen; mal wählten wir Frankreich als unser Bestimmungsland, mal war es Deutschland, und wenn Javier seinen pro-englischen Tag hatte, dann suchten wir uns Großbritannien aus. Juaquina wollte auch in einem Blindenpensionat im Ausland weiterlernen und vielleicht irgendwann als Dolmetscherin bei den Vereinigten Nationen arbeiten. Ein Mal schlug Andrés vor, er könnte sich an den Priester unserer Gemeinde wenden, damit dieser uns wenigstens zu Weihnachten ein paar schöne Geschenke zukommen ließe. Aber dann am nächsten Tag entschied er, dass es nicht notwendig sei, denn Weihnachten sei sowieso eine vorübergehende Zeit, und das würde uns im weiteren Leben nicht helfen. Jeder von uns hatte gewisse Veränderungspläne, nur meine Mutter nicht, die mehr als wir alle noch in der Vergangenheit lebte, für die Erinnerungen an ihren verstorbenen Mann und an eine Zeit, als sie noch „Herrin des Hauses" war. Victors Pläne und Träume waren vielleicht die beständigsten und hartnäckigsten, obwohl sehr bescheiden und erschöpft. Er träumte davon, sich im Taxidienst selbstständig zu machen, sich einen Wagen zu kaufen und sich die entsprechende Lizenz des Autos als Gewerbe zu holen. Aber nie hatte er Geld genug dafür, so dass er immer weiter für die anderen arbeiten musste. Seine zweite fixe Idee war die Hoffnung, dass eines Tages bei einem Regierungswechsel seine fünf Jahre als Beamter bei der katalanischen Regierung der Republik und seine drei Jahre als Offizier an der Front anerkannt sein würden und dass diese Verdienste, die jetzt verpönt waren, ihm später zu einer würdigeren Rente bei seiner Pensionierung verhelfen würden. Ich glaubte kaum noch daran und betrachtete ihn wie einen Visionär. Trotzdem hat er Recht behalten, und sein Glaube, der fast 40 Jahre auf eine harte Probe gestellt wurde, fand am Ende eine Belohnung. Doch das geschah viel später, in den 80er Jahren, lange nach Francos Tod.

In den 50er Jahren hatte ich sehr wenig Geld. Wir konnten uns kaum etwas leisten. Das meiste gab ich für den Privatunterricht der Kinder aus, was mir natürlich die Kritik und den Vorwurf meines Schwiegervaters und meiner Schwägerinnen einbrachte: „Was will sie mit soviel Bildung?" Ansonsten konnten wir uns nicht besonders gut kleiden, keine Feier, keine Urlaubsreisen und keine

Bequemlichkeiten in der Wohnung leisten, keine Heizung, kein heißes Wasser, keine neuen Möbel. Meine unsicheren Jobs halfen nicht viel und machten mich nur wütend, denn meine schönste Beschäftigung war, so viel Zeit wie möglich für meine Kinder zu haben und besonders mit Juaquina durch die Straßen zu gehen. Wir nahmen selten einen Bus oder eine Bahn; unsere Energien konzentrierten sich besonders auf das Laufen. Wir gingen viele Kilometer am Tag zu Fuß in einer Art unermüdlicher Stadtwanderung, ohne die gesunde Luft der Wälder, aber wenigstens mit der Freude der Bewegung in unseren Körpern. Vielleicht war dieser übertriebene Marsch (ich glaube, wir strapazierten unsere Schuhe mehr als sonst üblich) ein Mittel, um meine Aggressionen abzubauen. Denn ich war gewöhnlich sehr sanft und voller Liebe, aber ich konnte auch gelegentlich Wutanfälle bekommen. Manchmal hatte ich Krach, nicht nur mit Victors Familie, die mich immer verurteilte und abschätzig behandelte, sondern auch mit meiner eigenen Mutter, zum Beispiel, wenn diese zu mir sagte: „Ich bin nicht mehr die Herrin des Hauses. Jetzt bist du diejenige, die alles entscheidet." Es sei mir gegönnt! Irgendwann muss auch ich, Eulalia Miró, meine kleinen Höhepunkte erleben dürfen.

Freitag Vormittags ging ich meistens zu Frau Rosales, einer sehr wohltätigen Frau, die in den letzten Jahren vor dem Abitur den Unterricht für Javier bezahlt hatte. Als Gegenleistung spielte ich entweder Verkäuferin in ihrer kleinen Parfümerie, während sie sich ein paar Stunden frei nahm, oder ich machte direkt Besorgungen für sie, wie an jenem Freitag, als sie mich mit ihrem Ausweis zur Post schickte, einen Einschreibebrief zu holen.

Beim schnellen Überqueren einer verkehrsreichen Straße drückte ich zerstreut den Ausweis von Frau Rosales in meiner Hand und dachte über Verschiedenes nach: „Hoffentlich werden sie mir den Brief ohne Weiteres geben wollen und nicht verlangen, dass sie persönlich kommt. Die große Nachricht in der Familie ist, dass Juaquina eine Telefonistenstelle zunächst vertretungsweise in einem Hotel bekommen hat. Ich freue mich so sehr darauf, so hat sie eine weitere Verbindung zur Außenwelt, nicht nur die Kurse. Dort wird sie Touristen kennen lernen und mehr Kontakte mit dem Ausland haben. Sie ist ja für das Ausland geboren; Spanien ist ihr zu eng. Wohin wollte Javier heute auswandern? Nach Lateinamerika. Heute ist sein Tag für Puerto Rico und die Dominikanische Republik. Er hat einen Freund aus Puerto Rico, und dieser könnte ihm problemlos helfen, sich dort einzuleben. Die Spanier mit einer guten Bildung werden besonders geschätzt und werden schnell reich. Meiner Mutter geht es etwas besser, dank diesem neuen Medikament, das ihr Bruder in Frankreich ihr bringt und das hier gar nicht zu bekommen ist. Die internationalen Brigaden... Damals hat das Ausland mit uns zusammen gekämpft. Keiner spricht jetzt mehr davon, aber ich hatte damals die Namen gelesen: Ernest Hemingway, André Malraux, Ilja Ehrenburg...

Mein Waschpulver... Ich weiß nicht, ob ich vielleicht die Marke wechseln sollte. Es gibt so viel Reklame überall von neuen, angeblich besseren Produkten!"

Ja, in den 50er Jahren war schon der Anfang der großen Werbungskampagnen, im Fernsehen noch wenig verbreitet, da wir keines hatten, aber doch im Radio zu hören und an den Litfaßsäulen überall zu sehen. Es bedeutete eine Veränderung unserer Alltagslandschaft, deshalb achteten wir am Anfang besonders darauf, als die Plakatwerbung wie ein allmächtiger Gott sich vor uns erstreckte, während wir jetzt 2007 diesen chronischen Überfluss von Marken und Produkten kaum noch wahrnehmen.

„Ich mache mir immer noch Sorgen um Andrés rechte Hand, die nicht besser wird. Schon seit Tagen kann er nichts tun und hat eine furchtbare Langeweile."

Plötzlich wurden alle meine Gedanken, nicht durch die Reklame oder die erinnerten Namen der internationalen Brigade, sondern durch die Gestalt eines Menschen vor mir vertrieben, weggeblasen. Ich sah einen Mann am Schaufenster eines Schmuckgeschäfts stehen, der mit jemandem sprach. Sie sprachen nicht nur, sondern lachten zusammen und schienen sich sehr gut zu verstehen.

„Ich kaufe dir irgendwann ein schönes Armband, wenn du brav bist."

Die Stimme war mir bekannt, tausendmal gehört... aber die Worte waren mir ein Rätsel. Bald erkannte ich in diesem Fremden das melancholische Profil Victors, der aber heute zu meiner Überraschung nicht so traurig und schweigsam wie sonst aussah. Er war in Begleitung von seiner Lieblingsnichte, der elfjährigen Anita, die ihn jetzt kitzelte, ihm einen Kuss gab und mit Eindringlichkeit auf ein Armband im Schaufenster zeigte. Victor hatte neun Neffen und sieben Nichten. Gegen so viel Familie konnte man nicht ankämpfen. Oft hatte ich ein Gefühl von Rivalität, weil er so viele Stunden bei ihnen verbrachte. Unsere Kinder waren schon erwachsen und wahrscheinlich deshalb weniger attraktiv für ihn als die Kinder seiner Schwestern. Und von allen war Anita tatsächlich die zärtlichste. Ich würde sie auch gerne in meine Arme nehmen, aber ihre Eltern würden es nicht erlauben. Victor verabschiedete sich von ihr mit einem lauten, spielerischen Geschrei und ging dann seinen Weg weiter, während er rauchte und fröhlich vor sich hin pfiff. Er war so vertieft in sein Gespräch mit der Kleinen gewesen, dass er mich nicht gesehen hatte. Ich folgte ihm in einigem Abstand, was mich dazu zwang, ihn aus der Ferne zu beobachten. Ich hatte genau so eine fremde Substanz wie die, die ich in seinem Verhalten spürte. Warum konnte ich ihn nicht anhalten und ihn einfach direkt ansprechen? Hatte ich vielleicht Angst vor der Spannung, die darauf folgen würde:

„Was machst du hier, Victor? Wo hast du das Taxi geparkt? Du hast mir nicht gesagt, dass du heute nicht arbeitest."

Ich denke eher, es war die Scheu, gegen ein unausgesprochenes Gesetz des Respekts vor fremdem Eigentum zu verstoßen. Von unserem häuslichen Rahmen abgesetzt und in eine nur ihm zugeteilte Umgebung transplantiert, allein mit sich selbst oder mit den von ihm auserwählten Menschen, war er ganz anders als sonst. Ich war auf diese neue Zusammensetzung fremder Elemente in ihm neugierig und wollte mehr wissen. Er, der Mann, der 20 Jahre bei mir im Bett gelegen hatte, den ich so gut kannte, mit dem ich drei Kinder hatte und mit dem ich in schweren Stunden der Krise sogar ein Gebet, einen Hilferuf an Gott ausgesprochen hatte... Zwar waren seine linksgeprägten, politischen Ansichten nicht zu religiösen Ergüssen geneigt, aber er begleitete mich solidarisch in meinem Glauben in Augenblicken der Verzweiflung, als mein Vater starb, als der Bürgerkrieg für uns verloren ging, als Juaquina blind geboren wurde. Und jetzt verwandelte er sich vor meinen Augen, er, der Mann, an den ich kaum noch dachte, den ich fast abgeschrieben hatte, teilweise, weil ich ihn für einen Teil meiner selbst hielt, was natürlich sehr bequem war.

Ich folgte ihm. Er ging in ein Blumengeschäft und kaufte einen Strauß Margareten. Er sprach mit dem Blumenverkäufer mehr, als er je mit mir gesprochen hat, aber ich konnte ihre Worte von außen nicht hören. Nachher entdeckte ich aber, dass sie über den Tod geredet hatten, denn Victor hatte feuchte Augen und betrachtete traurig die Margareten, als er herauskam. Sein Schritt verlangsamte sich. Am Ende blieb er vor einer Kneipe kurz stehen, zählte sein Geld und ging hinein. Ich ging ihm hinterher, aber er sah mich nicht. Ich glaube, an jenem Tag war ich unsichtbar. Er spielte Schach mit einem Freund und trotz der konzentrierten Haltung der beiden, sprachen sie manchmal, meistens über das Spiel, die gefährlichen Schachzüge, aber auch über die Blumen. Drei Männer machten sich über die Blumen lustig: „Sind sie für ein schönes Mädchen, für ein Rendez-vous?"

„Na ja, schön ist sie schon... Aber sie sind mehr für die Beerdigung gedacht. Sie ist die Tochter eines alten Freundes von mir, der verstorben ist."

Victor gewann wie üblich seine Schachpartie und lachte zufrieden. Dann ging er weiter, und ich folgte ihm. Ich wäre ihm den ganzen Tag gefolgt, um mehr von ihm zu erfahren. Ich dachte an die Zeit zurück, als wir uns kennen lernten und dann, als wir unser erstes Kind hatten. „Hoffentlich ist die Beerdigung noch nicht! Warum hat er mir nichts davon erzählt?" Natürlich könnte ich nicht in eine fremde Bestattung hineinplatzen. Dann müsste ich mich ihm zu erkennen geben: „Es tut mir leid. Ich habe die passende Kleidung nicht an. Leider musst du doch alleine gehen."

Victor schien plötzlich aus Träumereien und Grübeleien zu erwachen und schlug resolut eine Richtung ein, den Weg zum nahe gelegenen Bahnhof.

„Wird er vielleicht einen Zug nach Frankreich nehmen und verschwinden wollen?"

Er setzte sich auf eine Bank und wartete auf jemanden.

„Es ist ein Wunder, dass er keine Zeitung liest wie bei uns..."

Eine junge, im Schwarz gekleidete Frau kam nach kaum zwei Minuten, setzte sich neben ihn mit einem Seufzer; er küsste sie auf die Wange und überreichte ihr die Blumen:

„Ich denke sehr oft an deinen armen Vater, an dich und deinen Mann." Die mir so bekannte Stimme erzählte immer weiter von Freundschaft und Liebe: „Ihr seid wie meine Familie."

Ich weiß nicht genau in welcher Beziehung diese Frau zu Victor stand. Sie konnte mir vielleicht gefährlich werden. Sie war schön, bescheiden und vertrauensselig. Aber sie schien mir mehr tot als lebendig zu sein. Vielleicht war ihr Mann auch tot und begraben. Auf jeden Fall gehörte sie in diese fremde Substanz meines Mannes.

Als die beiden sich voneinander trennten und Victor in die Zwölf einstieg, war ich mit meinen Nerven am Ende. Ich sank kurz auf meine Bank, wo ich bisher hinter ihnen gesessen und sie beobachtet hatte. Ich blieb verwirrt und völlig gedankenlos zurück, durcheinander, als hätte ich viel getrunken. Dann ging ich automatisch zu Frau Rosales zurück, ohne den Brief abgeholt zu haben.

„Wieso kommen Sie ohne Brief? Was ist passiert? Geht es Ihnen nicht gut? Und wo ist mein Ausweis und der Abholzettel? Fahren Sie lieber mit einem Taxi nach Hause, wenn es Ihnen schlecht geht."

Trotz Gedächtnisschwunds fand ich die beiden Sachen in meiner Tasche. Frau Rosales war erleichtert und bestellte mir ein Taxi.

Es war nicht Victor im Taxi, sondern ein Fremder. Aber Victor war auch ein Fremder oder mir fremd gewordener Mensch. Trotz meiner armen Verhältnisse leistete ich mir den Luxus der Fremde und bezahlte den teuren Preis dafür. Die meisten haben keine Ahnung davon, doch es geschieht... dass die nächsten Angehörigen sich plötzlich wie Fremde verhalten. Vielleicht traf es auch auf die anderen Familienmitglieder zu. Juaquina, Javier, sogar meine Mutter mit ihrem ereignislosen Leben, alle verwandelten sich in etwas ganz anderes, sobald sie nicht von mir gesehen wurden, und nur durch einen Zufall hatte ich einen davon zu sehen bekommen.

Ja, nach Hause... Heute Abend würde ich ganz lange und ausführlich mit Victor sprechen, so hoffte ich es.

„Ich habe dich heute gesehen, aber wirklich gesehen...“

Achtung, Krankheit! Die Spanier sehen keine Bakterien

Die Unruhe, die uns alle im Büro erfasste, hatte mit den Meldungen in der Zeitung zu tun, mit den alarmierenden Nachrichten über die Schweinegrippe. Vor Jahren war es ein anderes Monster gewesen, das uns in Panik versetzt hatte: Aids. Aber dieses blieb wenigstens auf einen sehr spezifischen, kleinen Kreis eingeschränkt, während das andere...

Der Kollege Bernd Hausmann sagte an jenem Tag: „Herr Müller-Straus ist immer noch so scharf darauf, uns die Hand zu geben, wenn er uns grüßt. Irgendwo in einem Seminar für Führungskräfte hat er wahrscheinlich gelernt, dass es die Kommunikation fördert und einen guten Eindruck macht. Aber ich habe ihm schon klar gesagt, dass ich es nicht mag, wenn man mir die Hand gibt. Es werden so viele Bakterien übertragen, gerade durch diese dumme Angewohnheit des Händeschüttelns! Er hat vielleicht gerade ein hochgradig infiziertes Taschentuch angefasst oder es direkt vor seinem Mund platziert, um ein Husten zu unterdrücken, und dann reicht er mir seine Hand, als würde er mir einen Gefallen tun, und dadurch bekomme ich seine Erkältung oder Magengrippe. Nein, danke. Ich passe schon auf, jedes Mal wenn er mit seinem euphorischen ‚Guten Morgen' kommt und seine Hand ausstreckt. Ich mache so eine Geste des Widerwillens... Aber er scheint es gar nicht zu merken. Gestern sagte ich ganz offiziell: ‚Es ist wegen meiner Frau, verstehen Sie? Sie liegt im Krankenhaus und kann keine Infektion gebrauchen.' Er war etwas verlegen, und ich hoffe, dass er es nicht wieder bei mir versucht. Er kann mich nicht dazu zwingen, denn er ist nicht einmal mein Vorgesetzter."

„Aber es ist gar nicht so schlecht, dass er uns die Hand gibt", sagte ich auf das Risiko hin, ihn zu verstimmen. „Es ist ein Zeichen von Offenheit und menschlicher Wärme, finde ich."

Er erstaunte: „Haben Sie nicht die Hygieneempfehlungen unserer Firma zur Bekämpfung der Schweinegrippe gelesen? Man muss sich ständig die Hände waschen und jeden direkten Kontakt mit Menschen vermeiden."

Ich nickte traurig und dachte: „Es ist aber schade, dass die Menschlichkeit so auf der Strecke bleibt, dass alle nur über die Gefahr der Ansteckung reflektieren, wenn sie sich etwas näher kommen. Schließlich ist es schöner und spiritueller eine Hand aus Fleisch und Blut zu drücken, als einen mit noch mehr Bakterien geladenen Geldschein zu streicheln."

Nein, mir machte es nichts aus, dass Herr Müller-Straus mir die Hand geben wollte, im Gegenteil, er kam mir mitteilsamer und ansprechbarer vor, vielleicht weil wir in Spanien (ich komme aus einem spanischen Elternhaus) an die körperliche Nähe und den Kontakt mit anderen Menschen gewöhnt sind. Sich die Hand zu geben ist weniger intim und bakteriell gefährlich als die ständigen Küsse auf beide Wangen, die bei uns ohne Angst vor Krankheiten... durchgehend und bei jeder Begegnung praktiziert werden. Doch die meisten deutschen Kollegen fanden Berührung jeglicher Art keine so gute Idee..

„Die Schweinegrippe wird bald da sein und wir müssen dem vorbeugen", sagte Herr Hausmann. „Unsere Gesundheit ist uns doch das Allerwichtigste, nicht wahr, Frau Santos?"

Ja, ja, mir war es auch wichtig... und ich hatte auch Angst vor Krankheiten wie alle anderen. Aber ich dachte weniger an die Bakterien, vielleicht weil diese unsichtbar sind. Zuerst dachte ich an die Menschen. Wenn jemand erkältet war, fand ich es auch nicht so toll, aber ich ließ mich nicht davon abhalten, in seine Nähe zu kommen und ihm die Hand zu reichen. Sogar einen Aussätzigen hätte ich so gegrüßt. War es kindisch von meiner Seite? Falsch verstandene Höflichkeit? Oder der christliche Wunsch , keinen wegen seiner Krankheiten zu diskriminieren?

Aber trotz meines Mangels an Feigheit gegenüber einer Ansteckung konnte ich nicht für stark gehalten werden. Ich war sehr weich, dünnhäutig, und man nannte mich im ganzen Betrieb „das Sensibelchen", weil ich mir alle Probleme überdurchschnittlich ernst zu Herzen nahm.

Alicia Santos Vega, das Sensibelchen, das war ich tatsächlich, mit 25 Jahren, schon seit sieben Jahren in der Firma mit diesem sonderbaren Kollegen, Herrn Hausmann, und noch zwei Frauen, die auch keinem die Hand geben wollten aus Angst vor der Schweinegrippe.

Wir bildeten zwei Gruppen: diejenigen, die es nicht wagten, die Hand von Herrn Müller-Straus abzulehnen und diejenigen, die dem Kontakt systematisch auswichen. Ich fand das zu hart. Es tat mir leid, seine zögerlich erhobene und dann wieder sinkende Hand anzusehen. Deshalb antwortete ich prompt auf seinen Händedruck.

Die fünf Frauen in der Verwaltung nannten mich „Sensibelchen", weil sie mich schon seit meinem achtzehnten Lebensjahr kannten und behaupteten, dass ich mich gar nicht verändert hätte, ich sei genau so ein junges Ding, ein weinerliches, schwaches und tief empfindendes Wesen wie am Anfang geblieben. Sie meinten zwar, dass ich es mit den Jahren schon lernen würde, mich besser zu beherrschen und weniger zu leiden. Aber ich glaubte es kaum. Schließlich war unsere Mutter auch sehr sensibel und sie war schon 55. Und unser Vater ebenfalls voller Mitleid mit anderen Menschen und dabei feige gegenüber Ärzten, Blutabnahmen, etc.

Die Frauen in der Verwaltung blieben dabei, dass ich alles maßlos übertrieb.

Doch viel übertriebener als ich benahmen sich   nach meiner Meinung   Kollegen wie Bernd Hausmann aus der Werbeabteilung oder der Sekretär der Abteilung „Lieferungen", Adalbert Stein, der auch übervorsichtig in Sachen Gesundheit war. Solche Ängste vor Ansteckung fand ich lästig und überzogen.

Wie an jenem Tag, als Herr Stein mit einer sehr offensichtlichen Erkältung zu uns ins Büro kam, mit Nies- und Hustenanfällen, die nicht zu übersehen waren. Er konnte nicht mehr die beliebte Ausrede benutzen: „Es ist keine Erkältung, sondern nur eine Allergie". Viele schauten ihn missbilligend an und hielten sich von ihm fern.

Herr Hausmann sagte: „Sie sollten doch lieber zu Hause bleiben und sich auskurieren, statt uns allen Ihre Bakterien zu übertragen. Hoffentlich haben Sie nicht die Schweinegrippe."

Es waren immer mehr oder weniger die gleichen Szenen, die sich wiederholten. Seitdem der Arbeitgeber entschieden hatte, die freiwillige Prämie im Falle einer Krankheit zu reduzieren (als Strafe für jeden Krankheitstag), waren alle Angestellten scharf darauf trotz Krankheit zur Arbeit zu kommen, um nicht auf den Verdienst zu verzichten. Deshalb sah man jetzt so viele Kranke im Betrieb; es war ein wenig wie ein Mikro-Krankenhaus.

Umso stärker wurde aus demselben Grund die Abneigung der Gesunden gegen die Kranken, weil sie nicht krank werden und dadurch Geldeinbußen erleiden wollten. Das schuf eine Atmosphäre der Feindseligkeit unter den Kollegen, die nicht schön war. Jeder sorgte für sich und sein Weiterkommen; jeder wollte gesund bleiben und vermied daher jede Gefahr der Ansteckung. Und die Kranken gingen weiterhin brav arbeiten, womit sie den Arbeitgeber und seine Statistik der positiven Zahlen befriedigten, die Kollegen aber mit ihrer Gegenwart belästigten.

Der erkältete Adalbert (ich nannte sie alle mit Vornamen in meinen Gedanken, denn wir waren letzten Endes wie eine Herde von

Schafen in einem Gefängnis eingesperrt) sagte an jenem Tag mit Bitterkeit in der Stimme: „Es ist die Höhe. Man geht krank zur Arbeit, und statt gelobt zu werden, wird man kritisiert. Was kann ich dafür? Früher einmal gehörte es zu den guten Eigenschaften eines Menschen, dass er sich nicht hängen ließ und nur im Falle einer fast tödlichen Krankheit nicht zur Arbeit kam. Ich habe diese Prinzipien noch von meinem Vater geerbt. Geh immer tapfer zur Arbeit, egal wie. Heutzutage muss man sich für jede Erkältung entschuldigen, scheint es."

„Eine schöne Rede, weil er heute der Betroffene ist," dachte ich. „Der Kollege Bernd wird in ein paar Wochen ähnliche Dinge sagen, um sich gegen den allgemeinen Unmut zu verteidigen. Ich für meinen Teil sage kaum etwas. Ich bin das Sensibelchen, und wenn ich krank bin, dann erscheine ich nicht , egal ob ich deshalb weniger verdiene. Ich möchte nicht ihre langen Gesichter sehen und wie sie mir ausweichen. Es würde mir in der Seele wehtun, fast so wie beim Zahnarzt."

Kollege Bernd versuchte, humorvoll und zugleich streng und bestimmt zu sein: „Gut, gut, wir werden uns schon in Acht nehmen, dass Sie nicht heute beim Essen an unserem Tisch sitzen. Und dieser Herr Müller-Straus... Ich weigere mich, ihm die Hand zu geben. Ich habe ihm meine Begründung schon erklärt."

Christine aus der Verwaltung war auch nicht besonders begeistert und scherzte: „Wenn er wenigstens jung und schön wäre... Dann würde ich es mehr genießen."

Ich sagte: „Trotzdem, er ist ein sympathischer Mensch und tut es mit der besten Absicht. Und er riskiert es auch, die Krankheiten der anderen zu übernehmen."

Eine noch unerfreulichere Szene gab es ein paar Tage, nachdem Adalbert mit seiner Erkältung erschienen war. Unsere Praktikantin Hildegard, eine Chemiestudentin, die an ihrem Diplom arbeitete, hatte ihren letzten Tag bei uns, und als Aufmerksamkeit reichte sie jedem von uns kleine verpackte Schokoladentafeln. Wir bedankten uns und wünschten ihr Glück.

Sie sagte plötzlich: „Mir geht es nicht so gut. Die ganze Nacht konnte ich nicht schlafen. Der Magen tut mir so weh."

Die Kollegen waren sofort alarmiert, und ich konnte mir ihre Gedanken vorstellen.

Zum Abschied gab ihr keiner die Hand. Nur ich... Obwohl ich, wohlgemerkt, keine Heldin bin. Ich dachte automatisch: „Ich kann mir immer noch danach die Hände waschen. Und die Schokolade ist sowieso verpackt. Und man kann einen Menschen nicht ohne richtigen Abschied stehen lassen."

Als ich später mit einer Kollegin darüber sprach, sagte diese entschuldigend: „Na ja, wir haben sie schon mit dem Kopf und den Augen verabschiedet. Blickkontakt ist sehr wichtig, und wir haben uns gegenseitig angelächelt."

Mir wäre es zu wenig gewesen, so ein distanzierter Abschied, wie hinter einer Maske, durch die Verdachtsmomente einer hypothetischen Krankheit verdorben und abgewertet. Es gibt doch nichts, was über die Hand eines Menschen ginge oder die Wange, die er einem zum Kuss darbietet. Ich küsste Hildegard nicht, weil das in Deutschland nicht üblich ist. Aber ich umfasste mit meiner Hand die ihre, die sich verschwitzt und fiebernd anfühlte.

Als sie ging, deutete ein Kollege schweigsam auf mich und die Tür zur Damentoilette

„Meine Güte," dachte ich . „Diese Kontrolle! Sind wir hier bei der Gesundheitspolizei? Es ist doch mein Körper, um den es hier geht. Oder?"

Eine Gabe für Bielca. Tolstoi in den Luxushotels...

Elmar nennt mich manchmal in Stunden der Liebe „seine Sonne".
Ich heiße tatsächlich mit Vornamen Mari Sol und bin auch an der
Costa del Sol, in Malaga, am Anfang August unter dem
Sternzeichen des Löwen, der Sonne, geboren. Aber das wenige an
Licht, das ich produziere, ist bestimmt nur ein kleiner Schimmer.
Außerdem, als eine Ironie des Schicksals... ich kann den
Sonnenschein auf meiner Haut als Wärme spüren, aber ihn kaum
sehen. Ich sehe noch den Unterschied zwischen Tageslicht oder
elektrischem Licht, aber ich bin fast blind.

Elmar und ich besuchen wie jedes Jahr unsere arme Freundin
Bielca Campos in der Nähe von Punta Cana, in der
Dominikanischen Republik. Wie immer fühle ich mich etwas
ungemütlich an ihrer Seite, aber auch zu ihr hingezogen, gerührt
und voller Verständnis für ihr schwieriges Leben. Alles ist im
Grunde vorprogrammiert; ich fühle mich zu alten Ritualen
prädestiniert, instrumentalisiert, mich selbst in ganz gegensätzliche
Extreme hinein manipuliert, schaukelnd und zitternd zwischen dem
Bild eines Luxushotels, wo die oberflächlichen Touristen verweilen,
und dem ihrer zerbrechlichen Palmenhütte.

Elmar steht draußen, raucht, lässt sich von der Sonne bescheinen,
versucht, mit der kleinen Arelis zu spielen, die nur schreit. Er will
nicht lange bleiben. Wir werden die Familie irgendwo zum Essen
einladen und dann wieder gehen.

Ich aber folge Bielca auf ein paar Minuten in das Haus hinein. Dieses Haus, jedes Jahr den häufigen tropischen Stürmen ausgeliefert, mit seiner dürftigen Kanalisation und schlimmen, unhygienischen Bedingungen bei starkem langem Regen, bleibt mir im Gedächtnis, wie so viele Vorahnungen der Hölle, die ich nicht akzeptieren kann.

Es tut weh, so oberflächlich und wirkungslos in ihren Alltag einzutauchen und dann wieder zu verschwinden. Allein deshalb habe ich so ein schlechtes Gewissen, immer wenn wir uns trennen. Und dann muss ich Bielca meistens noch mit einem Geschenk bestechen, direkt bevor wir fahren. Aufpassen! Denn, wenn ich ihr schon alle Geschenke bei der Ankunft gegeben habe, dann habe ich keine Gabe mehr für den Abschied!

„Wenn du im nächsten Jahr wiederkommst, hätte ich schon gern, wenn du mir etwas Spezielles aus Deutschland mitbringen könntest, Mari Sol."

„Was denn? Was wünschst du dir?"

„Eine Blindenuhr. Ich weiß, dass es welche gibt, denn ich habe einmal eine gefühlt. Aber hier bekäme ich so etwas nie."

„Eine sprechende Uhr?"

„Nein, eine mit Punkten, die hätte ich viel lieber."

Bielca und ich sind keine Teenager mehr. Die Zeit der riesigen, faszinierenden Freundschaften ist zu Ende. Wir haben uns nicht in der Schule kennen gelernt. Wir sind das ganze Jahr getrennt und leben in ganz verschiedenen Ländern. Ich bin 20 Jahre älter als sie, und sie hat schon eine sechsjährige Tochter. Wir sind zwei reife Frauen und können uns gegenseitig charakterlich nicht mehr beeinflussen. Auch werden wir nie etwas miteinander teilen, weder Vergnügungen noch Arbeit noch intellektuelle Beschäftigungen. Was uns verbindet, ist der Umstand, dass wir beide blind sind; ich geburtsblind, sie späterblindet. Sie war in einer dieser komfortablen Touristenanlagen angestellt und verlor ihre Sehkraft plötzlich durch eine Netzhautablösung mit ungefähr 23 Jahren; seitdem ist sie so wie ich. Und die Ungleichheit unserer Verhältnisse bindet mich an sie, der Kernkontrast in unseren ganz andersartigen Situationen, was noch stärker als das Gemeinsame verbindet: sie ist sehr arm, ich gehöre zum Mittelstand.

Die furchtbare Enge ihres Lebens, dessen Ausweglosigkeit, erfüllt mich mit Mitleid. Sie bildet sich nicht weiter, hat kein Interesse mehr an Englisch, an Büchern, verlernt die Blindenschrift, die sie nach ihrer Erblindung mit einer plötzlichen Entschlusskraft in der Blindenschule in Santo Domingo gelernt hatte. Sie versteht diese Buchstaben, die für mich so heilig sind, nicht mehr. Umsonst schrieb ich ihr vor zwei Jahren ein Alphabet, gab ihr meine eigene Blindenschrifttafel und versuchte, sie dazu zu animieren, weiter zu üben, auch Briefkontakte mit anderen Blinden zu knüpfen. Ihr Sehverlust, die große Katastrophe ihrer Existenz, ist aus meiner Perspektive noch weniger gravierend als der Verlust ihrer Kenntnisse oder ihrer Freiheit und Selbstständigkeit.

Ihr Tagesablauf kommt mir sehr langweilig vor. Sie sitzt meistens am Eingang ihrer Hütte, hört die ständigen, lästigen Motorräder, die durch die sehr laute Landstraße kreischen und das Spiel ihrer Tochter zusammen mit noch einem Kind aus der Nachbarschaft. Diese Tochter, Arelis, ist sehr wild, nervös, geistig wenig gefördert, obwohl nicht völlig verwahrlost, denn sie geht angeblich nachmittags stundenweise zu einer Art Kindergarten. Doch sie spricht sehr unartikuliert, in einem verworrenen und eigenwilligen Geschrei, das mich sozusagen in Panik versetzt, weil ich keine Klarheit oder Schönheit darin sehen kann; es gelingt mir kaum ihre Worte zu entziffern. Sie ist wie eine Analphabetin der Sprache, beherrscht kaum noch diese Sprache, Spanisch. Ich finde, dass sie mit vier Jahren besser als jetzt gesprochen hatte. Sie hat keine besonders sensible Ader von Zärtlichkeit zu ihrer Mutter und keine Dankbarkeit für Geschenke; wenn überhaupt, habe ich nur eine gewisse Loyalität zu ihrer gleichaltrigen Freundin Ismelda festgestellt. Aber ich kann mich in alldem auch täuschen, denn ich sehe sie ja nur ein Mal im Jahr und zu kurz und oberflächlich in der beschäftigten und teilweise beschämten Eile eines Gebenden, der sich bald vielleicht nicht mehr um die „gute Familie" kümmern kann. Auf jeden Fall hat Bielca keine besonders liebevolle und Mutter bezogene Tochter, die vieles mit ihr zusammen machen würde. Im Gegensatz zu ihrem Vornamen, der irgendwie süß klingt, ist Arelis voller Unruhe, unkonzentriert, dick, hungrig, hart und in kontinuierlicher Bewegung, doch unproduktiv, sich in Unreife und

Vergeblichkeit erschöpfend. Ich sehe einen gewissen Regressionsprozess in den beiden: die Mutter verliert ihre Buchstaben, die Tochter die Sprache. Doch, was kann man dagegen tun?

Bielca bleibt immer in der Hütte, an das Haus gefesselt und verlässt es nur selten. Ihre Mutter und eine alte Tante passen auf die Kleine auf, die sich im Gegenteil immer draußen aufhält. Es scheint mir schlecht, dass Bielca sich dadurch von der Kleinen distanziert und nicht bereit ist, ihr einen einzigen Schritt auf der Straße zu folgen. Während Arelis wortwörtlich von der Straße verschluckt wird, bleibt die junge Mutter immer verlassen hinterher. Viel schlimmer als blind sein, denke ich mir, ist die Eintönigkeit ihrer Tage, dieses Verschlossensein in einem Käfig, wo sie nur ihre Hausarbeiten verrichtet, Musik und Telenovelas im Fernsehen hört und hin und wieder Kosmetikprodukte an die Dorfbewohner verkauft.

Bei meinem Besuch heute frage ich sie zum dritten Mal, halb neugierig und halb frustriert durch die Verschwommenheit ihrer Antworten:

„Warum gehst du nicht mit deiner Mutter irgendwann spazieren? Oder mit der Kleinen? Sie könnte dich schon führen, wenn du sie allmählich daran gewöhnen würdest, und dann hättest du noch einen Verbindungspunkt mit ihr, draußen. Die Zeit wäre dir auch nicht so lang... Warum gehst du nicht raus?"

Sie spricht mich manchmal mit Sie und manchmal mit Du an in dieser chaotischen, nachlässigen und ungenauen Mischung der lateinamerikanischen Grammatik, die für meine ernsten spanischen Ohren, sich ziemlich verspielt und inkonsequent anhört. Sie sagt: „Du meinst, es ist notwendig? Ich habe keine Lust. Die Straßen sind sehr schlecht, wie Sie wissen, mit Löchern überall."

„Du hast Recht. Es ist beschwerlich für Blinde, und es macht keine richtige Freude, spazieren zu gehen. Aber du musst etwas Luft schnappen und Bewegung kriegen und vor allem Kontakt mit der Außenwelt haben. Vielleicht könntest du sonntags in die Kirche gehen; es wäre wenigstens ein Mittel, um einen Ort zu besuchen und mit Menschen zu sprechen. Wer weiß, womöglich lernst du jemanden kennen, der euch finanziell helfen könnte."

Ich erstaune über mich selbst, denn ich bin nicht besonders religiös, bestimmt keine Anhängerin der Kirche, und ich erteile nicht gerne Ratschläge. Wieso maße ich mir in diesem Fall an, dieser armen Freundin einen Rat zu geben? Doch ihre Apathie hat mich gewissermaßen empört. Wie kann man jahrelang so leben, ohne seelischen Erweiterungshorizont, ohne physische Betätigung? Ich stelle sie mir immer am Hütteneingang still sitzend vor, in faule Gedanken vertieft, die ich gar nicht rekonstruieren kann. Wenn sie sich die Zeit wenigstens mit Stricken vertreiben würde? Wäre es nicht gut, wenn ihr jemand das Stricken beibringen könnte?

Aber ich vermute, dass sie ein wenig übertreibt. Hin und wieder fährt sie schon nach Santiago oder Santo Domingo, um Verwandte zu besuchen, oder sie geht zusammen mit ihr bekannten Touristen, wie mit Elmar und mir, in einer Wirtschaft am Meer etwas essen oder trinken. Doch scheint es selten zu sein, und sie hinterlässt mir immer diesen Eindruck von Unveränderlichkeit und Passivität.

Sie sagt ausdruckslos: „Ich bewege mich schon im Hause, ich habe einiges zu tun, kochen, waschen, putzen."

„Aber warum gehst du nicht raus?"

„Ich möchte den Menschen den Einblick meiner Blindheit nicht zumuten. Alle waren daran gewöhnt, mich als sehend zu erleben und... es gefällt mir nicht, dass sie mich so sehen; ich vermeide es, wenn ich es nur kann."

„Das ist Unsinn. Du bist schon über elf Jahre blind, und sie sollten sich schon längst gewöhnt haben. Das ist kein Grund, um eingesperrt zu bleiben. Du machst es noch schwerer mit deinem Verhalten, solange du dich deines jetzigen Zustandes schämst und dich vor allen versteckst."

„Ich weiß, es ist unvernünftig, wie du sagst. Wenn die Leute zu mir kommen, dann habe ich weniger Probleme, aber ich kann nicht zu den Leuten gehen."

Ich vermute, dass diese Feigheit nicht von ihr selbst stammt, sondern dass sie von ihrer Familie unterstützt wird. Ihre zwei Schwestern wollten sie nicht führen, hatte sie mir einmal erzählt, ihre Mutter wahrscheinlich auch nicht. Nach der sehr engen Mentalität der Gegend, die sich durch mangelnde Schulbildung charakterisiert, soll man den Behinderten jegliche Bewegungen oder Belastungen ersparen, sie sollen am besten zu Hause bleiben und sich so wenig wie möglich in der Öffentlichkeit zeigen.

Nach ein paar Minuten frage ich Bielcas Mutter irritiert und hartnäckig: „Warum gehen Sie nie mit Ihrer Tochter spazieren, Frau Sofia?"

„Sie will es selbe nicht. Ich kann sie nicht dazu zwingen."

Bielca bestätigt die Unschuld ihrer Mutter und verteidigt sie gegen meine offensichtliche Kritik: „Ja, es liegt an mir. Sie möchte mich schon manchmal zur Kirche oder zu Nachbarn mitnehmen, aber ich will es nicht. Ich fühle mich wohler hier."

„Aber du verstehst es doch, dass es falsch ist. So arbeitest du bloß an deiner Isolation und die Leute können sich nie richtig an deinen jetzigen Zustand gewöhnen. So erreichst du nur, dass es immer so weitergeht, gerade das Gegenteil von dem, was wir uns vorgenommen haben."

Haben wir uns wirklich etwas vorgenommen? Ich weiß es nicht. Es gibt keine vorausdenkende Strategie in meiner Art, ihr zu helfen, lediglich einen Wunsch, meine gute Absicht und den großzügigen Impuls, ihr etwas zu geben. Im vorigen Jahr hatten wir nicht so viel darüber gesprochen, warum sie nie ausgehen wollte. Wir hatten mehr über ihre Kosmetikprodukte gesprochen und über den Vater der Kleinen, der bald nach Spanien auswandern würde und ihr gelegentliche Geldsummen für Arelis Unterhalt schicken wollte. Der Mann hat nämlich noch eine größere Familie zu versorgen, eine Frau und drei Kinder, und natürlich ist von ihm nicht viel zu erwarten. Aber in diesem Jahr bin ich ziemlich pedantisch, belehrend und kritisch; ich gehe mir selbst auf die Nerven damit. Gott sei Dank, zeigt sie sich einsichtig und nickt zu meinen Kommentaren mit leichtem Einverständnis, ohne besondere Betroffenheit: „Es ist wahr, was Sie sagen. Ich muss es wirklich versuchen."

Manchmal habe ich den Eindruck, dass sie schlau ist. Sie ist einfach bemüht, jeden Schatten von Missfallen und Disharmonie abzuwenden. Sie weiß, dass wir bald weggehen, und sie kann sich dann sowieso benehmen, wie sie es für richtig hält; und es ist ihr gutes Recht... Doch dieser Anschein von Einsicht ärgert mich. Wir sind lediglich die flüchtigen Spender, die mit einem freundlichen Lächeln zugelassen werden, bloß damit sie ihre Gabe einreichen, wir haben keinen eigentlichen Einfluss auf das Leben dieser Menschen. Es ist alles sehr kompliziert. Wenn ich mich so wenig engagiere, kann ich doch nicht erwarten, bestimmte Reaktionen und langwierige Entwicklungen großartig zu beeinflussen. Auch wenn ich über die Schwelle ihrer Palmenhütte gehe und in der Stube sitze, um mit ihr zu sprechen, bleibe ich unfehlbar abseits in derselben Höhe wie Elmars Gestalt, der nie den Versuch macht, hinein zu gehen. Ich bin involvierter als er, mehr in der Mitte der beiden Welten und bekomme den vollen Aufprall der leidenschaftlichen Empfindungen, aber ohne dass meine Macht und Wirkungsmöglichkeiten größer wären. Meine Gaben sind zu klein, bescheiden, denke ich unzufrieden; sie sind nur lächerliche

Ameisenhilfen, die zu nichts führen und dementsprechend gar nichts ändern können. Diese Mittelmäßigkeit im Helfen ist schon nervenaufreibend. Jedes Jahr das gleiche: ein Geben und Nehmen, aber ohne große Veränderungen. Sie streckt ihre Hand demütig aus, ohne Forderung und im Bewusstsein, dass es sich lediglich um eine vorübergehende, freiwillige Leistung handelt; ich gebe halbherzig, unfähig die volle Verantwortung zu übernehmen und eine richtige, alles umfassende Lösung zu ihren Problemen anzubieten, deshalb habe ich auch keinen eigentlichen Zugriff zu ihrem Leben. Alles entgleitet mir in meiner Mittelmäßigkeit. Ich kann auf meine Privilegien nicht ganz verzichten; ich möchte gerne ein Tolstoi sein, bin es aber nicht. Solange es nur um eine Geldspende und ein paar Geschenke geht, kann ich es noch riskieren... Was ist aber mit tiefgreifenden Wendungen, wie zum Beispiel, ihr und ihrer Tochter einen wunderbaren Aufenthalt in unserem Hotel zu ermöglichen? Oder sie für einige Zeit nach Deutschland einzuladen? Ich bin feige, habe Angst vor Problemen. Sie ist taktvoll genug, um nicht darum zu bitten, hat noch nie ausdrücklich und verzweifelt um Hilfe gebeten und lässt mir meine Freiheit. Diese Freundschaft ist ein Teil unseres Urlaubs. Mit der Klugheit der Schwachen ahnt sie vielleicht, dass unsere Gaben dem Zauber des Urlaubs zuzuschreiben sind. Während einige gerade im Urlaub etwas für ihre Gesundheit oder etwas Kulturelles tun wollen, möchten andere im Urlaub Gutes tun, um so auch ihre Dankbarkeit für erhaltene Gaben auszudrücken. Und was ist nach dem Urlaub? Wie frivol und wenig sagend ist unsere Freundschaft zu Bielca! Das hat nichts mit Tolstoi zu tun.

Nach ein paar Stunden von Kommunikationsbemühungen, die teilweise erfolgreich sind (Bielca scheint zu merken, dass wir auch viele Grenzen haben und nicht zu den Supereichen gehören), kommt der Abschied, wie immer ziemlich traurig und hoffnungslos. Wir verabschieden uns diesmal von den drei Frauen und den zwei Kindern, von der alten Tante, der Mutter Sofia, von Bielca, Arelis und Ismelda. Das ist ein schon ewig praktiziertes altes Ritual wie das Vaterunser: Ich weiß, auch ohne uns werden sie überleben und sich irgendwie über Wasser halten können. Aber im letzten Augenblick fällt mir die Trennung immer schwer. Das Problem ist, ich habe Bielca und der Kleinen unsere ganzen Geschenke schon gegeben. Ich bin nicht berechnend genug gewesen, eines für jetzt zu behalten, um ihnen zum Schluss eine letzte Freude zu machen.

Ich erinnere mich plötzlich an Bielcas Wunsch: „Für nächstes Jahr wäre es sehr schön, eine Blindenuhr zu haben."

Ich spüre meine eigene an meinem Handgelenkt, meine intime Uhr, die meinen Puls täglich beobachtet, so tief mit mir selbst verwurzelt, mit meinem Schweiß, meinen Adern. Eine Uhr ist die Geburtsurkunde der Realität, wie mir scheint. Wie kann man so unwirklich und im Schatten leben ohne jegliche Zeitangaben? Und noch müsste sie ein ganzes Jahr warten, um eine zu bekommen? Wer weiß, ob ich nächstes Jahr wieder da bin?

Die Sucht des Gebens hat mich erneut gepackt. Wie alle Süchte, hat diese der leidenschaftlichen Großzügigkeit etwas Brutales und Rücksichtloses an sich. Ich habe fast Angst um mich selbst und mein Weiterkommen, denn keiner mehr vertritt meine Rechte und Ansprüche; nur die meines Nächsten zählen. Die elementarsten Waffen der Selbsterhaltung und Selbstverteidigung werden mir entwendet. Mein Bedürfnis, etwas zu geben, kennt keine Grenze mehr. Ich bin im Moment wie eine religiöse Heilige, die nur für die anderen leben möchte, oder wie ein unzurechnungsfähiger Betrunkener, der alles opfert und es am nächsten Tag im nüchternen Zustand bereut. Der Unterschied zwischen chronischem Altruismus oder flüchtigem Vergessen der Eigensucht unter dem Einfluss des Alkohols, ist mir nicht ganz klar. Ich weiß nur, dass ich mich gerne ganz ausziehen würde, um meiner Freundin vorbehaltlos und ohne Einschränkung alle meine Kleidungsstücke zu geben. Es ist eine gleichzeitig körperliche und seelische Verzweiflungstat: mich ganz entblößen von meinen innigsten Begleitern, von Mantel, Hose, Pullover, Unterhose, Socken... und ganz nackt, besitzlos dastehen. Aber natürlich ist es Quatsch, das Klima hier in Punta Cana ist warm, und sie braucht keinen Mantel; am allerwenigsten will sie Wäsche bekommen, hatte sie mir einmal gesagt. Na ja, dann würde ich ihr halt alles andere geben, was ich habe und worauf ich so stolz bin: meinen Computer, meine Bücher, meinen Weltempfänger mit so vielen Fremdsprachen, meine Ersparnisse. Ich habe keinen klaren

Gedanken, wie weit ich in meiner Opferbereitschaft gehen würde. Nur die Schlüssel unserer Wohnung würde ich ihr wahrscheinlich nicht geben, ansonsten alles andere doch... Ich werde ganz passiv, vernichtet und ohne eigene Empfindungen, nur dafür lebend, ihre freudige Überraschung und ihr plötzlich strahlendes Gesicht bei der Entdeckung meiner Spende zu erleben... um die schöne Musik ihrer Dankbarkeit in mich aufzunehmen. Ja, Tolstoi... für die anderen auf alles verzichten.

Vergiss deinen Geiz, deine übermäßige Liebe für die Gegenstände, die du besitzt! Jemand, der einem anderen Menschen mit Gaben Freude bereitet, kann nicht vernichtet sein, sondern lebt doppelt. Die Sucht des Gebens ist nicht genau als Güte zu bezeichnen, es ist auch eine Form von gefährlicher Schwäche und Unvernunft, doch ist sie edler und gerechter als die Habsucht... Diese verkleinert uns nur, versklavt und erniedrigt uns. Ich lasse mich verführen.

„Ein Jahr ist eine sehr lange Zeit. Warum solltest du so lange auf etwas warten, was im Grunde jedem Menschen zusteht?", sage ich mit Erleichterung. „Es ist dein Recht. Nimm meine Uhr schon jetzt."

Ich habe meine Blindenuhr impulsiv, fieberhaft, in rasender Sucht, ausgezogen und sie ihr gegeben. Es geschieht sehr schnell, weil wir schon beim Abschied sind und das Auto wartet. Sie freut sich aufrichtig, und ich bin sehr erleichtert, dass ich etwas für sie tun können. Aber noch ist es keine Heldentat, noch behalte ich so viel für mich selbst, denn ich habe so viele Möglichkeiten im Vergleich mit ihr.

Gefährlicher wird es sein, wenn ich ihr eines Tages in einem Anfall von erhabener Sucht meine ganzen Ersparnisse geben werde... Meine Arme werden voll von schweren Paketen sein... Sie schmerzen durch das Gewicht, aber ich lächle gütig und atme auf in Ekstase. Meine Sucht zerschlägt meine Kräfte, ergreift Besitz von mir wie von dem Spieler, der selbstmörderisch, gierig und rasend sein Letztes verspielt. Dann werde ich mittellos dastehen, eine ältere, blinde Frau ohne Geld für sich selbst, nicht einmal um eine Hilfe zu bezahlen, die sie bei schwerer Krankheit zum Arzt begleitet; kein Geld mehr für Hörbücher, Theater, Sauna und Solarium.

Solarium... Ich heiße Mari Sol, aber brauche auch eine künstliche Sonne, wenn die richtige nicht scheint.

Was hat die Sonne mit meiner Geschichte zu tun? Bielca hat viel Sonne in Punta Cana. Ich dagegen... Ich wärme mich an meinen guten Taten; doch darf ich mich nicht daran verbrennen. Wie weit kann und darf es gehen? Mit der Blindenuhr fing es an, meine Sucht des Gebens... Ich beende meine Tage auch am Eingang meiner Hütte, passiv und zu lustlos, um etwas zu unternehmen, verlerne alles allmählich.

Tolstoi, ich bewundere dich. Doch Vorsicht! Gehe nicht zu weit damit.

Das unsichtbare, unhörbare Gespräch (Migranten in Köln)

Diese Geschichte hat einen sehr konkreten Hintergrund. 2007 wurde ich zu einer Begegnung mit Migranten in Köln im Rahmen eines Kulturprojekts eingeladen: „Who is on the line? Call for free". Die Migranten durften zehn Minuten lang mit der ganzen Welt kostenlos telefonieren und anschließend antworteten sie auf einige Fragen der eingeladenen Schriftsteller. Durch diesen einen Tag und durch den Einblick in ihr Leben inspiriert, würden wir dann eine Kurzgeschichte über sie verfassen.

„Mutter, wenn du mich brauchst, wenn du krank bist, werde ich kommen ... auch wenn Brasilien so weit weg von Deutschland ist. Oder du kommst hierher, um dich hier operieren zu lassen; bei uns gibt es bessere Krankenhäuser als bei uns. Was, habe ich mich versprochen? Ich meine, besser als ... wo du bist."

Viele sind mit Deutschen verheiratet wie die Brasilianerin Claudette, die seit 1976 in Deutschland lebt und mit ihrer alten Mutter telefoniert hat.

„Ich rufe sie einmal in der Woche an. Ihre Gesundheit ist nicht die beste und ich mache mir Sorgen."

Drei Gesprächsebenen laufen simultan in dem kleinen Wohnwagen, wo wir uns befinden. Im Vordergrund stehen die Mitteilungen der befragten Weltbürger, die jetzt in Deutschland

151

leben, arbeiten, Kinder haben, reisen oder des Reisens müde sehr still am neuen Ort bleiben... Es sind authentische Interviews mit lebenden Charakteren, keine Fiktion; ich erfahre etwas von ihnen und ihrer Situation nach der Einwanderung.

Ich höre aber auch gleichzeitig Stimmen und Lautzeichen wie Ausrufe mit; es ist das ewige Gespräch mit mir selbst, von dem ich mich nicht trennen kann, solange ich lebe.

Und dann gibt es noch die dritte Ebene, das Gespräch der Teilnehmer am Telefon, einmal sie die Telefonzellentür zugemacht haben und sich mit jemandem aus dem Weltall der fernen Länder und meistens in einer Fremdsprache unterhalten. Wenn ich malen könnte, würde ich sie so malen ... mit dem Hörer in der Hand, mit offenem Mund, konzentriert und bekümmert, emotional wach und gespannt nach der Aufregung, ihre ferne Nummer gewählt zu haben, und weil Nachrichten von Zuhause zu hören sind. Diesen Dialog zwischen ihnen und der Heimat am anderen Ende, mit einer nur für das intime Ohr des Betroffenen vernehmbaren Stimme werden sie mir nicht preisgeben wollen, und ich werde sie auch nicht viel danach fragen.

„Gerade das, was ich nicht kenne, reizt mich am meisten, das Halbdunkel und dann der Augenblick, wenn viel Licht mit der schlagenden Intensität einer Entdeckung darauf fällt; diese macht durch Nähe und Wissen alles erträglicher als das Nichtwissen.“

„Du bist immer sehr neugierig gewesen, Pilar, deshalb erfindest du Geschichten, die aber einen realen Kern haben müssen.“

Der Mann, der neben mir sitzt und sich sehr freundlich, mit viel Offenheit und Ruhe, auf meine Fragen eingelassen hat, spricht mehr Sprachen als gewöhnliche Menschen sprechen können. Neben einem sehr guten Deutsch, nach einem Aufenthalt von 36 Jahren, beherrscht er Arabisch, Englisch, Geez, Amharisch und andere. Er kommt aus Äthiopien.

„Ich schäme mich, ich weiß so wenig über dieses Land!"

Er erklärt, dass in seinem Land über 80 Sprachen miteinander leben.

„Möchten Sie als Rentner später in die Heimat zurück?"

Die meisten haben gezögert, als wären sie sich nicht im Klaren über die Zukunft, oder meine Frage verneint (sie fühlten sich in Deutschland wohl, die Kinder wollten nicht so gerne weg, in der Heimat würden sie sich fremd vorkommen), aber Mohammad scheint die Hypothese der Rückkehr für besonders plausibel zu halten.

„Warum nicht? Hier fehlen mir die Kindheitserinnerungen. Nur dort kann ich sie wiederfinden."

Was er sagt, stimmt mich nachdenklich. Jetzt bin ich am Wendepunkt angelangt, wo alle Gespräche nicht nur eine Sammlung von Daten, Ländern und Angaben über die Beziehung zwischen den Deutschen und den ausländischen Mitbürgern sind, sondern wo der innere Kern der eigenen Identität berührt wird.

„Die Kindheit soll sehr wichtig sein. Ihm fehlt auch ein Teil der Jugend. Er war 21, als er nach Deutschland kam. Mir ergeht es ähnlich. Wir sind unvollständig. Aber wer ist überhaupt vollständig?"

„Wenn Sie nach Äthiopien zurückkommen, dann werden Ihnen die vielen Jahre fehlen, die Sie in Deutschland verbracht haben."

Er sagt nichts dazu, aber ich glaube, wir haben uns verstanden, „dass man immer etwas verlieren muss, um etwas zu gewinnen."

Er hat nicht mit Zuhause gesprochen, sondern mit seinem Bruder in Norwegen. Er wollte die Telefonnummer von jemandem in Äthiopien, hat aber den Bruder nicht erreicht. Trotzdem ist er nicht enttäuscht. Er bleibt unerschüttert, philosophisch und selbstständig. Ich glaube, diese Sonderaktion des Zehnminutenlang-Telefonierens durch die Welt hat ihn ein wenig von seinen Sorgen befreit.

„Ein Künstler inspiriert andere Künstlerkollegen. Durch eine Menschenansammlung, einen äußeren Rahmen, hat er uns einen Impuls gegeben, damit wir über das Leben anderer schreiben. Aber es sind sehr kurze Begegnungen. Besser so. So fixiere ich mich nicht nur auf einen."

Der Künstler, der das Ganze erfunden hat, ist so neugierig wie ich und schaut sich alles an, den Wohnwagen, die Projektbetreuerinnen, die Anrufer, den Tisch, an dem ich sitze und mir Notizen mache.

Die Gespräche der Gäste am Telefon kann ich mir nur nachträglich vorstellen, nachdem sie mir schon etwas über ihre Situation erzählt haben. Meine Vorstellungskraft ist immer im Rückstand und lebt hauptsächlich von den realen Ereignissen. Einer, der Geschichten erfindet, folgt immer Spuren von Menschen und darf nie völlig vereinsamen.

Ich stelle mir weitere Gespräche vor:

„Hallo, ich wollte nur kurz fragen, ob ihr endlich das Geld der Eltern bekommen habt. Prima, das beruhigt mich. Und wie geht's der Großmutter? Warum schreibst du nicht öfters? Auch in der Türkei kann man sich per E-Mail verständigen."

Die 35-jährige Regine ist sehr lebhaft und sehr aufgeschlossen, tolerant, wie fast alle, die ich heute das Glück habe zu treffen. Diese junge Frau zeigt die Fröhlichkeit, Selbstsicherheit und Energie, die nur eine erwiderte Liebe im Stadium der größten Hoffnungen verleihen kann. Aus dem Grund ist sie besonders mitteilsam.

„Mit wem haben Sie telefoniert?"

„Mit Spanien, mit meinem Freund."

„Ist er Spanier?"

„Nein. Er ist Deutscher wie ich, aber er hat sehr gemischte multikulturelle Wurzeln und lebt seit einigen Jahren in Spanien."

„Fahren Sie dann öfters da hin zu ihm?"

Automatisch erinnere ich mich an ein Flugzeug und an ein Mädchen aus München; sie flog ständig nach Madrid, um ihren spanischen Freund zu sehen. Aber Regine verneint. Rätselhaft. Es scheint, sie hat keinen besonderen Kontakt zu Spanien, nur zu dem Mann; sie schwärmt auch nicht vom Flamenco und der spanischen Sonne.

„Dann besucht er Sie in Deutschland, nicht wahr? Es wäre sehr traurig, wenn Sie nie zusammen sein könnten. Oder haben Sie sich vielleicht noch nicht persönlich kennen gelernt?"

„Doch, es ist eine komplizierte Geschichte: Vor acht Jahren waren wir ein Paar, dann trennten wir uns und vor kurzem haben wir uns in Deutschland wieder getroffen. Jetzt will er nach Deutschland zurück, um mit mir zu leben."

Dieser geschilderte Ausgangspunkt interessiert mich besonders als Frau, auch weil es einen Perspektivenwechsel für mich bedeutet. Im Augenblick denke ich nicht mehr an Länder, kulturelle Unterschiede, Integration, von wann bis wann in Deutschland und aus welchen Gründen... Ich denke an zwei Autorinnen, Marlene Haushofer und Carson McCullers, die ihren früheren Ehemann zum zweiten Mal geheiratet hatten.

„Hat er oder haben Sie sich so sehr verändert, dass die Fehler, die Sie damals an ihm entdeckten, jetzt nicht mehr zählen?"

„Na ja, so hoffe ich wenigstens."

Trotz ihrer bescheidenen Antwort spürt man ihre Zuversicht. Die beiden sind reifer geworden, und jetzt werden sie es schaffen.

„Stelle ich mir ein Happy End vor? Oder stelle ich mir das Gespräch vor, das sie vor ein paar Minuten geführt hat?"

„Hallo Christian. Ja, ich bin es. Wir haben schon heute Morgen telefoniert, doch jetzt habe ich die Möglichkeit, zehn Minuten kostenlos mit dir zu reden. Es ist immer schön, mit dir zu sprechen. Nein, sei nicht misstrauisch... Mach dir keine Sorgen, es ist kein Handyvertrag und auch keine Werbung, bei der ich mich zu irgendetwas verpflichten sollte. Keine Unterschrift wird verlangt. Es ist eine seriöse Angelegenheit der Stadt, irgendein Kunstprojekt, ich weiß nicht genau was. Aber wir werden doch die zehn Minuten nicht so verbringen, dass wir nur über diese Sache reden. Es gibt wohl etwas Wichtiges. Wann kommst du? Wann sehen wir uns endlich?"

Bei der heutigen Werbungshetze ist es wirklich ein Wunder, dass die Menschen kein Misstrauen empfinden und so bereitwillig in unseren Wagen hereinkommen, telefonieren und dann mit mir sprechen; die meisten hinterlassen sogar ihre Adressen oder wenigstens eine Handynummer, wenn sie darum gebeten werden. Zum Glück ist die Spontaneität und Natürlichkeit der Menschen noch nicht ganz verloren, trotz Datendieben, Telefonmarketing, Internetschwindel usw. Nur eine türkische Dame möchte es nicht, weil „ihr Mann es nicht so gern sehen würde". Ob Christian auch so ist?

Cornelia ist auch Deutsche; sie hat drei Jahre in Bulgarien gelebt, wo ihr Sohn jetzt noch studiert. Sie muss ihre kranke Mutter pflegen, sonst würde sie gerne wieder nach Bulgarien ziehen.

„Warum? Was gefällt Ihnen dort?"

„Die Kontakte mit den Menschen sind viel fließender und direkter. Sie sind offener als wir Deutschen."

„Das sagten einige schon, und es ist bestimmt kein Klischee."

Die Dame aus der Ukraine sagte es und auch das Mädchen aus Ecuador.

Cornelia hat sich den Arm gebrochen und jetzt hat sie einen Termin beim Arzt, deshalb bleibt sie nicht lange, aber sie ist auch sehr kommunikativ und zugänglich.

Welches Land ist am weitesten von Deutschland entfernt? Ist es Australien? Ich würde gern mit Australien und Indien telefonieren, auch wenn ich keinen Menschen dort habe; einfach die Nummern wählen: 0061 oder 0091, und den Klang der Leitungen hören, wie ein leeres Blatt, auf das man alles Mögliche schreiben könnte, ein Testament, einen Liebesbrief, eine Geschäftsvereinbarung, einen Lebenslauf. Wie wäre es mit Bali, Japan, China, Samoa? Die ganze Welt in so einem kleinen Telefon, verwunderlich! Genauso wie in unserem kleinen Wagen, wo so viele Länder versammelt sind.

Am Telefon weiß man nicht genau, in welchem Land man sich befindet. Man verwählt sich um nur eine Ziffer, und dann ist man schon in einem anderen Land, nicht mehr in Nigeria, sondern in Südafrika. Es ist eine grenzenlose Geographie, die der unsichtbaren Telefonleitungen, die man nur hören kann mit ihren verfälschenden und vermischten Tönen, denn die Leitungen klingen überall undiskriminierend gleich und geben keine genaue Auskunft über den Ort. Wir sprechen mit einem Call Center in Asien oder Lateinamerika, und wir denken, es wäre in Europa oder noch viel, viel näher. Wir fragen: „Wo sind Sie eigentlich? Es klingt, als wären Sie hier in Köln." Und der Anrufer sagt mit einem fröhlichen Lachen wie nach einem Scherz: „Nein. Ich bin auf Hawaii, in Honolulu." So heuchlerisch täuschend kann eine Telefonleitung sein. Manchmal gibt es ein Piepsen, einen Nachhall, eine sehr undeutliche Verbindung, so ein Gefühl von Kontinentenwechsel, von ozeanischer Distanz; und dann stellt sich heraus, dass es eine sehr billige Leitung nach Spanien war, eine Leitung, die zittert, die bald auseinanderbrechen und das begonnene Gespräch jäh trennen wird. Mehr als Entfernungen ist der Preis einer Leitung für deren Qualität entscheidend. Hoffentlich haben alle eine gute Leitung. Es scheint ja, denn keiner hat sich bisher beschwert.

Es gibt noch andere Deutsche in der Runde, die mit jemandem telefoniert haben, einen Herrn aus Bayern, der jetzt in Köln lebt und seine Heimat vermisst, „des Wetters, der Landschaft und der Menschen wegen", sagt er; ja, er leidet unter der Auswanderung innerhalb Deutschlands, die manchmal so schwer ist wie die andere. Aber er bleibt in Köln, da er hier seine Arbeit und sein neues Leben hat. Wie die meisten hier, denkt er gar nicht daran, zu seinem Geburtsort zurückzukehren.

Dann erscheint Rolf, ein sehr aktiver und dynamischer Deutscher, der mit den Vereinigten Staaten, mit einem Freund in Ohio, gesprochen hat.

„Im Jahre 1982 war ich in Spanien in der Gastronomie tätig. Ich bin weit gereist, auch nach Lateinamerika, und in Ohio gründeten mein Freund und ich 1999 eine Seniorentheatergruppe, obwohl wir noch keine Senioren sind. Da ich selbst so oft Ausländer gewesen bin, habe ich keinerlei Probleme mit Ausländern, egal aus welchem Land sie kommen."

„Eine Reise mit dem Telefon ist an sich die unkomplizierteste Art zu reisen; da brauchen wir keine Formalitäten, kein Flugzeug, keine Begleiter. Ich glaube, ich werde meine ganzen Ersparnisse dafür ausgeben, in jedem Land der Erde, in jeder wichtigsten Stadt einen telefonischen Gruß zu hinterlassen: ‚Hallo, ich bin Pilar, jetzt wohnhaft in Köln, damals in Barcelona'."

„Aber das würde dir nur nutzen, wenn du einen Freund in jedem Land hättest. Sonst würdest du immer den gleichen Satz in allen Fremdsprachen hören: ‚Sie haben sich verwählt, ich kenne Sie nicht', und das wäre ja sehr monoton und inhaltslos."

„Gewiss, überall, ob Washington, Rom, Bogotá ... würden sie mir alle das Gleiche sagen, und ich würde mir sehr dumm vorkommen und um Entschuldigung bitten. Nur ein Verrückter würde das Telefon als Kontaktmittel benutzen, um sich mit den Fremden zu verständigen: ,Bitte sprechen Sie mit mir, so spare ich mir die vielen Reisen'." Aber ich denke, ein Peter Bichsel zum Beispiel, mit seinen vielen Außenseiterfiguren, würde meine erfundene Geschichte akzeptieren und für glaubwürdig halten.

Drei türkische Frauen telefonieren zu verschiedenen Zeiten an diesem für mich intensiven Tag der Begegnungen; gedanklich verbinde ich sie durch ihre Nationalität miteinander, genauso wie ich es mit den Deutschen getan habe. In dem Fall ist es kein Vorurteil meinerseits, sondern lediglich eine Möglichkeit, die Menschen nach irgendeinem Kriterium zu sortieren. Sie wirken emanzipiert, selbstbewusst, sprechen gut Deutsch, tragen kein Kopftuch, antworten ungehemmt und fließend auf meine Fragen und lassen kein großes Heimweh erkennen, eher eine Distanz zur Heimat, obwohl auch keine richtige Begeisterung für die zweite, die deutsche, vorliegt.

„Ich bin seit fünf Jahren hier. Ich war 13, als ich kam."

„Es mag sein, dass ich in Istanbul oder Ankara zu studieren beginne, aber wir fühlen uns hier wohl."

Istanbul... Es klingt nur wie ein vorläufiger Aufenthalt; sie wird wahrscheinlich wieder nach Deutschland zurückkommen. Sie stammt vermutlich aus einer gebildeten Familie, sonst hätte sie Deutsch nicht so schnell und perfekt gelernt und würde nicht an ein Universitätsstudium denken.

„Hätten deine Eltern etwas dagegen, wenn du einen Deutschen heiraten würdest?"

„Absolut nicht, sie wären eher dafür."

„Wen vermisst du am meisten in der Türkei?"

„Meine Cousine und vor allem meine alte Oma. Mit meiner Cousine habe ich eben gesprochen."

Die andere Türkin ist 36 Jahre alt; sie ist sehr resolut und hat eine starke, beinahe männliche Stimme:

„Ich kam vor elf Jahren, um mein Examen in Sport abzulegen. Aber das Diplom hat sich immer wieder verzögert, und ich glaube, dass am Ende nichts mehr daraus wird. Ich muss es zugeben. Aber es macht nichts, ich arbeite anderweitig an vielen Projekten."

„Sind die Eltern in der Türkei?"

„Ja. Aber mein Vater kommt hin und wieder Sportveranstaltungen besuchen. Meine Eltern sind beide Sportlehrer."

Nein, in die Türkei zurück möchte sie nicht. Es sei zu wenig Freiheit dort.

Die Dritte heißt Bircan; ich behalte den Namen, weil sie ihn sehr deutlich und langsam buchstabiert hat.

„Ich bin 15 Jahre in Deutschland; ich habe drei Kinder und bin Hausfrau."

„Haben Sie deutsche Freunde?"

„Nein, weder deutsche noch türkische. Ich habe Bücher viel lieber. Ich lese sehr gern."

„Was zum Beispiel? Deutsche oder türkische Bücher?"

„Türkische meistens. Aber das macht nichts; Lesen ist Lesen."

Trotz ihrer introvertierten, nachdenklichen Art und der Zurückgezogenheit ihrer Situation, denn sie geht nicht arbeiten und legt keinen Wert auf Freundschaften, nur auf die Familie, spricht sie gut Deutsch.

„Ihr Mann ist bestimmt Deutscher. Sonst hätte sie keine Möglichkeit, diese Sprache zu üben."

„In die Türkei wieder zurück? Ich glaube kaum. Nur im Urlaub, einmal im Jahr."

Jetzt verbinde ich die Menschen nicht nach ihrer Nationalität, sondern nach meiner Fragestellung, ob sie „deutsche Freunde" haben, und erinnere mich an ihre Antworten. Klava aus der Ukraine sagt ohne Zögern auch „nein", obwohl sie die Sprache problemlos beherrscht und vor sechs Jahren sogar mit ihrer ganzen Familie die deutsche Staatsangehörigkeit erlangt hat.

„Ich gratuliere zur Einbürgerung", sage ich herzlich und denke verträumt an meine eigene Erfahrung: „Ich bin auch Deutsche geworden, eine neue Geburt ..."

Trotz der großen Integration sind die deutschen Freunde nicht da. Was ist denn inmitten dieses positiven Rahmens der Toleranz und Offenheit schief gelaufen?

„In der Ukraine sind die Beziehungen anders, viel wärmer und lockerer; man besucht sich auch häufiger, ohne telefonische Voranmeldung."

Vielleicht hat es weniger mit Nationalität als mit dem Alter zu tun. Je älter wir werden, umso weniger glauben wir an die Freundschaft und brauchen sie.

Der Mann aus Südarabien, der schon seit 1971 in Deutschland lebt, sagt: „Bekannte hat man viele, aber richtige Freunde kaum. Ich bin hauptsächlich für meine Frau und meine zwei Kinder da."

Und eine Frau aus Ungarn, die mit einem Türken verheiratet ist, äußert sich ähnlich wie Bircan: „Ich habe keine deutschen Freunde, und auch sonst keine. Dafür habe ich Bücher. Ich bin meistens mit meinen vier Kindern zu Hause und lese gerne."

Es ist schade. Im Grunde ist eine gewisse Gleichgültigkeit, Verhärtung und Müdigkeit diesen Äußerungen zu entnehmen. Es sind alle schnell gealterte Menschen.

Anna dagegen, 21 Jahre, mit iranischen Eltern, aber selbst in Deutschland aufgewachsen, behauptet frisch und munter, sie habe Freunde überall, in allen möglichen Kulturen.

„Ich bin sehr dankbar, hier zu sein. Das jetzige Regime im Iran hätte meine Eltern schon längst gefoltert und getötet, deshalb sind sie damals geflüchtet."

„Sie sprechen ohne Akzent, wie eine Deutsche."

„Natürlich, ich bin hier geboren. Manchmal wünsche ich mir schon einen gewissen Akzent, weil es exotischer klingt. Meine Eltern haben noch Probleme mit Deutsch, aber ich nicht."

Sie hat nicht mit dem Iran telefoniert, sondern mit Finnland, mit Freunden ihrer Familie.

„Was bleibt noch vom Iran in ihr? Was denkst du, Pilar?"

„Irgendetwas bleibt immer. Sie studiert Orientalistik, und die Gespräche zu Hause in der Muttersprache haben bestimmt auch nicht gänzlich aufgehört. Migration macht die Menschen nicht ärmer, sondern reicher."

„Es klingt gut, aber gefährlich. Ich würde meinen Reichtum nicht zu sehr zur Schau stellen. Wenn man zu heimatgebunden ist, dann kann man sich nicht richtig integrieren. Welche ist die geeignete Dosierung an Ursprung oder an erworbener Identität?"

„Schön, ich bin bescheiden und erkenne auch den Verlust, wie der Mann aus Äthiopien bekenne ich mich dazu... Arm wie eine Maus... Unwiederbringlich die Sardana und die Straßen von Barcelona ..."

Das Mädchen hat das Richtige getan, sie hat mit Finnland telefoniert. Ich mag die Menschen, die noch eine Verbindung zu einem dritten Land haben. So zum Beispiel die Frau, die zwischen drei Heimatshypothesen schwebt, Ungarn, Deutschland, Türkei.

„Seit vielen Jahren bin ich in Deutschland. Eben habe ich mit einer Tante gesprochen...

Das ist die Mutter der vier Kinder, die gesagt hat, sie habe keine Freunde. Durch so viele Nationalitäten verwirrt und weil sie selbst, im Gegensatz zu den drei Türkinnen, einen Tschador trägt, siedle ich die Tante automatisch in der Türkei an; aber dann erinnere ich mich daran, dass sie in Ungarn geboren wurde. Sie spricht noch etwas Russisch, sagt sie, das sie während der Besatzungszeit lernte. Die meisten Ungarn sind sehr abgeneigt, Russisch zu sprechen, denn sie haben schlechte Erinnerungen an die kommunistische Unterdrückung. Doch sie reagiert sehr neutral in der Hinsicht und scheint keinen Groll und keine Feindseligkeit gegenüber dieser Sprache zu empfinden.

„Sie ist aber keine typische Ungarin. Sie gehört wahrscheinlich zu den Muslimen in Ungarn, die 0,6 Prozent der Bevölkerung ausmachen. Das würde natürlich die türkische Heirat erklären. Aber wo haben sie sich kennen gelernt? Die Kinder sind noch klein, sehr aufgeweckt, kommunikativ, sprechen ein sehr schönes Deutsch und schauen dich neugierig an, Pilar."

Ich vermute, die beiden lernten sich erst in Deutschland, im Gastgeberland einer neuen Identität kennen, und nach einem langen Umweg ... Aber warum kamen sie gerade nach Deutschland? Durch die Eile der vielen Gespräche habe ich leider versäumt, einiges zu fragen. Auch sie beabsichtigt nicht, ganz in die Heimat zurückzukehren. Welche ist ihre Heimat eigentlich?

Die Dreiländerkonstellation fasziniert mich. Auch im Falle Marcias, einer schönen Studentin, die an einer Dissertation auf Spanisch in der Stadt X arbeitet, sind drei Länder miteinander vermischt.

„Ich komme aus Ecuador. Als ich drei Monate alt war, wanderten meine Eltern nach Israel aus. Ich lebte dort zehn Jahre und bin im hebräischen Glauben aufgewachsen. Danach sind wir nach Ecuador zurückgekehrt, wo ich zwölf Jahre verbrachte. Seit 2003 studiere ich in Deutschland."

Eine Geschichte von mehrfachen Auswanderungen erstreckt sich wieder vor mir. Es sind auf den ersten Blick miteinander unverbundene Teile, die aber doch eine tiefe Verbindung haben. Einige Juden emigrierten 1938 nach Ecuador; unter ihnen waren Marcias Großeltern. Diese historische Klärung liefert den Schlüssel für ihre multikulturelle Identität; das ist der Grund, warum sie nach Ecuador kam und jetzt neben Spanisch auch Hebräisch und Deutsch spricht. Deutsche Juden, Lateinamerika und Israel, was für eine faszinierende Zusammenstellung! Ich frage nach ihrer Beziehung zu den drei Ländern. Sie scheint sehr tolerant und nicht ideologisch geprägt zu sein.

„In Israel fühle ich mich wohl."

Ich staune.

„Aber der Krieg, die Bomben ..."

„Man hat sich schon daran gewöhnt. Die Araber mag ich auch, denn wir leben ständig mit ihnen zusammen. Ich habe auch arabische Freunde."

„Sind die Israelis so direkt und spontan wie die Lateinamerikaner?"

„Ja. Die Deutschen sind etwas zurückhaltender. Ich vermisse einiges hier, helle Farben vor allem; hier ist mir alles zu dunkel. Deutsch lernte ich nicht von den Großeltern, die zu verbittert waren, sondern hier an der Uni. Meine Eltern hatten schon weniger Probleme mit der deutschen Vergangenheit, und ich überhaupt keine mehr."

Sie lässt keinerlei Gereiztheit oder Kritik erkennen, genauso wenig wie Vorurteile gegen die Araber.

„Toleranz! Pilar ... Du bist froh, dass es solche Menschen gibt."

„Ja, wie Nathan, der trotz seiner vielen Toten auf die Rache verzichtete. Nathan und der Sultan waren meine Lieblingsfiguren, als ich Deutsch lernte und noch in Barcelona lebte."

Noch andere Menschen erreichen unseren Wohnwagen und vervollständigen mein Bild des riesigen Auslands: Eine junge Frau aus Togo, Jasmin, mit Baby, einem vierjährigen Kind und ihrem deutschen Mann... Sie spricht mit der Schwester in Ghana.

Eine Dame aus Katalonien, die 81 Jahre alt ist, berichtet über ihr Exil aus Liebe: „Mein deutscher Mann ist schon lange tot, aber jetzt sind es meine Kinder und Enkel, die bleiben wollen. Trotzdem, als Ausgleich fahre ich viermal im Jahr in die Heimat."

„Es ist gut, wenn man es sich finanziell und gesundheitlich noch leisten kann, zwischen zwei Ländern zu pendeln."

Bisher sind alle Menschen, mit denen ich geredet habe, ziemlich einheitlich, tolerant, gebildet, mit der deutschen Sprache vertraut und daher integriert, und die Deutschen, die mit dem Ausland telefonieren, haben eine besondere Beziehung zu irgendeinem Land, umarmen das Fremde und zeigen keinerlei Ausländerfeindlichkeit. Es finden keine polemischen Auseinandersetzungen zwischen zwei Gruppen statt.

„Gute Beispiele für Völkerverständigung. Du bist froh, Pilar, dass Migration auch schöne Kleider anziehen kann. Es ist zumindest auch ein Teil der existierenden Wirklichkeit, wenn auch nicht die einzige. Andere werden über Fehlentwicklungen und soziale Dysfunktionen berichten, über miteinander unverträgliche Gewohnheiten und Sitten, über unnachgiebige Vermieter, die lieber keinen Ausländer in ihr Haus aufnehmen wollen."

„Heute haben sie mir das Beste gezeigt, aber auch das andere darf ich nicht vergessen."

Unter all diesen sehr positiven und gesunden Perspektiven bleibt mir auch eine im Gedächtnis, ein kurzer aber auffälliger Zwischenfall. Es ist eine betrübte und gedrückte Perspektive, manchmal voller aggressiver Trauer wie die eines politischen Terroristen.

Der Mann kommt aus dem Irak, und zwischen meinen leichtlebigen Blättern über multikulturelle Studenten und eingebürgerte deutsche Frauen scheint er merkwürdig wortlos zu stöhnen. Er kämpft um das nackte Überleben, um die elementarsten Grundsteine der Existenz an einem neuen Ort, die wir alle schon hinter uns gelassen haben.

„Ich bin schon sieben Jahre in Deutschland, aber ich kann meine Verlobte im Rahmen der Familienzusammenführung noch nicht zu mir holen. Erst nach acht Jahren darf ich meinen Einbürgerungsantrag stellen. Ist das nicht schrecklich? Noch ein ganzes Jahr müssen wir warten. Wer weiß, was dann ist, ob sie nicht schon eines Tages getötet wird!"

„Ist Ihre Familie in unmittelbarer Gefahr?"

„Jeder ist in Gefahr. Es ist eine furchtbare Situation in meinem Land."

Plötzliches Entsetzen vor meinen eigenen Fragen ergreift mich, eine Gänsehaut. Sind nicht Fernsehfilme und Zeitungsnachrichten deutlich genug? Der Mann braucht unser Mitgefühl. Es ist logisch, dass er deprimiert und fast bedrohlich in seiner düsteren Hoffnungslosigkeit ausschaut, dass er vor seiner eigenen Rettung wenig Erleichterung empfindet, sondern...

„Warum ist die Einbürgerung nicht schon mit sieben Jahren möglich? Warum muss ich noch ein ganzes Jahr warten?"

Jemand sagt etwas über „bilaterale Vereinbarungen" als Entschuldigung. Der Iraki geht unzufrieden weg.

„Pilar, du hast heute nur einen Teil der Geschichte der Zugewanderten gehört. Es waren authentische, ehrliche und nicht für die Öffentlichkeit frisierte Migrationsmärchen, aber sie hatten alle eine gewisse Schönheit, einen versöhnlichen Klang. In dieser letzten Geschichte jedoch, in diesem Finale des Zwangs, der Gewalt, hast du die ganze Verzweiflung und Ausweglosigkeit eines Menschen miterlebt."

„Ja, meine Naivität ist haarsträubend. Ich habe am eigenen Leib keinen Krieg erfahren und den Massenhunger in Afrika kenne ich nur aus Berichten. Die meisten Menschen verlassen nicht ihren Geburtsort, weil sie Deutsch mögen, weil sie studieren, heiraten oder andere Teile der Erde erforschen wollen, sondern aus Hunger oder Angst vor Gewalt. Die Menschen meiner Geschichte sind nur eine Minderheit. Trotzdem bin ich sehr stolz auf meine Figuren, ihren Intellekt, ihre komplizierten Vorfahren und Sprachen. Ich bin auch auf den Mann aus dem Irak sehr stolz, mit seinem großen Schrei, der mich plötzlich zum Zittern gebracht hat. Du guter, verbitterter Ausländer, ich verstehe deine Gründe."

Die Heiligsprechung von Thomas und Maria Bergmann (Rom)

„Unbeschreiblicher Jubel erfüllte den Petersdom in Rom, als Papst Pius XI. am 20. Mai 1934, dem Pfingstfest, die Heiligsprechung des Kapuzinermönches Bruder Konrad verkündete: „.Der selige Konrad von Parzham ist ein Heiliger. Wir nehmen ihn auf in das Verzeichnis der Heiligen und bestimmen, dass sein Gedächtnis jährlich am 21. April zu begehen ist..."

Ich möchte ergründen, ob irgendjemand in meinem Bekanntenkreis sich unter den „Heiligen" befindet. Wie hoch dürfen die Maßstäbe sein? Nach welchen Kriterien soll dieser Zustand der Gnade und Gottesnähe beurteilt werden? Ich habe in meinem ganzen Leben keinen so vollkommenen Menschen gesehen, bei dem... ich meine Hand hätte ins Feuer legen können. Meine Eltern erzogen mich evangelisch, und deshalb war meine Beziehung zu den Heiligen der katholischen Kirche von vornherein distanziert, ungläubig, gegen die spezifische Namensgebung einiger Auserwählten und zwar wegen letzten Endes unüberprüfbarer Leistungen und Verdienste. Für mich gab es entweder viele anonyme Heilige oder gar keine.

„60 000 Pilger hatten sich zu dieser Heiligsprechung in Rom versammelt. 19 Kardinäle sowie 60 Bischöfe und Äbte waren bei der Zeremonie zugegen."

Bei der Heiligsprechung von Escrivá de Valaguer, dem Gründer des Opus Dei, im Oktober 2002 waren noch viel mehr Menschen, 200 000 Gläubige. Diese Zeremonien der Heiligsprechung als Massendemonstrationen zur Huldigung der Prominenz im Himmel hatten mich immer interessiert und zu verschiedenen Zeiten hatte ich Informationen darüber gesucht.

„Bei strahlendem Sonnenschein sprach Johannes Paul II. unter dem Porträt des milde lächelnden Escrivá die Kanonisierungsformel und trug den Opus-Dei-Gründer damit in das ‚Album der Heiligen' ein...“

Die magische Formel, die einen normalen Menschen angeblich in einen Heiligen verwandelt, lautet: „Zu Ehren der Allerheiligsten Dreifaltigkeit, zum Ruhm des katholischen Glaubens und zur Förderung des christlichen Lebens entscheiden wir nach reiflicher Überlegung und Anrufung der göttlichen Hilfe, dem Rat vieler unserer Brüder folgend, Kraft der Autorität unseres Herrn Jesus Christus, der heiligen Apostel Petrus und Paulus und in der Vollmacht des uns übertragenen Amtes, dass der selige Josefmaria Escrivá de Balaguer ein Heiliger ist... Was wir beschlossen haben, soll unserem Willen gemäß jetzt und in Zukunft Geltung haben, und es kann dagegen keinerlei Einwand erhoben werden.“

Eines stand fest: ein Heiliger blieb unwiderruflich einer für die Ewigkeit. Dafür waren die Heiligungsprozesse äußerst kompliziert, noch schwieriger als eine Adoption... Doch so kompliziert scheint es eigentlich nicht mehr zu sein, denn der Papst Johannes Paul II hat die Prozedur radikal vereinfacht, um sich immer mehr seiner beliebten Zeremonie der Seligsprechung bzw, Heiligsprechung widmen zu können. Er reduzierte die Zahl der erforderlichen Wunder auf ein Minimum und hat eine unerhörte Flut neuer Heiliger ins Leben gerufen. „Mehr, als alle Päpste seit der Gründung der Ritenkongregation im 16. Jahrhundert."

In meinem Bekanntenkreis gab es viele mürrische Menschen, die nicht genau schlecht waren, aber die sich nicht des Lebens freuten, die sich mit Armut und Krankheiten abarbeiten mussten und daher verbittert und aggressiv waren. Die zweite Kategorie meiner Bekannten waren die Oberflächlichen, die keiner großen Gefühle fähig zu sein schienen. Meine Familie und besten Freundinnen gehörten eher zu der ersten. Tante Susan war von uns noch die munterste und dynamischste, aber gerade deshalb war sie von Launen geplagt, sehr schwankend und gar nicht vertrauenswürdig; manchmal konnte sie zwar gütig wie ein Engel sein, mitteilsam, großzügig, voller Wärme und Freundschaft, und dann am nächsten Tag wieder verbittert, unerträglich steif und unerreichbar. Charakterlich war ich auch wahrscheinlich nicht besser daran; launenhaft war ich nicht, denn ich hasste Widersprüchlichkeit und liebte das Beständige, Regelmäßige. Aber ich war düster wie meine Mutter, langweilig und still, mit wenig Sinn für Humor. Die Oberflächlichen irritierten mich, aber auch die Sammlung der Traurigen und vom Schicksal Geschlagenen, zu der ich gehörte, kam mir nervend und unattraktiv vor. Mürrische Heilige kann ich mir nicht vorstellen. Wenn es welche gibt, müssen sie ganz anders als wir aussehen, hatte ich oft als Kind gedacht.

Meine katholische Freundin Therese feierte ihren Namenstag am 15. Oktober, und sie meinte, ich sollte meinen am 23. August feiern, am Tag der Rosa von Lima. Ich antwortete ohne Groll: „Ich habe schon meinen Geburtstag als Feier, das reicht."

Trotzdem machte ich mir einige Gedanken um diese heilige Nonne, deren Vornamen ich zufälligerweise trug. Später las ich in diesem Zusammenhang: „Rosa ist Patronin von Südamerika, von Peru, der Philippinen und West-Indien, von Lima, der Gärtner und Blumenhändler, bei Verletzungen, Entbindungen und Familienstreitigkeiten sowie gegen Ausschlag."

Aber die heilige Rosa wurde mir nicht aufschlussreicher und näher als die übrigen Heiligen. Sie waren alle wie ein Parfüm, deren Marke man nicht kennt; man erkennt einen gewissen Duft, kann ihn aber nicht für sich selbst besorgen und mit sich verbinden.

In meiner Kindheit und Jugend erlebte ich mehr Sorgen und Krankheiten als unbeschwerte, glückliche Tage. Als eine Folge daraus neigte ich wenig zu rosigen Ansichten und Träumereien. Ich war meistens in Krankenhäusern, in der Begleitung von Krankenschwestern, Ärzten und Mitpatienten. Der geeignete Heilige für mich wäre womöglich ein Clown gewesen, der mir trotz allem das Wunder des Lachens beigebracht hätte, oder ein gutherziger und allmächtiger Arzt, dem es gelungen wäre, mich unvermittelt und leicht, ohne umständliche chirurgische Eingriffe und Postoperationsschmerzen zu heilen. Wenn ich sie mir aussuchen dürfte, wären diese meine Heiligen: ein Komiker zur Zerstreuung und ein Heiler, zumindest ein Hypnotiseur, der die Schmerzen betäuben könnte. Gegen eine Nonne hätte ich grundsätzlich auch nichts gehabt, gegen Rosa von Lima und die vielen jungfräulichen Figuren der Heiligengeschichte, aber Jungfräulichkeit allein hätte mir nicht gereicht, genau so wenig wie die guten Werke der Missionare oder die erhabenen Visionen der Mystiker. Sie sollten vor allem in einer persönlichen Verbindung mit mir stehen und mir durch mein schwieriges Leben helfen.

Über diese 280 neuen Heiligen habe ich gestern einiges gelesen. Gestern bin ich gerade 30 Jahre alt geworden und versuche gelegentlich viele Bildungslücken, die ich habe, mit Internetinfos zu bestimmten Themen zu schließen. So schlug ich unter „Heiligsprechungen" und „Transplantationen" nach, zwei Schlüsselworte, die mich besonders fesseln, vielleicht weil beide das Phänomen des Wunders an sich für möglich halten, das göttliche auf der einen Seite und das medizinische Wunder auf der anderen. Die neuen Namen sammle ich in meinem eifrigen Gedächtnis: „20 000 Pilger aus Deutschland bei der Heiligsprechung Edith Steins

Es war keine laute Feier, mit der mitunter Südländer ihre neuen Kirchenvorbilder ehren. Aber es war eine würdige Zeremonie, mit der Papst Johannes Paul II. am Sonntag, 11. Oktober 1998, die jüdischstämmige Karmelitin und Philosophin Edith Stein (1891–1942) zu Ehren der Altäre erhob."

„Erinnerungen in Füssen an das große Ereignis in Rom: Auf den Tag genau vor fünf Jahren sprach Papst Johannes Paul II. den gebürtigen Füssener Franz Xaver Seelos selig. ‚Das größte Ereignis in meinem ganzen Leben', erinnert sich Seelos' Urgroßnichte Lilly Neumaier-Aschenbrenner gern an den 9. April 2000. Gemeinsam mit Pilgern aus Füssen und New Orleans, wo der Missionar Seelos bis zu seinem Tod gewirkt hatte, nahm sie damals an der dreistündigen Zeremonie auf dem Petersplatz in Rom teil."

Ja, es muss sehr aufregend sein, so einen hohen Verwandten im Stammbaum zu haben; es ehrt und zeichnet die ganze Familie aus, so wie wenn man sich mit Stolz auf einen Prinzen, einen renommierten Dichter oder einen Doktor Juris unter den Seinigen beziehen kann. Und auch innerlich muss es viel Mut und Zutrauen geben, wenn uns ein Urgroßonkel da oben als Fürsprecher bei schwierigen Angelegenheiten dienen könnte. Ich wäre auch gerne die Nichte eines Heiligen.

„Heiligsprechung: Vatikan brüskiert Peking. Eine ‚Massenkanonisierung' chinesischer Märtyrer hat zu neuen Spannungen zwischen Peking und dem Vatikan geführt. Vor Zehntausenden von Gläubigen hat Papst Johannes Paul II. am 1. Oktober auf dem Petersplatz in Rom einhundertzwanzig Katholiken heilig gesprochen, die in China Christenverfolgungen zum Opfer gefallen sind."

Nicht immer ist eine Heiligsprechung gut angesehen, sondern als ein Zeichen der Ironie und Feindseligkeit zu deuten, wie es die chinesische Regierung tat oder viele Juden im Falle von Edith Stein. Escrivá de Balaguer bleibt eine umstrittene Figur, mit der viele unzufrieden sind, und die Inkonsequenz und Beliebigkeit katholischer Würdenträger lässt einiges zu wünschen übrig. Wurde nicht Jeanne d'Arc zuerst durch die Inquisition verbrannt und dann ein Jahrhundert später durch die gleiche Kirche zur Heiligen erhoben?

Ich für meinen Teil als Rosa Lindenheim, eine gezwungene Heilige des Leidens und der Melancholie... ich hätte diese Art von heidnischen Verehrung, als wäre ich eine Nebengöttin, überhaupt nicht so gerne. Es würde mich sehr einschüchtern, dass ich für Familienstreitigkeiten und Ausschlag noch im Jenseits zuständig sein sollte. Aber wer denkt daran? Keiner würde mich anbeten und Wunder von mir erflehen, und es ist besser so. Als evangelisch erzogene Christin denke ich nur, dass es tatsächlich einige heilige Menschen geben muss, die besser als der Durchschnitt sind.

Unsere bleiben unerkannt und anonym wie unbelohnte Kinder ohne Krönung, ohne die wohlverdiente Abschlussfeier, und im Grunde ist es auch schade darum. Wir sollten auch eine Sammlung von Namen haben, nach denen wir ein bestimmtes Datum im Kalender nennen könnten. Wie so viele bin ich um meinen Namenstag bestohlen worden, und das Gefühl habe ich noch jetzt... nicht nur weil Therese es mir damals sagte. Ich hätte schon gern einen Namen, einen Referenzpunkt, damit ich wüsste, an wen ich mich bei einer schwierigen Situation wenden sollte.

Wie gesagt, unter meinen bekannten Gesichtern finde ich keinen überdurchschnittlich guten und vollkommenen Menschen. Die Kranken können nicht immer gut sein und die Oberflächlichen noch weniger. Zwei Pfarrer, die ich kannte, waren zu kalt und streng. Die Krankenschwestern und Ärzte im Krankenhaus waren übermüdet, die Lehrer in der Schule mechanisch und nur am Lehrstoff interessiert. Die Arbeitskollegen an meinen wenigen Stellen nach Krankenhausaufenthalten und abgebrochenen Kursen waren oberflächlich, erzählten Witze und sprachen über das Wetter mit besonderer Begeisterung. Sie hielten sich auf Distanz mit nichtssagenden Geschichten, und ich war auch bestrebt, ihnen nichts von meiner chronischen Schwäche und meinem Leiden preiszugeben. Nur bei meiner Familie und Therese konnte ich es tun, aber diese bemitleideten mich und sich selbst zu sehr; sie deprimierten mich mit ihrer Perspektivlosigkeit ohne Hoffnungen; so war es mit Tante Susan in ihren Launen, periodischer Trunksucht in der Einsamkeit ihrer vier Wände und heldenhaften Abmagerungsdiäten, gewöhnlich zum Zeitpunkt, als die meisten mehr aßen, nämlich zu Weihnachten; sie war eine Märtyrerin der Keuschheit und konnte keinen Mann um sich herum ertragen. Und mit Therese hatte ich es auch nicht besser: Sie wollte Missionarin in Kongo oder Uganda werden; sie liebte nur die Schwarzen, die Behinderten und die Armen. Mich liebte sie auch nur weil ich mit einem angeborenen chronischen Nierenversagen zur Welt gekommen war. Man könnte sie aber auch nicht unter den Heiligen einstufen, denn als sie erwachsen wurde, erwies sich diese Phase der Religiosität und des Idealismus als nur vorübergehend. Sie heiratete einen Musiker und hatte elf Kinder, für die sie ständig nach neuen Namen im Kalender suchte: Josef, Nikolaus, Paulus... Vielleicht übertrug sie jetzt ihre Güte auf die Kinder; aber ich glaube, sie liebte sie nur, solange sie klein waren.

Was ich am meisten von meiner Mutter bewunderte, war ihr gutes Gedächtnisvermögen; ihr ganzes Leben war sie Schauspielerin in Amateurkreisen gewesen und trug sehr gerne ganz lange Monologe vor über Frauen, die verrückt wurden und sich am Ende erhängten oder vergifteten; aber ihre Stimme und ihr Aussehen waren nicht schön anzuschauen und ich hatte den Verdacht, dass sie auch nicht ganz richtig im Kopf war; sie konnte keine Heilige der Kunst werden und zerstörte ihre eigenen Monologe mit ihrer verkehrten, ungeschickten Betonung oder Gestik, sie legte den falschen Ausdruck in die Lippen oder den Blick ihrer Heldinnen, auch wenn der Text immer stimmte. Schuld daran war wahrscheinlich ihr Mangel an Gefühl, es war nicht die empathische Kunst der Identifikation mit menschlichen Situationen und Charakteren, sondern sie trainierte nur ihr Gedächtnis und ergötzte sich an ihrer Sucht nach Todesfällen und letzten Worten.

Mein Vater und meine zwei Brüder waren womöglich die Heiligen der Arbeit, in einer Lebensmittelkette, auf dem Bahnhof und in einer Bank; sie arbeiteten immer, sogar an den Wochenenden an Nebenbeschäftigungen; sie lebten nur dafür, sich an Eifer und Stärke gegenseitig Konkurrenz zu machen, das Geld zu zählen und immer neue Wohnungen zu kaufen, für welche sie natürlich nach passenden, vorteilhaften Mietern kontinuierlich suchen mussten. Aber in all ihrer Eigensucht, ihrer freudenlosen Kleinlichkeit und ihrem Materialismus konnte ich auch keine gute Tat für die anderen Menschen erkennen. Vielleicht war ich zu streng zu den meinigen und zu mir selbst. Wenn man alle eventuellen Heiligen abqualifiziert, die Heiligen der Arbeit, der Religion, der Kunst, der Keuschheit und der Schmerzen... was bleibt noch für eine Möglichkeit, je irgendwelche zu finden?

Und doch habe ich tatsächlich zwei gefunden, zwei unvergleichlich altruistische Menschen, die ich trotz ihrer Einmaligkeit für besonders typisch unserer Zeit, unseres 21. Jahrhunderts, halte. In anderen Jahrhunderten wären sie nicht möglich gewesen oder gar nicht in der Prägnanz vorstellbar, die sie heutzutage haben.

Vor sechs Jahren, im ersten Jahr unseres neuen Millenniums, gab mir das Ehepaar Bergmann den besten Beweis einer einzigartigen Liebe. Und damit komme ich wieder zu meinem zweiten Schlüsselwort: „Transplantation". Wenn Menschen anderen etwas Gutes tun wollen, können sie Gelder spenden, oder wenn sie kein

Geld haben wie Thomas Bergmann, der ein armer, unbedeutender Parkhauswärter ist, können sie die eigenen Organe spenden.

„Die Lebendspende von Organen, vor allem von Nieren und Teil-Lebern, bekommt eine immer größere Bedeutung in Deutschland. Stammten 2001 noch 16,4 Prozent der verpflanzten Nieren von einem gesunden Spender, waren es 2002 schon 20 Prozent, hieß es beim Welt-Nephrologenkongress in Berlin."

Über die Nierenkrankheiten weiß ich viel, da ich sie am eigenen Leib erlebt habe. Folglich brauche ich nicht viel darüber zu lesen, aber statistische Daten sind immer aufschlussreich; es ist auch wichtig zu erfahren, wer meinen dreimal wöchentlichen Albtraum, aber gleichzeitig meine Lebensrettung seit Jahren, die Dialyse, erfunden hat: „Die weltweit erste ‚Blutwäsche' (wie sie damals hieß) beim Menschen wurde 1924 von Georg Haas durchgeführt. Den Durchbruch brachte jedoch erst Willem Kolffs Trommeldialysegerät auf der Basis von semipermeablen Schläuchen aus Zellophan 1945."[1]

Die Dialyse war besonders schwer für mich am Anfang. Allein das Gefühl, dass mein ganzes Blut vergiftet war und ausgewechselt, mit fremden Substanzen von außen, gereinigt werden musste! Es machte mich noch kranker. Und dass dieses komplizierte Verfahren sich so oft wiederholen musste! Immer von null anfangen, weil das Vorgestrige heute nicht mehr zählte; diese

---

[1] http://de.wikipedia.org/wiki/Dialyse

künstliche Niere, die chemischen Hilfen von außen, mussten immer wieder alles von Neuem verarbeiten, wie eine Theateraufführung, die jeden Abend läuft, obwohl das Verbrechen oder die Hochzeit nur ein Mal stattgefunden hat. Die über fünf Stunden andauernde Inszenierung lief immer gleich für mich ab, und ich kannte auswendig jede Phase, den Verlauf der Lösung, die in mich hineingepumpt wurde, jede Bewegung des Krankenhauspersonals, die Passivität und das Gebundensein, zu dem ich verurteilt war und zum Schluss die Befreiung, das vibrierende und freundliche Kommando einer Stimme: „Jetzt sind wir fertig, Frau Lindenheim", das mich immer in den ersten Minuten mit einem Euphorierausch erfüllte. Es ist eine ähnliche Erleichterung wie nach einer Zahnarztbehandlung oder einer überstandenen Operation. Im Grunde verursachte die Dialyse keine Schmerzen, sonst hätte man es nicht so viele Stunden ertragen können. Am Ende gewöhnte ich mich daran und ich konnte dabei ruhig einschlafen und meine Kräfte sammeln, während mein Körper innerlich gereinigt wurde. Es war wie ein sehr intimes Bad, eine Innenmassage für mein bitteres, verweintes Blut, und ich fragte mich oft, ob das Ergebnis wirklich mein eigenes Blut blieb oder nur ein Produkt technischer Erfindungen. Das war auch das unheimliche dabei, diese wöchentlichen Verpflichtungen zu den medizinischen Terminen, dieses nicht Abschaltenkönnen von den unerschütterlichen Vorschriften und Verfahrensweisen, das Gefühl, dass... sollte ich sie versäumen, dass ich dann sehr schnell sterben würde.

Als ich klein war bekam ich drei Jahre lang die Heim-Hämo-Dialyse, dann sechsmal in der Woche, aber dafür viel weniger Stunden pro Sitzung. Mir ging es auch besser, denn ich hatte meine Brüder zur Unterhaltung, mein eigenes Bett und meine Spielzeuge; wir sparten uns auch die langen Wege zur Klinik hin und zurück und die langweiligen Wartezeiten, bis man dran genommen wurde. Doch meine Eltern hatten Angst, dass das ambulante Personal nicht kompetent genug sei und sie mochten auch nicht die umständliche Installation in der Wohnung, die notwendige übermenschliche Sauberkeit, die Geräte, Materialsammlungen wie in einer Apotheke und die ständigen Kontrollen. Im Krankenhaus sei alles professioneller und zuverlässiger, entschied meine Mutter, die den Anblick der Dialyse in ihrem Hause nicht mehr ertragen wollte.

Wie lange hätte ich noch durch die Dialyse ohne Transplantation leben können?

„Noch vor 30 Jahren war chronisches Nierenversagen oft ein Todesurteil. Heute können Patienten Jahrzehnte durch die dreimal wöchentliche Dialyse überleben." Nein, ich mag nicht mehr von all dem lesen, was ich selber tagtäglich erlebt habe!

Es mag stimmen, dass die Frauen bereitwilliger als Nierenspenderinnen in Frage kommen... In meinem Fall war es aber ein Mann, der das Opfer für mich aufbrachte, Thomas Bergmann; seitdem muss er mit nur einer Niere leben, und ich habe eine neue Niere, die mein Leben zum Positiven verändert hat; ich könnte beinahe vergessen, dass die Dialyse, das lästige Gespenst meiner Tage und mancher Nächte, existiert. Davon abgesehen... Maria hätte es auch getan, denn sie ist ebenfalls eine Heilige. Aber ihr Gesundheitszustand lässt viel zu wünschen übrig, sie leidet an Diabetes und hätte mir mit ihrer Gabe gar nicht helfen können, während ihr Mann über eine prächtige, gut funktionierende Niere verfügte, die er - in seiner spontanen, schwärmerischen und großzügigen Menschenliebe - mir sofort anbot, als er meine Schwierigkeiten bemerkte.

Maria war die erste von den beiden, mit der ich Kontakt hatte; sie kannte mich schon seit meiner Kindheit als Dialyseschwester und stellte mir nach ein paar Jahren ihren Mann vor. Als ich 17 wurde, machten wir einige Ausflüge ins Gebirge zusammen, was ich besonders mochte und sie schenkten mir immer seitdem schöne Überraschungen an meinem Geburtstag. Bei der Verschlechterung meines Zustandes, als ich 23 Jahre alt war und dringend eine Niere brauchte, meldete sich Thomas unaufgefordert und mit so einer fröhlichen Miene, als hätte er etwas Schönes für mich gekauft, das er mir unbedingt geben wollte. Ich war sehr überrascht und betroffen, denn keiner von meiner Familie hatte so ein Angebot gemacht. Sie waren alle zu ängstlich um ihre eigene Gesundheit und hätten sich nie freiwillig von ihrer Niere getrennt, auch nicht meine Mutter. Ich weiß noch, wie unendlich verblüfft ich reagierte.

„Aber, aber... Wie kommst du dazu, mir so etwas Wichtiges zu geben? Du bist ja immer sehr nett gewesen, aber wir sind nur

Freunde... Du bist nicht mein Vater, keine Blutsbande verbinden uns."

Er sagte mit einem leichtfertigen Lachen: „Das ist nicht unbedingt notwendig für eine Niere. Auch die eines Fremden kann tauglich sein und dir bekommen."

„Natürlich. Ich meine nur, es bedeutet ein zu großes Opfer für dich. Es ist immer ein gewisses Risiko darin, nur mit einer Niere zu leben. Es ist genau das gleiche wie für die Einäugigen, die sich immer auf das eine Auge verlassen müssen, und wenn irgendwann dieses eine versagen sollte...."

„Hab keine Angst meinetwegen, liebe Rosa. Die verbleibende Niere übernimmt die Funktion der Fehlenden. Es ist statistisch nachgewiesen, dass die Spender nicht an einem Nierenversagen, sondern an anderen Ursachen sterben."

„Trotzdem... Du hast keine Verpflichtung mir gegenüber. Warum solltest du es tun?"

„Weil ich zufälligerweise zwei Nieren habe und du gar keine funktionsfähige hast. Das ist sehr ungerecht, und ich möchte etwas für eine gerechtere Verteilung der Güter tun wie Tolstoi. Es ist ein ethisches Prinzip der Gleichstellung. Andererseits gibt es auch die persönliche Komponente: Ich mag dich sehr als Menschen, und ich will dich nicht leiden sehen."

Dann kam mein erster Ausruf voller Rührung und unaussprechlicher Bewunderung, den ich so oft später wiederholt habe:

„Du bist ein Heiliger unserer Neuzeit. Du bist der heilige Thomas, der Organspender."

Nach diesem Gespräch fanden noch viele andere Szenen zwischen uns beiden statt. Es folgten die vielen Untersuchungen und Tests, um sicher festzustellen, ob sein Organ geeignet für mich war, und dann... die Wochen seiner Explantation nebst meiner Implantation, wie es technisch so schön heißt. Ich musste aber viel länger als mein Retter im Krankenhaus bleiben; insgesamt waren es acht Wochen. Alles verlief reibungslos, und seine Niere funktioniert noch ganz gut bei mir.

Der Kontakt zwischen uns drei hat sich natürlich in den letzten Jahren intensiviert. Sie sind noch viel mehr als Freunde oder Eltern für mich. Vor allem ist eine Beziehung zwischen Thomas und mir entstanden, die kaum mit Worten zu beschreiben ist. Wenn ich daran denke, dass ich seine Niere trage! Und er muss auch eine gewisse Anziehungskraft seines alten Organs spüren, das in mir weiterlebt... Ja, es ist die zu anderen Zeiten nicht gekannte unvergleichliche Verbindung zwischen dem Spender und seinem Erben.

Sie stehen vor mir, meine zwei Heiligen, und ich schaue sie mit Neugier und großen Respekt an. Nach meinem Surfen nach dem Wort „Heiligsprechung" bin ich zur Entscheidung gekommen, dass nur sie den Namen „heilig" verdienen und dass ich, sollten sie früher als ich sterben, sie in meinem Innern, ohne Zeugen und unter der einsamen Glocke meines Herzens heilig sprechen werde.

Jetzt ist aber, Gott sei Dank, noch kein Ritual notwendig, da sie noch am Leben sind. Ich kann ihnen unbeschwert und glücklich meine Hand ausstrecken, sie anlächeln und sie sogar in meine Arme drücken.

„Welche gute Tat habt ihr heute vollbracht?", frage ich begeistert und voller Erwartungen.

„Nichts besonderes", sagt Maria bescheiden. „Wir haben wie üblich Leute besucht."

Ich kenne ungefähr ihren Tagesablauf und einige ihrer Schützlinge. Die beiden gehen getrennte Wege. Nur für die zwei Kleinen aus dem Waisenhaus, die sie immer an den Wochenenden zu sich nehmen, sorgen sie gemeinsam. Marias übliche Beschäftigungen sind wie folgt: Mrs. Spenser, einer alten Bekannten beim Haushalt helfen, sie bekochen, Zucker messen und Spritzen geben, für sie einkaufen, aufpassen, dass sie beim Baden nicht hinfällt. Dann geht sie zur Rollstuhlfahrerin Claudia und bringt ihr die Flöte bei. Ihr nächster Besuch gilt einem Dialysepatienten, einem siebenjährigen Kind, mit dem sie sehr gerne spielt und dem sie ganze Bücher vorliest. Ihr Mann kann mit ihr nicht konkurrieren, er tut weniger an guten Werken und Sozialarbeit, aber er besucht auch gelegentlich einen vereinsamten Rentner, seinen ehemaligen Arbeitskollegen im Parkhaus, er unterstützt finanziell und auch moralisch einen armen Studenten seiner Nachbarschaft, der schon lange an Depression leidet und sich mit Selbstmordgedanken quält. Nicht zuletzt pflegt er seine alte Großmutter, das einzige Familienmitglied, das ihm noch verblieben ist.

„Was macht Mrs. Spenser?"

„Es geht ihr gut. Aber leider ist meine Zeit so knapp! Ich hetze nur überall herum und mache alles unvollständig. Sie möchte mich viel länger bei sich behalten, was natürlich nicht geht. Ich muss mich unter vielen teilen."

„Ja, es muss schwer sein, Maria. Vor lauter Aufgaben verlierst du den Überblick."

„Doch ich tue es sehr gerne, keiner zwingt mich dazu."

„Ich hoffe, ich überlaste euch nicht mit meinem Besuch so spät am Abend. Ich weiß, es ist die einzige Zeit, da ihr zu Hause seid."

Die Heiligen sind wunderbare Menschen, aber trotzdem, ein wenig unbequem und verlegen fühlt man sich schon, weil sie so viel zu erledigen haben und weil ich trotz unserer großen gegenseitigen Freundschaft manchmal auch als Sozialfall behandelt werde, die ehemalige kranke und zerbrechliche Rosa, die so sehr an ihnen hängt, dass man sie nicht sofort nach Hause schicken kann; mehr als Freundin bin ich vielleicht eine andere Aufgabe für sie, einer von vielen Wegen, um Gutes zu tun. Damals betreuten sie mich gemeinsam und jetzt die zwei Waisenkinder, Marita und Lili, an den Wochenenden. Aber ich bin nicht eifersüchtig auf die armen Mädchen. Ich habe Thomas Niere bekommen, und sie lieben mich noch.

„Nein, du störst uns nie", protestiert Maria mit fröhlichem Entsetzen. „Wir plaudern so gerne mit dir!"

„Und ich will schließlich hin und wieder meine alte Niere sehen, sonst kriege ich Sehnsucht", sagt Thomas gutmütig.

„Was macht Ralph, der Student? Will er sich immer noch umbringen?"

„Ja, er hat viele Probleme. Aber ich hoffe, ihn am Ende davon zu überzeugen, es nicht zu tun."

Die beiden haben sich auf zwei verschiedene Gebiete spezialisiert, finde ich; während Maria die Entspannung und Bewältigung alltäglicher Sorgen für viele bedeutet, ist Thomas der radikale und übermenschliche Lebensretter, der Heiler von Krisensituationen, der meistens in einem entscheidenden Augenblick erscheint. Er ist besser als ein Psychiater. Er wird hoffentlich den Studenten davon abhalten Selbstmord zu begehen!

„Du solltest ihn mir vorstellen, Thomas. Vielleicht wäre es nützlich, dass wir uns kennen lernen."

„Ich stelle ihn dir nicht vor, weil ich Angst habe, er könnte dich mit seinen Depressionen anstecken. Du bist auch von Natur aus eher melancholisch und sehr gefährdet. Es wäre gar nicht lustig, wenn du auch noch trotz meiner Niere sterben wolltest."

„Und was ist mit Claudia, der Rollstuhlfahrerin? Ich würde sie auch gerne kennen lernen. Alle Leute, die mit euch Kontakt haben, sind mir lieb. Dann wären wir mehrere, um eure Wunder zu kommentieren, während ich jetzt ganz alleine bin."

„Sei nicht abergläubisch, man kann keine Wunder von uns erwarten," sagt Thomas ironisch. „Du weißt, dass ich nicht besonders religiös bin. Ich mag die Menschen und die Tiere, die Schöpfung im allgemeinen, das ist alles."

„Mrs. Spenser und die Kleinen kennst du schon", sagt Maria ermutigend. „Claudia wirst du auch bald treffen, wenn du möchtest."

„Und deine Familie, Maria... Du hast mir nie Fotos gezeigt. Von Thomas weiß ich, dass nur seine Oma noch am Leben ist. Aber was ist mit deinen Eltern und Geschwister, Maria? Sind sie auch tot?"

Marias Gesichtsausdruck ist plötzlich sehr traurig geworden. Mit Angst sehe ich, dass ihre Augen voller Tränen sind, ihr ganzer Körper wird von einem nicht zu unterdrückenden Weinkrampf erschüttert. Was ist los? Habe ich etwas Falsches gefragt?

„Entschuldige bitte meine Taktlosigkeit. Sind sie denn tatsächlich alle tot?"

„Nein, nein", schreit sie unter Tränen.

Thomas will eingreifen, um eine Erklärung abzugeben, wahrscheinlich, um ihr die peinliche Erzählung zu ersparen, aber sie macht ein stummes Zeichen in seiner Richtung, dass sie es mir selbst mitteilen möchte.

„Meine ist eine sehr unglückliche Familie, Rosa. Meine verwitwete Mutter lebt in einem Kloster zur ewigen Buße, unfähig ihre Scham und ihr schlechtes Gewissen zu verbergen. Mein Bruder sitzt im

Gefängnis, lebenslänglich. Er ist ja der Mittelpunkt unserer Tragödie. Vor zehn Jahren wurde er zu einem sehr renommierten Amokläufer. Du weißt, was ein Amokläufer ist?"

„Ja. Leider ist immer öfter die Rede davon in den Zeitungen."

„Jemand, der ganz plötzlich wie ein tollwütiger Hund seine Zerstörungsinstinkte nicht unter Kontrolle bringen kann. So war es mit Robert, der bisher noch ein ziemlich normales Leben geführt hatte. eines Tages besorgte er sich eine Pistole, brach in seine Schule ein und schoss auf 19 seiner Mitschüler und unseren Vater, der Klassenlehrer war. Das blutige Ergebnis waren 16 Tote und vier Verletzte innerhalb von nur ein paar Sekunden. Unser Vater starb als einer der ersten, was fast ein Glück war, denn so brauchte er sich den Gewaltausbruch seines Sohnes nicht so lange anzuschauen. Es war eine Wohltat, dass er nicht erleben musste, wie viele unschuldige Kinder starben und wie viele Familien seitdem um den Verlust trauern. Du kannst es dir gar nicht vorstellen, wie das Ganze, diese entsetzliche Szene, sich für meine Mutter und mich ausgewirkt hat, es bedeutete einen Albtraum ohne Ende."

Sie weint noch leise und kann nicht mehr sprechen. Ja, Horrormeldungen in der Zeitung... Ich habe manchmal an den Amokläufer gedacht, diese unheimliche Figur unserer Zeit, die immer häufiger wird, wie die Nachrichten über Kindesmissbrauch. Die Amokläufer wachsen immer mehr, wie die Pilze, zuerst in Amerika, jetzt auch in Europa... Verbrecherfilme werden mit

Entzücken angeschaut, nachgeahmt und in die Tat umgesetzt. Manche Jugendliche werden zu porno- und blutgierigen Monstern.

„Aber deine Mutter und du... ihr seid nicht schuld daran. Ihr könnt nichts dafür, dass er so etwas Grausames getan hat."

Umsonst versuche ich sie zu trösten. Sie verneint energisch meine Behauptung mit dem Kopf und murmelt erschrocken und wie unter Schock, als wäre der überfall im Gymnasium ihres Bruders gerade jetzt passiert: „Wir hätten es voraussehen sollen. Uns trifft eine große Verantwortung als Angehörige."

„Es war in einem Gymnasium, nicht wahr?"

Immer bleiben diese kleinen Details im Gedächtnis hängen. Nicht nur Jugendliche aus der niedrigen Schicht mit Migrationshintergrund und Sprachproblemen, sondern auch gut erzogene, hoch gebildete Beamtenkinder werden zu Amokläufern.

„Ja. Ich war auch dabei. Ich rettete mich aus purem Zufall. Er hätte mich auch getötet."

„Er liebte dich nicht mehr?"

„In letzter Zeit nicht. Er liebte keinen und nur Hass war in seinem Herzen, sonst hätte er so etwas nicht angerichtet. Es folgte eine sehr peinliche Zeit für meine Mutter und mich, wir schämten uns unermesslich und wussten nicht, wo wir uns verstecken sollten. Wir hatten auch ein Opfer zu beklagen, aber bei allem Mitleid, das das Familiendrama hervorgerufen hatte (Sohn tötet Vater und eine ganze Klasse), lag ein gewisser Vorwurf in der Luft, weil so ein Unmensch aus unserer Familie stammt, in unserem Haus hineingeboren und durch falsche Erziehung vielleicht zu so einem Ungeheuer geworden war. Die Angehörigen eines Amokläufers haben ein schweres Schicksal zu tragen."

„Ja, das kann ich nachvollziehen, wie die Nichte des Heiligen, die so stolz auf ihren Onkel war, aber umgekehrt... Ihr habt die Schande empfunden, den Fleck."

„Gewiss, und es lässt sich nie wiedergutmachen. Wir stehen in einer permanenten Schuld vor der Gesellschaft. Verstehst du jetzt, warum ich immer wieder versuche, Gutes zu tun? Um wenigstens etwas von dem auszugleichen, was mein Bruder an kriminellen Handlungen tat. Mutti ging ins Kloster, weil sie keine Kräfte mehr zum Handeln hatte, nur zum Gebet. Und ich nahm mir vor, so viel wie möglich den Menschen zu helfen. Ich hatte das Glück, dass Thomas so ungefähr wie ich denkt und auch helfen will. Aber er ist viel besser als ich, Rosa, denn er tut es, weil er die Menschen liebt, während ich... Es ist mehr aus Schuldgefühlen heraus, um Verzeihung zu erlangen, um mich selbst von kontaminierten Erinnerungen zu reinigen und vor dem Übel zu schützen. Das ist der Unterschied zwischen uns."

Ich nicke verständnisvoll und streichle zärtlich ihre noch zitternde Hand. Sie sind beide meine Heiligen, die Schwester des Amokläufers und der Organspender.

Meine Freunde bremsen meine schwärmerischen Ausrufe mit ihrem Lachen. Sie umarmen mich und küssen meine Wangen. Ich merke, dass ihre Haut nicht mehr so jung ist wie meine. Sie sind doppelt so alt wie ich, aber trotzdem noch attraktiv und vital. Wie ist die Liebe zwischen den beiden? Jetzt, da ich seit drei Jahren nicht mehr so krank bin, kann ich schon beginnen über die Liebe nachzudenken. Ich habe mich noch nie in einen Mann verliebt, denn es war schwierig, unter den Depressiven oder den Oberflächlichen auszusuchen. Aber sollte es irgendwann geschehen, dann würde ich es meinen Freunden erzählen. Hoffentlich leben sie viele Jahre, noch länger als ich selbst, denn in sie beide habe ich mich tatsächlich verliebt.

Sollte es aber so sein, dass sie früher als ich sterben... dann werde ich ein geheimes Ritual vorführen und die Heiligsprechung der beiden gleichzeitig für mich beschließen. Ich beginne mit der magischen Formel, die ich gelesen habe: „Kraft der Autorität unseres Herrn Jesus Christus, der heiligen Apostel Petrus und Paulus und in der Vollmacht des uns übertragenen Amtes, entscheiden wir nach reiflicher Überlegung, dass die seligen Thomas und Maria Bergmann, der Organspender und die Schwester des Amokläufers, Heilige sind. Wir nehmen sie in das Verzeichnis der Heiligen auf...“

Ich werfe den beiden einen Kuss in die Luft und flüstere stolz und durch meine eigene Begeisterung halluziniert, wie ein durchgedrehter Fan der Beatles in den 60er Jahren: „Meine zwei Heiligen!“

Wahrheit? Fragezeichen. Ein deutsches Arbeitsparadies

Der junge Angestellte schaute die blinde Frau Kaiser zwei Mal an, einmal, als sie sich hinsetzte, („Wird sie den Stuhl finden?", dachte er unruhig) und das zweite Mal, als sie nervös ihre Tasche aufmachte und nach etwas suchte. Wäre sie nicht blind gewesen, hätte er sie nur ein Mal angeschaut oder vielleicht gar nicht. Das Sehen war etwas so Selbstverständliches, dass man nicht immer auf Menschen und Dinge aufmerksam wurde; so hatte er einmal plötzlich einen Gegenstand auf seinem Schreibtisch entdeckt, der schon seit Tagen da gelegen hatte. Aber jetzt fühlte er sich dazu verpflichtet, seine Augen doppelt zu öffnen, gerade weil er wusste, dass sie ihre Augen nicht öffnen konnte, und die Situation erschien ihm durch eine Anhäufung von Kleinigkeiten ungeheuer kompliziert.

„Es wäre peinlich, wenn sie den Stuhl nicht fände. Ich habe nie einer Frau einen Stuhl gezeigt. Den Stuhl sieht jeder, nur sie nicht, wie schade! Dann müsste ich ihre Hand nehmen... und ich kenne sie ja gar nicht. Wie sieht sie überhaupt aus? Sie kann sich nie im Spiegel betrachten. Fast unglaublich! Meine Frau würde es nicht ertragen können."

Der Gedanke störte ihn sehr. Doch bald entschied er, dass es sich nicht lohnte, über die Gestalt vor ihm so viel nachzudenken. Er vergaß sofort ihr Gesicht, das er kurz gesehen hatte. Nur das

Thema ‚Blindheit' blieb in seinem Gedächtnis hängen, als er sich bemühte, ein nettes Gespräch mit Frau Kaiser anzufangen.

Und es gelang ihm tatsächlich, etwas Wärme in dem kalten Raum für sie, für M. Kaiser, vorzutäuschen.

„Er hat die schöne Stimme der gebildeten Leute", dachte sie misstrauisch, aber besser gebildet als ohne Intellekt, nicht wahr?"

Er hatte ein schönes Deutsch, das mit jeder neuen Pause an stilistischer

Geschicklichkeit gewann.

Er wusste Bescheid über viele Dinge: Blindenschrift, Chancengleichheit, Selbständigkeit der Blinden, trotz ihrer Einschränkungen.

Das Problem sei nicht neu für ihn.

Er habe vor ein paar Jahren auch alte Leute in einem Altersheim betreut. Er habe vor einem Jahr einem Blinden über die Straße geholfen.

Der Angestellte merkte ihre verkrampfte Bewegung, wie sie nach der Tasche griff und sie aufmachte. Er flüsterte eifrig: „Suchen Sie etwas? Kann ich Ihnen helfen?" Dann fuhr er mit seiner Geschichte fort: „Ja, der blinde Mann kam ganz gut zurecht. Unglaublich, wie Sie alles schaffen! Sie würden sich hier bei uns auch ganz schnell zurechtfinden. Unsere ist eine sehr gute Firma, und wir würden Ihnen alle möglichen Mittel zur Verfügung stellen."

Eine unbequeme Stille trat ein.

Die Unbestimmtheit der Form „würden" machte sie etwas traurig, aber sie lächelte und wartete.

Der Angestellte arbeitete weiter an seinen Papieren. Er dachte: "Nicht mal eine Illustrierte kann man ihr anbieten. Die lesen nicht so wie wir... Allein aus diesem Grunde könnte ich mich nie in ein blindes Mädchen verlieben. Allein der Gedanke, dass ich alles sehe und sie nichts!"

„Ja, es ist eine schlimme Zeit heutzutage", sagte er laut, „immer Tests und Konkurrenzkämpfe, immer warten."

Minna Kaiser, geb. Vidal, wartete ungefähr eine ganze Stunde.

Sie empfand große Angst, den Menschen am Schreibtisch in seiner Arbeit zu stören. Er antwortete auf Bewerbungen, wie diejenige, die sie damals geschickt hatte.

Sie hatte sich an jenem Vormittag einem Eignungstest unterzogen, und jetzt wartete sie auf das Ergebnis, ob sie überhaupt dort in Zukunft arbeiten dürfte. Man hatte ihr gesagt, die Entscheidung der Kommissionsmitglieder über ihre abgelegte Probe würde ihr sofort nach ein paar Minuten mitgeteilt.

Ihr flüchtiger Kontakt mit der Firma bisher war positiv verlaufen, und alles hatte einen sehr guten Eindruck auf sie gemacht. Es war ein besonders aufgeschlossener und freundlicher Betrieb, wie es schien, beinahe persönlich, entgegenkommend und ohne jede Spur von Trockenheit, mit sehr netten Menschen, die ihr zulächelten und sie überallhin durch die großen Flure und unbekannten Räume führten.

Ein Paradies? Alles war für sie mit einem Fragezeichen versehen. Bis um Viertel vor zwölf durfte sie noch hoffen.

Sie wünschte, sie hätte mehr als ihre Handtasche, um sich die Zeit zu vertreiben, aber anderes hatte sie nicht.

Sie spielte mit der Blindenschrifttafel und mit den Blättern, die die anderen nicht lesen konnten. Durch den Raum gehen durfte sie nicht, denn der Angestellte hätte sofort gefragt: „Wo gehen Sie hin? Kann ich Ihnen helfen?"

Sie musste dort passiv sitzen und denken. Sie dachte: „Ja? Nein? Falsch? Richtig? Darf ich noch an den Ort meiner Träume glauben?"

Sie dachte: „Arbeit... Mein Vater arbeitet nicht mehr. Der Angestellte hier arbeitet. Ich arbeite noch nicht. Ich stehe vor der Tür. Ich sehe keine Tür, aber ich weiß, was um mich herum geschieht."

Sie hatte ihren Kopf noch voll von ihren eigenen Bewegungen und Antworten auf die Fragen im Test, den sie gerade gemacht hatte, aber sie war unfähig, die bald kommende Entscheidung vorauszusehen. Es schien ihr, als ob es nicht so sehr von einem kalten Intelligenzergebnis abhinge, sondern nur von dem Begriff „Wahrheit". Ist es wahr oder nicht? Sie dachte an einen pensionierten, schwachen Mann, an ihren Vater, der zitterte, der sehr weit weg in einer nicht mehr von ihr erlebten Wohnung in Barcelona auf und ab ging, ohne ein festes Ziel, weil er nach fünfzig langen Jahren plötzlich aufgehört hatte zu arbeiten. Und sie, sie hatte den Griff in der Straßenbahn gesucht und... noch nicht gefunden.

Der junge Angestellte war etwas verlegen, aber gutfunktionierend wie eine Maschine. Er bekam Frau Kaisers Unterlagen zurück und musste ihr „nein" sagen: „Es tut mir Leid. ich habe eben erfahren, dass... es nicht geklappt hat."
Und während er das sagte, überlegte er sich, weil er ein von Vernunft geleiteter Mensch war: „Hätte sie hier gearbeitet, hätte ich mir den Kopf zerbrechen müssen, aber so... Ich werde sie nie wiedersehen."

Kulturpolitische Verknotungen,

eine Kulturlandschaft Deutschlands

„Heinrich Böll benutzte wenigere Nebensätze als andere Autoren. Deshalb auch las ich ihn gern", sagte die Frau.

Einige im Publikum lächelten verständnisvoll: „Ausländerin... sie haben Probleme mit Nebensätzen."

Sie fühlte sich ein paar Sekunden verstanden und schlug übermütig vor: „Wir schließen eine Wette ab, nur Hauptsätze werden zugelassen."

Ich notierte es schnell, fotografierte sie eiligst und ging dann zur nächsten Kulturveranstaltung weg.

Mein Name ist Dankwart Fries, ich bin Kulturjournalist. Ich gehorche der Frau gern, ich mag auch keine Nebensätze. Aber es ist wahnsinnig schwer ohne sie. Sie sind das Brot einiger Menschen; ohne sie würden sie verhungern. Doch ich kann ohne sie leben, so schreibt man viel direkter und schneller.

Ich bin ein Märtyrer der Kultur und der Medien unserer Zeit. Meine Vorfahren hatten es viel leichter. Es gab keine Dichterlesungen und keine Filme, höchstens ein paar Vorträge. Die Dichterlesungen wachsen heutzutage wie Pilze; jeder schreibt heutzutage, und jeder liest in der Öffentlichkeit. Sogar die Stotterer würden lesen, die Stummen würden lesen, die 90-Jährigen ohne Stimme würden lesen.

Ich berichte über all das, über Lesungen, Ausstellungen, Film, Theater, Diskussionen, Musik... Ich bin übersättigt mit den Produkten des menschlichen Genies: der Kunst und der Technik. Haben Sie mich gestern gesehen? Haben Sie mich heute gesehen? Es ist meistens immer das gleiche. In den interkulturellen Wochen der Städte X, Y und Z renne ich von Veranstaltung zu Veranstaltung.

Nehmen Sie mir meine Oberflächlichkeit nicht übel, Frau Concha Segura aus Argentinien... Sie haben sich zwar mit Ihren Gedichten sehr angestrengt, aber ich konnte nicht viel aufnehmen, nur die ersten zwei oder drei Minuten, und dann bin ich weggegangen. Ich habe Ihren Namen in meinem Artikel falsch geschrieben, das sehe ich erst jetzt, verdammt... Conch Seguras. Ebenfalls habe ich aus dem ersten Vers ihres Gedichtes falsch zitiert und Argentinien mit Paraguay verwechselt. Machen Sie sich nichts daraus. Durch meinen Artikel werden Sie ein bisschen bekannt, und das ist schon etwas. Ich musste auf die optischen Einzelheiten für das Foto achten. Man kann nicht so viel Aufmerksamkeit von mir verlangen. Ich bin kein Kulturautomat, ich kann nur eine begrenzte Zahl von Worten und Eindrücken schlucken; der Rest geht an mir vorbei und ist Verschwendung, glauben Sie mir.

In der Dichterlesung gestern hatte sie noch Glück. Unter den neun Autorinnen und Autoren las sie an zweiter Stelle. Für die erste kam ich zu spät und bei den übrigen sieben musste ich schon sehr früh und eiligst den Raum verlassen. Ich musste nämlich mit meinem

Auto zur nächsten, 80 Kilometer entfernt gelegenen Veranstaltung sausen. Manchmal dauern die Fahrten länger als die Veranstaltungen. Ich bin eigentlich kein Kulturgenießer, ich kann nur ganz kurze Stellen von dem einen und von dem anderen kosten, und dann wieder flüchten. Ich bin ein Kulturfahrer, ich wandere nur hin und her mit meiner verschwommenen, unkonzentrierten Beute.

Bei jener darauf folgenden Lesung verpasste ich die ersten vier Autoren und nur bei dem fünften (na ja, es war wieder eine Dame) konnte ich mir schnell etwas notieren. Sie hieß Undine, sie war Schauspielerin und konnte ganz gut vorlesen. Doch die Worte und die Bedeutungen gingen an mir vorbei. Sie gehört schon in die Generation meiner Mutter. Sie sieht nicht besonders gut aus, deshalb fotografierte ich sie gar nicht. Heutzutage werden junge Frauen bevorzugt, und besonders Krimi- oder Jugendbuchautorinnen. Man tut alles für die Schule heutzutage, die Kinder sollen bei der Pisa-Studie etwas besser abschneiden. Vielleicht kann die Jugendliteratur uns vor dem Analphabetentum retten. Die Lyrik ist dagegen viel zu kompliziert und langweilig.

Mein Beruf hat etwas Positives: Ich werde immer sehnsüchtig erwartet, man entschuldigt mein Zuspätkommen und mein Früh-Gehen-Müssen. Alle haben Verständnis für meine übermäßige Arbeit, sie laden mich zu kulinarischen Kostbarkeiten auf kulturellen Partys ein und schmeicheln mir. Sie halten eine eifrige Rede meinetwegen, sie wollen auch fotografiert werden. Alle, die

Künstler, Verleger, Musiker, Buchhändler, Erben von Malern und Dichtern... sind die Sklaven der Medien. Und die Künstler sind tatsächlich keine freien Menschen, ich habe nie größere Sklaven erlebt. Sie sind auch ihrem Publikum verpflichtet und schauen immer verzweifelter in den leeren Saal herum. Sie hoffen trotzdem noch auf einen nächsten Zuschauer in letzter Minute. Sie zählen ständig: Kommt noch einer? Und noch einer? Ach, jetzt kommen vier auf einmal! Was für ein Wunder! Stammen sie aus meinem Bekanntenkreis? Oder sind sie völlig neue Elemente? Sind sie Dank meinem anwachsenden persönlichen Erfolg erschienen?

Und ich durch meine journalistischen Möglichkeiten bin zehnfach wertvoller noch als das Publikum. Beim Anblick der Presse werden alle Künstler verrückt, aufgeregt und in den siebten Himmel transportiert.

„Wann wird der Artikel gedruckt? Hier sind meine Lebensdaten, hier sind meine Texte. Ich bin für alle Fragen offen. Fragen Sie ruhig."

Die Autorin meiner dritten Veranstaltung gestern heißt Silja und noch etwas... Ich werde mir den komplizierten Namen aus dem Programm herausschreiben. Sie ist die Tochter türkischer Gastarbeiter, aber sie spricht ein einwandfreies Deutsch und hat sich mit einem Deutschen verlobt. „Die Verlobung" hieß ihr leider zu leise vorgetragenes Gedicht. Ich wurde unruhig. Gedichte machen mich unruhig und ungeduldig. Aber sie beglückte uns auch mit ihrem Gesang und ihrem Tanz. Sie ist sehr begabt. Ihr

Verlobter hat viele Beziehungen im Rundfunk, in der Politik und in der Kirche...

Bestimmt wird sie bald hoch kommen und erfolgreicher als die anderen zwei sein. Über Concha und die Schauspielerin habe ich schon meine Bedenken: die eine ist zu alt, die andere zu unbedeutend, zu arm und ohne Connections. Silja dagegen kann auf mehrere Stützen von mehreren Seiten zählen. Die Eltern wirken auch sehr angepasst, völlig integriert. Der Vater bekam sogar das Bundesverdienstkreuz vor zwei Jahren wegen seines Engagements für die evangelische Kirche und die Betreuung seiner Landsleute und der Migranten im Allgemeinen. Seine Frau bekam einen Übersetzerpreis für ihre Verdienste als Brücke zwischen Deutsch und Türkisch. Die Tochter bekam schon mehrere Stipendien. Es scheint in der Familie zu liegen; sie werden mit guten Augen angesehen, sie haben die richtigen Freunde. Eine reiche Dame, die Verwalterin einer Stiftung, protegiert das Mädchen von Anfang an, und jetzt wird der Verlobte den Rest tun mit seinem Verlag.

Bei ihr musste ich etwas länger verweilen. Ihr Name klingt schon überall... Deshalb musste ich ihr mehr Zeit widmen und ausführlicher über sie schreiben. Sie gaben mir Champagner und Leckereien nach der Lesung, ich hatte ein paar nette Worte mit den Eltern und mit Herrn Helbig. Dieser ist mit dem Bürgermeister befreundet. Man sieht Siljas guten Stern überall; auch ihre Lesung war reichlich besucht, im Gegensatz zu den anderen. Frau Körner, die Verwalterin der Stiftung war ebenfalls da und hatte viele Bekannte von verschiedenen Vereinen mitgebracht. So lief alles schön glatt, viel Unterhaltung, viele renommierte Gesichter für die Presse, so macht Kultur Spaß. Über den Artikel muss ich mir etwas mehr den Kopf zerbrechen... Aber ich werde schon etwas literarisch Feines finden und nur über Positives berichten.

Ich habe die Wette gewonnen, Frau Segura. Ich habe keinen einzigen Nebensatz bisher gebraucht. Keine Unterordnung ist notwendig. Alle sind gleichrangige Sätze ohne Untergebene... höchstens Koordination, keine Subordination. Und doch... ich bin selbst ein Nebensatz der Kultur. Ohne Relativsätze gibt es keinen Zusammenhang; sie sind unverzichtbar. Ich bin der Mensch, der, der... den Privilegierten, den gut angesehenen, von der Politik und den Institutionen geförderten Bürgern zum weiteren Erfolg hilft. Sie, Fräulein Seguras, Sie sind die argentinische Dame, die, die, die... nur mit einer Zeile erwähnt wird. Ja, es ist die Grammatik der Macht und der gesellschaftlichen Strukturen, ein Gewebe von geheimen Verbindungen zwischen wichtigeren und minder wichtigen Teilen, zwischen Haupt- und Nebengebäuden der Rede. Doch ist manchmal ein Nebensatz wichtiger als ein Hauptsatz. Ohne Attribute ist keine Definition möglich. Wir sind das, was wir eigentlich sind, plus minus das, was die anderen aus uns machen. Je nach dem, ob wir erfolgreich sind und unser volles Sein ausleben dürfen oder nicht, gestaltet sich das, was die anderen aus uns machen als plus oder minus, zugunsten oder gegen unsere wirklichen Inhalte als Wünsche und Absichten. Ich bin stolz auf meine Nebensätze. Ohne Nebensätze gäbe es keine Philosophie und auch keine Politik, obwohl die Politik mehr Handlungen als Gedanken erforderlich macht. Die Nebensätze mit „obwohl", die allerlei Gegensätze ausdrücken, sind mir die liebsten. Ich habe sie noch lieber als die Kausalen mit „weil", denn die Kausalen sind eher kindlich naiv und wirken zu vereinfachend.

Ich denke an den Erfolg meiner drei Frauen. Concha, Undine, Silja. Die ersten zwei haben schlechte Karten; nur die Dritte wird Literaturwettbewerbe gewinnen, eine Auszeichnung nach der anderen empfangen, die Herzen der Sponsoren bewegen und Lesereisen wie Hummerhäppchen und auserlesene Pralinen genießen. Die anderen zwei sollten am besten den Traum aufgeben, leichthin und gleichgültig Tschüss sagen, als wollten sie sich lediglich mit einem Spaziergang die Zeit vertreiben (ja, das ist auch ein wichtiger Nebensatz) und dann schnurstracks zu ihren Schreibtischen gehen und... die Schriften in ihren Schubladen auf einmal alle verbrennen, bis nichts mehr bleibt...

Seit meiner Lesung im kleinen Theater ist schon eine Woche vergangen. An einem Samstag war es, heute vor acht Tagen.

Vorgestern traf ich zufälligerweise Herrn Fries, den Journalisten, auf der Straße. Er erkannte mich kaum. Aber ich rief ihn, lief ihm hinterher und ergriff seine Hand. Er ist ja immer hektisch, seine Augen sehen kaum noch etwas.

„Hallo Herr Fries. Vielen Dank für das Foto."

„Nicht der Rede wert, Frau Seguras."

Warum fügt er immer meinem Namen ein s hinzu? Es sei denn... ich bin nicht abgeneigt, so nimmt er mir wenigstens wahr, dachte ich.

„Es tut mir leid, aber ich muss gleich gehen. Ich muss zu einer Lyrikveranstaltung der Stiftung X."

„Schade. Ich hätte so gerne ein wenig mit Ihnen gesprochen! Ich wollte gerade ein paar Fragen über diese Stiftung stellen."

„Rufen Sie mich im Büro an, vielleicht habe ich dann etwas Zeit."

Ich schrumpfte zusammen wie eine welke Blume ohne Sauerstoff. Nur persönlich hätte ich eine Chance, telefonisch ist verdammt schwer; Anrufbeantworter oder Sekretärinnen würden schon meine Versuche blockieren: „Nicht im Hause, keine Zeit... Er ist in einer Besprechung; am besten bringen Sie Ihr Anliegen schriftlich vor."

„Oh, Frau Y, ich habe eigentlich kein Anliegen, ich wollte nur mit ihm kurz reden."

Ich bin nicht berühmt genug. Nur zwischen Tür und Angel, vielleicht auf der Straße bei einer Zufallsbegegnung wie diese heute... oder in einer Kneipe (dorthin kommen alle Menschen unfehlbar früher oder später) kann es mir vielleicht gelingen. Dann werde ich durch seine Lippen ein paar Worte über die kulturpolitischen Verknotungen in unserer Gesellschaft hören.

Er wäre mir beinahe schon entwischt, aber dann fiel mir eine Lüge ein, um ihn festzuhalten:

„Ich gehe zu der selben Veranstaltung wie Sie, Herr Fries. Ich bin sehr kulturinteressiert und habe in der Zeitung davon gelesen. Ich verpasse keine anregenden Impulse. Könnten wir nicht zusammen hinfahren?"

Er machte ein alarmiertes Gesicht.

„Gerade jetzt nicht. Ich muss etwas dafür vorbereiten. Sie werden mich entschuldigen... Es ist noch eine Stunde bis dahin."

Er ging tatsächlich in das nächste Café ein, und ich folgte ihm automatisch und setzte mich an seinen Tisch mit der sturen, traurigen und schamlosen Demut der erfolgsabhängigen Dichter. Ich wollte wenigstens etwas über die Welt der Prominenten und Erfolgreichen erfahren, mir eine gewisse Transparenz über kulturpolitische Mechanismen verschaffen.

Er vertiefte sich in seinen großen Ordner. Aber er las nicht lange. Das war mein Vorteil, er würde nicht lange passiv und still bleiben können. Er bestellte sich eine Tasse Kaffee und aus Höflichkeit fragte mich: „Was möchten Sie trinken?"

Dann begann er eine Art zerstreuten Small Talk: „Heute fängt der Winter offiziell an. Man hätte es gar nicht gedacht. Dabei ist es so warm... Es ist eine sehr schöne Dekoration hier, finden Sie nicht? Schöne Bilder überall. Die Tochter des Hauses schreibt auch Gedichte. Alle schreiben Gedichte heutzutage. Die Inhaberin, eine sehr vornehme Dame jüdischer Abstammung organisiert hin und wieder eine Lesung mit Jazz-Musik im Hintergrund. Würden Sie nicht gerne hier lesen, Frau Seguras? Aber ich glaube, sie bezahlen kein Honorar. Dafür sind ihre Verhältnisse zu bescheiden."

Seine stumme Frage hing in der Luft. Er schien mich tatsächlich zu fragen: „Lesen Sie auch ohne Honorar? Ist Ihr Wunsch zu lesen so stark? Sind Sie für eine Verbreitung der Kultur um jeden Preis?"

Ich zögerte, dann sagte ich leise: „Ja, manchmal lesen wir für Gottes Lohn. Aber nicht immer, sonst wäre unsere Professionalität zu Ende."

Ich versteckte mich hinter dem „wir" und das tat gut. Ich war nur ein Teil einer sehr großen Gruppe. Aber im Grunde entspricht es nicht der Wahrheit. Ich bin ziemlich allein und passe in keine Gruppe, das ist mein Problem: keiner fördert mich, keine politisch oder religiös engagierte Gruppe hat ein Interesse an meiner Person.

Herr Fries wollte wieder seinen Ordner aufklappen, und ich sagte schnell: „Erzählen Sie mir bitte etwas über die Stiftung X und über die Veranstaltung heute Abend."

Er sagte müde: „Es ist ein sehr hoher Kreis, es sind viele Privatspender aus der Industrie und der Gastronomiebranche. Sie organisieren sogar internationale Schönheitswettbewerbe, und die Schönheitsgöttinnen schreiben auch Lyrik. Heute Abend wird ein Preis vergeben. Wir treffen uns in einem erstklassigen Hotel, ein Konzert findet auch während des Dinners im Kerzenlicht statt, und die Eintrittskarte kostet 90 Euro. Nebenbei... Haben Sie auch eine Eintrittskarte, Frau Seguras?"

Verblüfft und niedergeschlagen durchsuchte ich meine Hosentaschen mit einem Gefühl von Lächerlichkeit. Es war sehr peinlich. Und doch bewahrte ich meinen Stolz, denn ich ärgerte mich unendlich über diese unerreichbaren Kulturkreise, diese Mischung aus Geld, äußerer Schönheit und nur kleingeschrieben Bildung; Bildung nicht als aufklärerischer Lichtschein sondern nur als Parfüm für die Nasen der Reichen und Mächtigen. Mein argentinisches, sozialistisches Blut gegen die Diktatoren erhob sich und sang eine Hymne der Revolution. Dabei sagte ich lediglich zu Herrn Fries: „Nein, ich habe keine Eintrittskarte. Ich habe wahrscheinlich die Veranstaltung verwechselt, ich meinte eine andere."

„Ich habe es mir schon gedacht."

Dabei wollte er mich nicht herabsetzen oder mich zurechtweisen. Er sagte beinahe tröstend: „Ich bin auch für eine freie, allen zugängliche Kultur, und doch muss ich über alles berichten, Sie verstehen..."

Ich bekam plötzlich Lust, Bier statt Kaffee zu bestellen, ich wollte mich betrinken und ihm ganz offen mein Unwohlbefinden gestehen: „Ich habe Kopfschmerzen. Mir tun auch der Magen und die Beine weh. Ich bin über das Ganze sehr enttäuscht, sehr enttäuscht."

Ich setzte es auch in die Praxis um. Ich trank und offenbarte ihm meine Niederlage. Ich sagte ohne Umwege: „Warum kamen so wenige Leute zu meiner Lesung? Ich hatte so viel Werbung gemacht!"

„Nehmen Sie es nicht persönlich. Es waren neun Autoren insgesamt, oder waren es zehn?"

„Ich habe mich sehr angestrengt, Deutsch gelernt, viel geschrieben... aber immer ist es umsonst."

„Andere mit Migrationshintergrund haben es trotzdem erreicht, Silja mit ihren einflussreichen Eltern, mit ihrem Verlobten und ihren Gruppen..."

„Ja, das ist das Stichwort: eine Gruppe. Vereine sind ungeheuer wichtig; sie tun sich zusammen, unterstützen ein gewisses Ziel; alle folgen dem Ruf der Leitung und kommen zu den Lesungen wie auf Befehl. Aber weh dem Einzelgänger und seinen hilflosen Bestrebungen." Ich habe keine Gruppe gefunden, ich kenne kaum Leute, nur Studenten und Arbeiter. Einmal kämpften wir alle zusammen um ein Projekt, die Mitglieder einer Literaturwerkstatt. Das gab mir eine Zeit lang Mut, ich fühlte mich akzeptiert und gefördert. Aber es war ein Trug und dauerte sehr kurz. Das Projekt ging zu Ende und darüber hinaus wurde ich nicht mehr benötigt. Als Individuum hatte ich keinen Wert für sie, nur im Zusammenhang mit dem Projekt. Danach vergaßen sie mich. Sie wollten nur die bekannten Namen; diese wurden in den Vordergrund gestellt, und ich kam zu meiner Anonymität zurück."

„Ja, das kennen wir, das ist ein häufiges Phänomen."

„Das Ganze widert mich an. Das Schreiben ist schön, aber die Jagd nach dem Erfolg, nach Kontakten ist grauenvoll. All diese unausgesprochenen, inoffiziellen, aber bestehenden

Abmachungen und Interessen! Sie werden hinter dem Rücken der meisten armen und versklavten Künstlern getroffen. Die Kultur ist kein autonomes Gewebe."

„Natürlich nicht. Sie ist mit vielen Knotenpunkten verbunden, Kultur ist gleich Politik, Religion, Kapital, Show, Unterhaltungsbusiness, Modetrends, Jugendkult, Wissenschaften aller Art, Sport, Wirtschaft, Schönheitskonkurrenz und didaktischer Ansprüche gehobener Kreise. Wer unterstützt wen? Und warum? Haben Sie es herausgefunden?"

„Nein, ich verstehe die Zusammenhänge nicht so gut. Ich sehe nur die Macht der geheimen Verknotungen. Leide ich schon unter Paranoia? Oder was ist das? Ich sehe die Kulturspione und Kulturverständiger bei Veranstaltungen; sie ziehen an den langen Fäden ihrer vertuschten Infos, sie verraten nie die Geheimnisse der hilfreichen Beziehungen, die sie mit bestimmten Kreisen unterhalten, der Stiftungen und Vereinigungen. Nicht an Anstrengung und Leistung wird wirklich gemessen und beurteilt."

„Manchmal schon. Siljas Eltern haben sich hervorragend integriert. Der Vater bekam das Bundesverdienstkreuz."

„Doch hängt der Erfolg meistens vom Glück, helfenden Umständen und Mächten und vom Zufall ab. Der eine stirbt schon sehr alt, reich und verwöhnt; der andere wird in einem sehr armen Land geboren und stirbt zu jung."

„Ich stimme Ihnen zu. Die Ungerechtigkeit ist eine der Natur angeborene und auch vom Menschen künstlich geschaffene Gewohnheit."

Wir bestellten Bier statt Kaffee, und noch ein Bier... Wir feierten so unser gemeinsames Scheitern. Diese Flüssigkeit vermittelte uns eine gewisse Ehrlichkeit. Wir blieben schweigsam und das Nichtsprechen war angenehm. Trinken macht mich nicht gesprächig, sondern im Gegenteil, es bringt mich zum Schlaf. Würde Herr Fries seine Verabredung mit der Stiftung X vergessen und auch einschlafen?

Nein. Nach ein paar Minuten stand er wieder auf und sagte: „Wir sehen uns irgendwann. Rufen Sie mich an, Frau Seguras."

Ich mag besonders Hauptsätze. Ich werde viele Hauptsätze in meinem Leben schreiben trotz meiner Unzufriedenheit mit dem Mangel an gesellschaftlicher Transparenz, und dabei an Herrn Fries denken und an sein schnelles Foto. Dieses Foto überrascht mich im gewissen Sinne. Ich würde ihm gern ironisch zuflüstern: „Warum vergeuden Sie Ihren Fotoapparat, Herr Fries? Ich bin kein bekannter Name. Ich habe keine Protektion, keine Gruppe hinter mir."

Die Landkarte der Begeisterung,

Spanien und Deutschland 1975

Wenn wir als Kinder die Landkarte studierten, wussten wir kaum, dass jedes Land eine Welt für sich bedeutet, dass einige Länder mit ganz anderen Sprachen, mit anderen Kochrezepten, eigenen Moden, Musik, Filmen und sogar mit ganz anderen Heiligen ausgestattet sind. So gab es französische, italienische und irische Heilige und eine portugiesische Mutter Gottes, die in Fatima erschienen war. Da wir als Kinder viel Religion lernten, wusste ich natürlich auch von Lourdes, und dass es in Syrakus, in Italien, eine Mutter Gottes gab, die Tränen um die Menschheit geweint hatte. Manchmal war nicht nur ein Land eine Welt für sich, sondern jede neue Stadt und jedes Dorf.

„Die Landkarten sind sehr beliebig und launenhaft", sagt mein Bruder Alfons. „Die ehemaligen jugoslawischen Regionen sind jetzt Länder mit Grenzen und noch mit Blutspuren des vergangenen Krieges. Es sind heutzutage mehr Nationalitäten als Vögel unter dem Himmel. Auch die Iren, Basken und Katalanen streben nach voller Selbstbestimmung. Die Deutschen dagegen haben sich wiedervereinigt und aus zwei Staaten, die ganz verschiedenen Wirtschaftssystemen angehörten, ist ein Land geworden."

Alfons kann es nicht lassen, von Landkarten zu reden. Geographie war sein Lieblingsfach in der Schule, genau so wie es für mich die Literatur war.

„Die Welt hat sich in den letzten dreißig Jahren gänzlich verändert", philosophiert er weiter. „Jetzt gibt es diese kleinen Republiken in Afrika, deren Namen wir kaum kennen. Was wissen wir zum Beispiel über Botswana und seine Geschichte? Und das moderne Imperium, der russische Kommunismus, ist verschwunden, keine Sowjetunion mehr, an deren Stelle gibt es diese kleinen, touristisch attraktiven baltischen Länder wie Litauen, Estland, etc."

„Ich weiß, du hast gerne solche. Je kleiner desto besser. Dein Herz war ja immer für die Fürstentümer wie Andorra, Lichtenstein, Luxemburg und Monaco."

„Ja. Ich bin als Rentner gern und oft in Andorra."

Es ist unglaublich, dass diese 30 Jahre, von denen mein Bruder spricht, so schnell vergangen sind und dass sie nicht nur die Landkarte, sondern unser Leben so radikal verändert haben. Jetzt ist Alfons Rentner; Consol, meine Schwägerin, sieht noch ganz jung aus, aber hat die 70 schon erreicht; mein Neffe Josep hat ein paar Liebesgeschichten mit Asiatinnen hinter sich, die nicht geklappt haben; meine Schwester Amelia ist schon in den Wechseljahren; und unsere Eltern sind tot. Mein Mann, Karl Steinberg, der mit seiner germanischen Stärke unerschütterlich zu sein schien, schlägt sich nur mühsam durch und sammelt immer weitere Prothesen: ein Gebiss, einen Herzschrittmacher, eine neue Hüfte. Guillermo, Amelias Mann, arbeitet immer langsamer mit seinem Computer; er ist von den Schwierigkeiten seiner Arbeit besessen, überwältigt. Er braucht jede Minute seines Urlaubs und sogar den Samstag und Sonntag, um die Aufgaben seiner Schüler zu korrigieren. Und über mich selbst, als verwandeltes Wesen erübrigt sich jeder weitere Kommentar.

Ja, warum nicht? Alfons und seine Familie pendeln zwischen Barcelona und Andorra, genau so wie ich zwischen Deutschland und Spanien.

„Ich lebe auch gerne in Deutschland", sage ich munter, „in meiner neuen Heimat. Na ja, was heißt neu? Schon 35 Jahre bin ich dort. Ich habe eine längere Zeit meines Lebens in Deutschland als in Katalonien verbracht."

Wer kann genau messen, welche die wichtigsten Jahre in einem Leben sind? Die Psychologen sagen, die ersten drei Jahre der Kindheit seien für alles Übrige entscheidend und mitbestimmend. Wenn das wirklich so ist, dann bildet sich daraus das Hauptkriterium für Heimat und Identität. Ich bin das ewige, unauslöschliche Katalanisch-Spanisch stammelnde und weinende Kind der Urgellstraße meiner Geburt. Aber andererseits kann ich mich gar nicht daran erinnern. Nur an meine Jugend erinnere ich mich mit besonders klarem Bewusstsein und vor allem an meine ersten Eindrücke in Deutschland, an meine große Begeisterung.

Ich heiße Minerva Ponts, ich bin die Tochter einer Concierge aus Figueras und eines Tabakladenbesitzers aus Segovia. Dass wir mietfrei wohnen konnten, war immer als sehr vorteilhaft erwähnt worden, aber andererseits war die Arbeit meiner Mutter schwer, denn sie verstand sich mit einigen vorwitzigen Nachbarn nicht gut, die aus Rache Klatschgeschichten herumtrugen und sich über sie beschwerten. Meine argentinische Großmutter gab mir den originellen Namen Minerva, obwohl ich bestimmt nicht die Göttin der Weißheit bin, nur sehr beständig, zielstrebig und pflichtbewusst, wie die meisten unter dem Sternzeichen Jungfrau geborenen.

Ich halte eine große Landkarte Europas in meinen Händen. Sie ist aus Plastik mit Reliefbuchstaben, die Städte als Punkte gekennzeichnet und die Flüsse als lange, ertastbare Linien. Auch die Berge kann man fühlen, wie massive Erhöhungen, die einen gewissen Druck und Widerstand auf die müden Finger ausüben. Das Betasten der Landkarte ist mein Schicksal. Ich betaste die iberische Halbinsel, Spanien und Portugal ineinander verwoben wie siamesische Geschwister. Ich ertaste die Hochebene von Madrid. Es wäre eine Lüge, wenn ich sagen würde, dass ich die Karte sehen kann, denn ich bin geburtsblind. Trotzdem sind mir die Länder durch ihre Namen und hervorstechenden Prägungen sehr lebendig, mysteriös und reizvoll. Natürlich ist alles verschwommen und anonym, denn ein Punkt gleicht einem anderen Punkt. Was ist das Charakteristische einer deutschen Stadt? Das kann ich nur durch andere Quellen ergründen, den Geschmack von Speisen, die Geräusche und Stimmen der Einwohner, Beschreibungen aus Büchern, meine Fußbewegungen auf dem Pflaster der Straßen, meine Berührung mit dem speziellem Regen oder Sonnenschein eines Ortes und durch meine eigene Phantasie.

Es handelt sich um eine Landkarte von 1974. Bonn ist noch die Hauptstadt Deutschlands und nicht Berlin. Russland ist die Supermacht, die alles verschluckt. Die Tschechen und die Slowaken bilden zusammen einen Staat, keine zwei Länder wie jetzt. Montenegro und Kosovo existieren noch nicht als selbständige Einheiten. Ich wohne noch in Barcelona. Ich spaziere oft durch die Calle Aribau, wie sie von Carmen Laforet in ihrem Roman „Nada" beschrieben wird. Ich bin hauptsächlich Tochter, Schwester, Studentin, auch die Enkelin, einer sehr alten Dame, die bei uns wohnt; ich bin noch keine Ehefrau, nicht die spätere Minerva Steinberg. Aber Karl habe ich bereits kennen gelernt, und wir stehen in einem sehr aufregenden Briefwechsel. Der Diktator Francisco Franco lebt noch, und nach fast 40 Jahren ohne Wahlen haben die Spanier schon jegliche Hoffnung auf politische Veränderungen aufgegeben. Karl und ich wollen heiraten. Es gibt viel Unruhe in meiner Familie während dieser fieberhaften Monate der Entscheidung. Wie kann eine blinde Tochter ganz alleine im Ausland leben? Aber am Ende habe ich meinen Willen durchgesetzt und bin in die lange Reihe der Migranten, der Ausgewanderten eingegangen. Ohne berühmt zu sein, teile ich die Erfahrungen von so vielen bekannten Exilierten wie Klaus, Thomas und Heinrich Mann, Stefan Zweig, Franz und Alma Werfel, nur dass ich aus Liebe und nicht aus dem Grauen vor Hitlers Macht meine Mittelmeerstadt verlasse.

Ich habe Barcelona mit Bonn, Karls Geburtsstadt, vertauscht. Auf der Landkarte sehen alle Punkte gleich aus. Aber in der Wirklichkeit sind sie natürlich sehr verschieden. In Barcelona sind die Straßenbahnen schon längst abgeschafft worden, ich weiß noch nicht warum, denn sie waren zweckmäßig; in Bonn existieren sie noch im Jahre 1975 (und auch nach 35 Jahren bleiben sie unverändert bestehend). Es gibt zusätzlich viele andere kulturelle und soziale Unterschiede: Mehr Türken in Deutschland, mehr Lateinamerikaner und Marokkaner in Spanien, Mittagessen um zwölf in Deutschland, mehr Wein und weniger Bier in Spanien, eine starke offene Opposition in Deutschland, von den Sozialdemokraten vertreten, die bei den Bundestagswahlen 1976 und 1980 gewinnen werden.

Aber in der ersten Zeit meines Aufenthaltes bin ich so dreifach verliebt... in die deutsche Sprache, in Karl und in mein neues, selbstständiges Leben... ich bin so verträumt, voller Tatendrang und uferloser unendlicher Wahrnehmungen aller Art, dass ich die Einzelheiten kaum zu registrieren vermag. Deutsch, diese neue Sprache, die ich schon in Barcelona durch mehrere Kurse hindurch eingeatmet habe, aber die jetzt immerwährend und überall nie zu sprudeln aufhört und sich grenzenlos ausbreitet, ist wie ein faszinierender Duft, wie die Berührung mit Gold, Perlen und Edelsteinen oder wie ein sanfter Champagnerrausch, der mich hemmungslos mutig macht mit einer einschläfernden und zugleich reaktivierenden Wirkung.

Ich glaube, dass ich weniger blind als sonst bin, da meine übrigen vier Sinne so spielerisch, motiviert und kreativ alles erfassen und mich von Höhepunkt zu Höhepunkt immer weiter vorantreiben. Ich lausche besonders interessiert und begeistert den flüchtigen Gesprächen der Menschen auf den Straßen, die unter sich reden und an mir vorbeigehen. Es sind mir unbekannte Situationen, aber gerade deshalb, bedeutungsträchtig und voller Herausforderungen. Meine Künstlernatur wird dadurch angeregt und inspiriert. Schon damals in den Muttersprachen, Spanisch und Katalanisch, fand ich es unterhaltsam und abwechslungsreich, und jetzt auf Deutsch ist alles noch viel kostbarer und beeindruckender, als hätten die einfachsten Sätze einen unvergleichlichen Glanz von Intelligenz und Transzendenz. In meiner persönlichen Vorstellung von dem, was der Himmel sein könnte... habe ich mir manchmal überlegt, dass meine Bestimmung im Himmel gerade darin bestehen könnte, die schnell verlaufenden Fragmente von Gesprächen zu vernehmen und ich würde, sollte mich bei dieser Vielfalt ein Lebensausschnitt besonders interessieren, meine Neugier stillen, dem Menschen folgen und über ihn tief und gründlich eine Geschichte schreiben.

Eines ist offensichtlich, ich liebe meine neuen Landsleute, die Deutschen, sehr stark. Nichts an ihnen scheint mir fremd oder gleichgültig, so dass ich ihren Schicksalen und Lebensäußerungen brennend aufgeschlossen gegenüberstehe. Sie scheinen mit ihrer Gegenwart auch meine Existenz reicher zu machen, und deshalb bin ich ihnen dankbar.

Zwei junge Frauen in der Bahn sprechen über einen Dritten: „Er wollte unbedingt wissen, ob ich sehr enttäuscht war, weil er nicht zu meiner Geburtstagsfeier gekommen ist."

„Und was hast du ihm gesagt?"

Jetzt sind sie schon ausgestiegen, so dass ich nicht mehr erfahren kann, wie ihre Antwort zu ihm lautete. Wahrscheinlich hat sie ihm die Freude ihrer Betroffenheit nicht bereiten wollen, weil er sonst zu arrogant sein würde.

„Und du meinst, der Wetterbericht stimmt dieses mal? Können wir morgen den Ausflug wie geplant machen?"

„Ich glaube, sie hat sich krank gemeldet, aber sie ist nicht wirklich krank, sondern lediglich faul."

„Aber wie findet sie immer einen Arzt, der sie krank schreibt?"

„Meine Großmutter und drei Tanten wohnen in der DDR. Ich befürchte, wenn sie sterben, werde ich auch keine Erlaubnis bekommen, ihr Grab zu besuchen."

„Ich habe heute zu viel Milch getrunken. Es war unklug von mir. Jetzt habe ich Magenschmerzen."

„Die Milch ist immer deine Schwäche."

Ja, wie bei meiner Mutter, denke ich mit einem Lächeln.

Die Gespräche der Menschen sind alle ungefähr gleich, unabhängig von Nationalitäten. Nur auf Deutsch klingt alles besser, geordnet und diszipliniert, wie aus einer Radiosendung.

„Mein Bruder ist durch die Prüfung durchgefallen. Er tut mir Leid. Doch wir hatten ihn schon gewarnt, und wir können ihm jetzt nicht mehr helfen."

„Ich will unbedingt abnehmen. Ich möchte es gerne mit diesem neuen amerikanischen Produkt probieren, aber die Ärzte wollen mir nichts geben. Sie sprechen ja nur von Diät, Obst und Gemüse."

„Ja, das kenne ich auch. Bei mir ist es dasselbe, ich esse wenig und bin so fett wie du."

Die zwei dicken Frauen sprechen von ihrem Ärger im Betrieb und zu Hause. Dafür habe ich auch Verständnis, obwohl ich als Karls Verlobte und kurz vor meiner standesamtlichen Trauung noch sehr schlank bin.

„Köln ist eine schmutzige Stadt. Im Vergleich ist Bonn viel sauberer und landschaftlich schöner, vornehmer, und es gibt nicht so viele Türken wie in Köln."

„Ich bin nicht deiner Meinung. Ich finde Bonn sehr elitär und spießig, sehr langweilig, gerade weil das Vielseitige, das Multikulturelle, fehlt."

Ich habe keine Ahnung, dass die beiden Freunde gerade von einer Stadt sprechen, die später zu meiner eigenen Stadt wird; Köln, die alte, römische Stadt mit dem herrlichen Dom und auch dem Rhein, wo ich rechtsrheinisch wohnen werde.

„Sie ist eine gute Schauspielerin, aber gestern hat sie sehr schlecht gespielt. Vermutlich hat sie familiäre Probleme."

„Arthur wollte mir damals nicht glauben. Jetzt sieht er ein, dass ich Recht hatte."

„Können Sie mir noch einmal Ihre Adresse geben? In meiner Unordnung habe ich sie verlegt."

„Mit so einer Frau kann man nichts anfangen. Sie ist zu aggressiv und distanziert, zu sehr die Koordinatorin und Vorsitzende. Alle Formen von Liebeserklärung müssen ausbleiben."

„Während der Schwangerschaft möchte ich keine Tabletten nehmen."

„Die Torte war toll. Ich wusste nicht, dass du so gut backen kannst."

„Wir sind im falschen Bus. Wir müssen umsteigen."

Sie, du, er, wir, ich... alles abgebrochene Passagen, die sich vermischen. Die Pronomen werden sehr oft in Gesprächen benutzt. Ich würde gerne erfahren, wer dieser Arthur ist, ebenso wie die schwangere Dame, die dicken Frauen, die aggressive Koordinatorin, der Bruder, der die Prüfung nicht besteht. In meiner ewigen Neugier, angezogen von den verschiedenen Ausstrahlungen und der Schönheit ihrer germanischen Stimmen, möchte ich am liebsten viele Geschichten über sie erzählen.

1975 in Bonn. Noch spricht man nicht über Internet, E-Mails und Windows XP plus Nachfolgesysteme. Noch trägt man keine Handys herum, so dass Telefonzellen und die Suche nach Münzen dafür durchaus Usus sind. Noch werden die Raucher nicht verfolgt und verbreiten ihre gute Laune und ihren jubilierenden Raucherhusten überall durch die Straßen. Noch existiert die DDR und in Bonn die ganzen Ministerien und Regierungseinrichtungen.

„Ich arbeite für die italienische Botschaft", sagt eine Italienerin mit singender Stimme.

Noch bin ich mit Karl nur verlobt, warte auf meine Heiratspapiere aus Spanien und habe eine nur verlängerte Aufenthaltsgenehmigung in Deutschland. Karl sagt zum Scherz, um mich zu ärgern: „Wenn du nicht brav bist, rufe ich die Ausländerpolizei."

Noch sind die EG-Länder (EU wird noch nicht benutzt) sehr wenige, und Spanien kann nicht einmal davon träumen, dazu zu gehören, denn es herrscht eine Militärdiktatur bei uns und Franco lebt noch, obwohl schon sehr alt und krank. Was mich betrifft, könnte noch alles provisorisch sein, trotzdem fühle ich mich schon sehr geborgen und bin mir sicher, dass ich des Landes nicht verwiesen werde. Ich fühle mich durch die Unwiderruflichkeit meiner Entscheidung verstärkt und vom Feuer meiner neuen Heimat aufgewärmt, ummantelt, gestreichelt. Und die Gespräche der Deutschen auf den Bonner Straßen begleiten mich wie ein Leitmotiv, wie ein schönes Lied für die Kinder vor dem Schlaf. Ich bin begeistert und stolz auf mich selbst. Ich brauche keinen Dolmetscher, ich verstehe alles direkt und genießerisch mit einer verdoppelten Beobachtungsgabe. Diese neue Blutsspende (oder ist es die Transplantation eines ganz neuen Organs?) hat mich reanimiert und belebt, wie ein rettendes Einpumpen von Sauerstoff nach einem Herzstillstand.

Noch weitere, meine Integration steigernde Rituale, finden in den nächsten Jahren statt:

Im November betrinkt sich Minerva zum ersten Mal mit Eierlikör, um Francos Tod zu feiern. Unsere Führhündin Doris ist bei mir, sie seufzt müde und legt sich mit ihrem sanften Gewicht auf meine Füße, aber ohne mich abzulecken, denn sie weiß, dass ich es bei aller Freundschaft nicht mag. Die Spanier dürfen noch keine Freude über das Ereignis von Francos Tod ausdrücken, denn es gibt noch keine Freiheit und keine Demokratie, zuerst nur eine Notübergangsregierung und die Figur des Königs Juan Carlos, um den Frieden zu wahren und das Land vor einem blutigen, zweiten Bürgerkrieg zu schützen. Es ist nicht so wie in Portugal nach Salazar oder in Griechenland oder nach dem Mauerfall in Berlin, wo die Menschen auf den Straßen Freudenschreie der Befreiung ausstoßen dürfen. Alles bleibt wie paralysiert nach Francos Tod, noch die Angst... noch den Anschein von Respekt zu wahren. Armes, unterdrücktes Volk, das sich nach vierzig Jahren von Entkräftung und verpasster Emanzipation verwirrt und fast willenlos fragt: „Wer wird uns jetzt regieren? Wer kommt an die Macht?" Erst später wird die Erleichterung für uns alle kommen. Für mich aber schon früher, da ich im Ausland bin. Im kleinen Kreis meiner Bekannten kann ich es schon zeigen. Ich sage es zu Karls

Schwester Rosemarie. Sie interessiert sich aber kaum für Politik und weiß nichts über die spanische Geschichte. Sie sagt harmlos: „Spanien ist ein feines Land, viel Sonne."

Der Gedanke, dass ich, sobald meine Einbürgerung durch ist, einer demokratisch gewählten Regierung meine Stimme geben werde, ermuntert mich. In Spanien dagegen ist alles noch unklar. Wird nicht vielleicht Francos Enkelsohn der Nachfolger sein? Aber es dauert noch über fünf Jahre nach meiner Heirat, bis ich meine Einbürgerung beantragen kann. Und während dieser Zeit werde ich auch keine Arbeitserlaubnis erhalten. Ich darf in Deutschland nur studieren. Trotzdem empfinde ich das alles keinesfalls als gravierende Einschränkung, denn mit meinem Lebenspartner zusammen zu sein und ein Studium an der Universität sind für mich die wunderbarsten Ziele, die ich mir vorstellen kann. Andererseits bekomme ich fast sofort Blindengeld, was ich in Spanien nicht hatte, eine monatliche materielle Hilfe abgesehen von der geistigen Nahrung. Deutschland war in den 70er Jahren ein besonders reiches Land und besonders gut zu den Ausländern, vor allem zu den ausländischen Blinden, die von überall her kamen.

Unsere Hochzeit, das höchste Integrationsritual für mich, ereignet sich im regnerischen, kalten Monat Dezember. Viele fragen mich, ob ich nicht die Sonne vermisse. Doch nicht immer scheint die Sonne in Barcelona im Winter, und die elterliche Wohnung war weniger gemütlich als unsere jetzige, wo eine Heizung und heißes

Wasser normal sind. Ich weiß, es gibt Menschen, die sich schwer oder gar nie an die neue Heimat gewöhnen können; das Heimweh plagt sie und lässt ihnen keine Ruhe; sie müssen immer wieder gedanklich zurück oder sogar körperlich, sodass sie zum Schluss die Auswanderung als einen gescheiterten Versuch sehen müssen. Ähnliches ist dieser Frau aus Peru, Monica Fernandez, geschehen, die einen Deutschen heiratete wie ich, die aber alles kritisierte, die nur jammerte und die schließlich den Verlust von Familie und Freunden nicht mehr ertragen konnte; sie verließ ihren Mann und kehrte in die ferne Heimat zurück. Im Gegensatz zu ihr bin ich hartnäckig angepasst, in völligem Einklang mit der Sprache, und ich bleibe hier... wie eine Statue, die sich nur einmal und wie durch ein Wunder bewegte, und die jetzt nicht mehr an die alte Stelle wiederversetzt werden kann. Etwas Heimweh habe ich manchmal auch, aber da ich die Hoffnung hege, dass meine Familie auch mit der Zeit nach Deutschland kommen wird, um mit uns zu leben, fällt mir die Trennung weniger schwer.

Zusammengefasst, ich bin jung und abtrünnig. Vor lauter Fanatismus ist meine Assimilierbarkeit beinahe grausam. Sie erinnert an die der Juden, die so voller Überzeugung und Hingabe, alles: Namen, Religion, Persönlichkeit wechselten, um richtige Deutsche zu werden und die dann so unbegründet und ungerecht verstoßen wurden. Wir, die Integrationswilligen, können manchmal ganz dumme Geschöpfe sein. Aber auch die anderen, die sich abseits stellen, die sich allen Kulturen verschließen und nur

Heimatstücke wie Kaugummi nostalgisch zerkauen, sind gefährlich und gleichzeitig gefährdete Menschen, langweilig, intolerant und mit einer sehr engen Weltperspektive.

Jetzt heiße ich Minerva Steinberg, so steht es im Familienbuch, verheiratet, keine Kinder, Eheschließung nach deutschem Recht, wohnhaft in Bonn.

Ich verstehe immer noch nicht, warum man mich trotz Karls Namen, den ich so gern angenommen habe, in der Nachbarschaft und auch später in Köln, wo ich endgültig deutsche Staatsbürgerin geworden bin, „die Spanierin" nennt.

Die zweite große Zeremonie meines Aufenthalts in Deutschland ist natürlich mein Einbürgerungstag. Es gibt aber keine Feier, nicht einmal einen Beamten wie bei der Hochzeit, der ein Versprechen verkündet. Es gibt aber wohl eine Urkunde vom Regierungspräsidenten, die das Resultat von mehreren Anträgen und benötigten Dokumenten ist und die Zukunft von weiteren voraussagt, die nun kommen werden: meinen deutschen Pass, meinen Ausweis, meinen Stimmzettel bei den Wahlen. Es ist komisch, dass ich mich nicht mehr daran erinnere, wie sie mir ausgehändigt wurde. Aber das ist auch so bei allen Prüfungszeugnissen gewesen. Man hat lange dafür gekämpft, und dann kommt ein kartonartiges Papier aus irgendeinem Schalter; ich strecke meine Hand ungeduldig aus wie einer, der an der Wirklichkeit der Sache zweifelt, ich würde die Urkunde am liebsten selbst lesen können, aber ich muss immer den Retardierungseffekt in Kauf nehmen. Entweder muss ich einen Vorleser haben oder das Dokument bei mir zuhause einscannen. Die Stimme eines Bürokraten sagt wahrscheinlich: „Glückwunsch, Frau Steinberg." Er sagt bestimmt nicht: „Jetzt bist du eine von uns. Jetzt stehen wir per Du."

Na ja, die Deutschen duzen sich unter sich auch selten. Von daher behandeln sie mich ebenbürtig. Mehr als an diesen offiziellen Teil, der sehr kurz und ausdruckslos ist, erinnere ich mich an die ersten Stunden danach. Da bin ich unbeherrscht euphorisch und gesprächig geworden und jeden Menschen, den ich getroffen habe - drei Mitstudenten an der Uni, unseren Hausarzt, einen Friseur, meine Spanisch-Schülerin, einen Taxifahrer und vor allem Karl, meinen romantischen Mann aus der Ferne - habe ich mit Freude und Begeisterung erzählt: „Ich bin Deutsche wie Ihr alle. Ich bin ein nur drei oder vier Stunden altes Baby, ich bin heute neugeboren worden."

Nach 35 Jahren Aufenthalt in Deutschland und davon 30 als Deutsche hat meine Begeisterung etwas nachgelassen. Noch immer liebe ich diese hart erkämpfte Sprache, wie Jorge Luis Borges es auch tat, sogar mehr als meine eigenen Muttersprachen, die mir so leicht in den Schoß fielen, und noch manchmal höre ich wie hypnotisiert die Gespräche meiner adoptierten Landsleute auf den Straßen, Cafés, Geschäften oder Flughäfen, oft ihre monologischen Telefonate, denn die meisten laufen heutzutage mit ihren Handys herum. Aber meine Liebe zu der jetzt nicht mehr neuen Heimat hat sich relativiert. Wir kennen uns zu gut, und das Negative kann man nicht mehr vertuschen wie bei einer Urlaubsaffäre. Die Gesellschaft hier ist nicht so vollkommen, wie ich es mir erträumte, und der Willkommensgruß, den ich am Anfang überall zu hören glaubte, war nicht persönlich an mich gerichtet, sondern an jemanden, der von außen kommt, dem es höflich erlaubt wird, in einer Schule zu hospitieren und zu beobachten, aber der immer am Rande bleibt und nie den Hauptcharakter einer Handlung darstellen darf. Ich bin mir meiner Passivität überdrüssig und wäre beinahe versucht, in einer Landkarte nach einem dritten Land zu suchen, wo ich wirklich akzeptiert wäre, wo man mich nicht mehr als Behinderte und Ausländerin diskriminieren würde.

Und jetzt treffe ich kurz mit meiner Restfamilie in Barcelona zusammen, und wir haben eben über Landkarten gesprochen, ja, ein äußerst wichtiges Thema, das die Welt regiert, denn es ist schon lebensentscheidend an welchem Ort man sich befindet, ob man auswandert oder immer im Ursprungsland verweilt.

„Wir sind Glücksmenschen, wir in Europa, weil wir keine Tsunamis haben wie in Indonesien," sagt Amelia mit einem Seufzer."

„Barcelona ist für mich die beste Stadt", sagt Consol, die auch den Film über Indonesien im Fernsehen angeschaut hat. „Abgesehen von den Naturkatastrophen... Ich könnte ohne meine vielen Geschwister nicht in der Fremde leben."

Ich antworte sachlich: „Ja, im Vergleich mit deiner sind wir eine so kleine Familie, und doch schon so verstreut! Amelia und ihr Mann in Sevilla, die Eltern sind bei mir in Köln begraben, ihr in Barcelona. Trotzdem sind wir innerlich sehr verbunden."

Alles klingt widersprüchlich, teilweise klischeehaft und unecht. Was bedeutet in der Fremde leben? Nach 35 Jahren kann man nicht mehr von Fremde in Köln sprechen und meine Geburtsstadt ist eher das Fremde. Die alten Erinnerungen an die Kindheit und meine ersten 22 Jahre machen sie nicht weniger surreal und unerreichbar.

Alfons sagt etwas ironisch: „Die EU ist das uns alle Verbindende heutzutage, unsere gemeinsame Währung für uns alle gleich, trotzdem gibt es immer noch Einbürgerungen und sehr eng gefasste Nationalitätsbegriffe, das heißt, dass Europa in der Praxis den Bürgern nicht die vollen Rechte gibt. Wie ist deine Entwicklung in Bezug auf die Landkarte, Schwester? Welche ist oder sind deine Nationalitäten im Moment."

„Ich bin sehr reich. Ich habe zwei, die deutsche und die spanische. Aber das ist wieder sehr beliebig wie alles. Viele Jahre lang durfte ich nur eine Staatsangehörigkeit besitzen. Als ich die Deutsche beantragte, musste ich meinen spanischen Pass aufgeben und war somit in Spanien Ausländerin. Erst seit kurzer Zeit und nach einem neuen Gesetz ist es wieder erlaubt, zwei Pässe simultan zu haben. Es sind vom logischen Standpunkt aus unerklärliche, aber angenehme und nette Veränderungen. Es ist wie bei der katholischen Kirche: damals durfte man nur mit leeren Magen, nach zwölf Stunden ohne Essen, die Kommunion nehmen; jetzt kann man es zu jeder Zeit, die Beichte ist keine zwingende Voraussetzung und die Hostie kann man sogar anfassen und selbst zum Mund führen, ohne ein Sakrileg zu begehen. Dadurch wird der Umgang mit Gott vereinfacht, aber das heißt nicht, dass wir es deshalb weniger ernst nehmen."

„Du willst damit sagen, dass du nicht jeden Tag die Nationalität wechselst wie die Kleider?"

„Ja, natürlich. Für mich hat dieser Akt eine besondere Bedeutung, und die zwei Mal in meinem Leben waren wie zwei historische und weltbewegende Ereignisse von sehr hohem Wert. Im vorigen Jahr stellte ich den Antrag auf „recuperación", Wiedererlangung der spanischen Nationalität über das Konsulat in Düsseldorf. Es war wieder ergreifend, erneut eine Zeremonie nur mit Papieren und Beamten, aber mit einer sehr tiefen inneren Bedeutung. Die Synthese der beiden Länder in mir ist vollbracht."

„Wie war deine Stimmung an dem Tag."

„Nachdenklich. Ich war wie eine Philosophin der Landkarten, der inneren und äußeren Adressen. Als ich Deutsche wurde, fühlte ich mich wie ein fröhliches Kind voller Zukunft, jetzt dagegen, wie eine sehr alte Frau, die versucht, Verlorenes zu retten und zusammen zu fügen. Es war die Anerkennung meiner Vergangenheit und meiner alten Geburt als Ponts Sala, was ich beantragt habe. Meine Geburtsurkunde war die ganzen Jahre noch aufgehoben worden,

aber mit einem Vermerk, der lautete: „unbrauchbar, inaktiviert."
Jetzt beseitigten die Beamten diesen Stempel und ich bin voll
aktualisiert, verlebendigt worden. Im Karussell der Statistik
erscheine ich jetzt hier als „im Ausland lebend". Die Szene kannst
du dir ungefähr vorstellen. Die Krankheiten und Todesfälle der
letzten Jahre haben mich geschwächt, und bald höre ich auf zu
arbeiten und werde Rentnerin wie du. Meine Hand zitterte, ich
weinte ein paar ungehorsame Tränen. Der Konsul führte ein wenig
meine Hand bei der Unterschrift des Antrags, damit ich wissen
konnte, wo man unterschreiben soll. Ich fühlte mich tatsächlich
zum ersten Mal alt und zerbrechlich. Aber es war dumm von mir,
ich weiß. Stattdessen muss ich schnellstens die temperamentvolle,
muntere spanische Natur in mich wieder aufnehmen."

Amelia sagt verträumt und liebevoll: „Schön ist es auf der einen
Seite, dass wir, drei Geschwister, nicht unterschiedliche
Nationalitäten haben."

„Gewiss, ich finde es auch. Du fragst nach meiner Entwicklung,
Alfons. Ich glaube, in den letzten Jahren habe ich mich allmählich
mehr an die alte Heimat angenähert und an die Ausländer im
Allgemeinen, besonders seitdem ich als Ausländerbeauftragte
ehrenamtlich für eine Organisation arbeite. In dieser
kosmopolitischen Gruppe, die viele Länder der Landkarte umfasst,
fühle ich mich besonders wohl. Dort werde ich geschätzt und
meine Blindheit wird weniger als Hindernis empfunden als bei den
einheimischen Deutschen, die das Sehen über alle anderen Sinne

stellen, vermutlich weil sie selbst so gute Augen haben, ein unübertreffliches Sehvermögen. Wirklich, ich will nicht verallgemeinern, aber manchmal sagt mir mein Gefühl, dass die Serben, Amerikaner, Chinesen, Spanier weniger gut sehen können. Sie übersehen einen Fleck oder tun so, als ob, sie verwechseln eine Farbe, und dann verdrängen sie instinktiv die Fehler der anderen und ihre eigenen, die Gedächtnislücken, das unschuldige Verdrehen einer Zahl oder weitere Unstimmigkeiten. Dadurch wirken sie, wir... die Ausländer, nachsichtiger, lockerer und nicht so genau im Registrieren einer Sehbehinderung. Es ist auf jeden Fall eine sehr internationale, Grenzen überschreitende Heimat, die ich jetzt gefunden habe. Wir helfen uns gegenseitig, gehen zu Kundgebungen gegen Ausländerfeindlichkeit und Neonazis. Wir schreiben auch, musizieren und üben alle Formen der Kunst aus. Ihr Deutsch ist am Anfang sehr schlecht und kaum verständlich, noch schlimmer als ihr Sehen. Aber von Jahr zu Jahr wird es immer besser, und ich bin stolz auf jeden Fortschritt, den sie machen, denn ich möchte, dass sie sich immer mehr in unsere deutsche Gemeinschaft integrieren können."

„Du bist eine abtrünnige untreue Seele, wanderst von Blume zu Blume wie die Bienen. Welches wird dein nächstes Land sein, Minerva?"

„Es ist schwer zu sagen. Glaubst du, dass ich in meinem Alter noch etwas ganz Neues beginnen kann?"

Wir spielen mit der Landkarte.

„In Russland gibt es auch keine Tsunamis, aber doch ermordete Journalisten. Und in den Vereinigten Staaten zu viele Terroristen und Amokläufer."

„Bleiben wir in Andorra oder Luxemburg. Dort herrscht Frieden."

„Ihr ewige Migranten!", ruft Guillermo mit einem Pfeifen aus. „Das Reisen geht nie zu Ende bei euch. Amelia will auch nicht immer in Andalusien bleiben."

„Wie wird die Landkarte im Jahre 2020 aussehen?", fragt Alfons interessiert. „Welche neuen Republiken oder Königreiche werden sich herauskristallisieren? Und später? Ob die Chinesen die ganze Welt erobern werden? Was wird dann aus Botswana, aus Spanien und Deutschland?"

„Wo liegt Botswana?", frage ich neugierig.

„Zwischen Südafrika, Simbabwe, Sambia und Namibia."

„Es sind nur 10 Jahre bis dahin. Es könnte sein, dass wir es noch alle erleben."

Mein Neffe Josep, der jüngste von uns allen, wird noch viele neue Landkarten sehen, Verschwinden und Entstehen von neuen Ländern. Neue Autos und Erfindungen ohne Ende werden ihn überraschen. Aber eines wird sich vielleicht nicht ändern, Flüchtlinge, Vertriebene, Exilierte werden Teile der Erde bevölkern, Heimatrituale für die alte und die neue Heimat abhalten und in ihren Gedanken und Gefühlen zyklische Phasen der Enttäuschung und der großen Begeisterung - wie ich - durchlaufen.

Das letzte Diktat (Paris)

Für Jean-Paul Sartre, Undine Grünter und so viele andere, die am Ende ihre Texte nicht mehr schreiben, sondern diktieren mussten

„Sollen wir jetzt schreiben? Oder später?"

Stefanie zögert. Sie weiß es auch nicht genau. Es mag sein, dass sich meine Stimme etwas ungeduldig angehört hat. Am liebsten würde ich jetzt spazieren gehen und den Sonnenschein genießen. Im Allgemeinen bin ich nicht daran gewöhnt, mich nach anderen Menschen zu richten, sondern meiner eigenen Laune zu folgen. Aber ihre Krankheit erlaubt uns keine Freiheit mehr. Man muss die wenigen hellen Augenblicke ergreifen, wenn sie noch in der Lage ist und die Lust verspürt, mir ihre letzten Texte zu diktieren.

Stefanie kann die Entscheidung nicht treffen. Sie ist zu schwach und ratlos dazu. Sie fragt ihrerseits: „Wie ist es besser für dich? Hättest du es lieber später?"

Jeden Tag verbringen wir fast eine Viertelstunde mit diesem Schwanken, zwischen fruchtlosen traurigen Höflichkeiten und Rücksichtsnahmen, die uns beiden auf die Nerven gehen. Meistens siegt mein praktischer Verstand und ich erkläre rundheraus: „Ich weiß nicht, wie es dir im Moment geht, und ich will dich nicht zur Arbeit zwingen. Aber gewöhnlich geht es dir nachmittags noch schlechter. Je später es wird, desto kraftloser und unkonzentrierter bist du."

„Ja, du hast Recht. Dann fällt es mir sehr schwer, Sätze zu bilden."

„Dann fangen wir ohne weiteres Geplauder wohl an. Es ist eine Zeitverschwendung mit uns beiden."

Ich will es hinter mich bringen, denke ich entschlossen und gereizt. Wenn es nach mir ginge, würde ich am liebsten dieser Aufgabe ungefähr zwei Stunden morgens widmen, immer gleich, in einem geregelten Rhythmus. Aber manchmal gerät sie außer Kontrolle und kann diese Einteilung nicht beibehalten. Meine vorgeschlagenen zwei Stunden werden nur zu zwanzig Minuten angestrengten Diktierens ohne Ziel, und dann mitten am Tag hat sie plötzlich das Bedürfnis, sich stundenlang, fast ohne Pausen mitzuteilen. Ihr Gehirn und ihre Worte gehen so schnell, dass ich trotz Stenokenntnisse kaum Schritt mit ihr halten kann. Wir sind danach erschöpft, aber glücklich nach der inspirierten und so intensiven Arbeit zusammen, wir fallen uns in die Arme, ich lege mich neben sie in das Krankenbett, das mir dann gesund und warm erscheint, noch voller Leben und Tatendrang, und anschließend nach dieser Orgie der Leistung schlafen wir, eng an einander gepresst, friedlich ein.

Es sind diese zwei gegensätzliche Strömungen in mir: Auf der einen Seite mochte ich nie Diktate und besonders nicht unter solchen Bedingungen, aber auf der anderen Seite, einmal wir schon begonnen haben, bin ich ein Herz und eine Seele mit ihr, ich lasse mich von der Magie ihrer Worte treiben, ich bin voller Liebe zu ihr und von edelmütigen Gefühlen überwältigt, weil ich das

Instrument ihrer Dichtung und ihrer schönsten literarischen Experimente sein darf.

Wie jeden Tag bringe ich den kleinen Tisch und den Stuhl sehr nahe an ihr Bett, damit ich ihre manchmal sehr schwache und undeutliche Stimme gut hören kann. Ich habe mein Netbook geholt und spiele mit den Tasten wie auf einem Klavier, aber noch ist kein Sound und noch werden keine Buchstaben gebildet. Der Computer ist wie ein toter und leerer Körper ohne Geist, wenn wir noch nicht auf Start drücken. Wie ein Diener warte ich in der Schwebe auf die Impulse meiner Dame.

„Komm, sag etwas. Du sprichst und ich schreibe."

Sie setzt sich aufs Bett mit einer nervösen Bewegung und stöhnt: „Mir fällt nichts ein, Anton. Ich habe wieder so eine Blockade."

„Keine Panik, es ist immer so die ersten Minuten."

„Es sind die ganzen Vorbereitungen, dieses laut Sprechen müssen mit Komma und Punkt wie eine Maschine, und nicht mehr lesen können, was ich davor gesagt hatte. Wenn ich es ganz alleine schreiben könnte, dann würden mehr Ideen kommen."

„Ja. Aber was nützt das alles? Wir können es nicht ändern. Es gibt natürlich andere Mittel, nach denen du greifen könntest: zum Beispiel, eine nette Sekretärin, die dir jeder Zeit zur Verfügung stehen würde und nicht meckern würde wie ich, wenn du mitten in der Nacht plötzlich eine brennende Idee hast und mich aus dem Schlaf reißt. Oder du könntest dir ein Diktiergerät holen, alles aufnehmen und ganz allein sprechen, so dass dich keiner stört und deine Freiheit einschränkt. Dann hättest du mehr Ruhe. Die Gegenwart eines Menschen macht immer nervös, glaube ich, und da ist eine Maschine besser."

„Nein, nein, ich mache es viel lieber mit dir zusammen. Für mich ist so viel Freude darin, dass du all meine Gedanken beobachten kannst und mit mir teilst. Und dann liest du mir vor, was ich, was wir... geschrieben haben. Dann kommentieren wir endlos, und du machst einige Änderungsvorschläge. Da wir jetzt kaum noch Sex miteinander haben, ist diese tiefe geistige Verbindung, was uns bleibt. Ich möchte diese schönen Stunden nicht missen. Du, manchmal, wie jetzt, habe ich keine Lust zu diktieren, sondern nur mit dir zu reden."

„Es ist gut, dass du heute mehr Energien als gestern hast. Gestern warst du wie betäubt und abwesend."

„Aber dafür bin ich heute doppelt da. Wie viele Zeilen haben wir gestern geschrieben?"

„Drei."

„Vielleicht, wenn du sie mir wiederholst, dann kann ich mich orientieren und eine Fortsetzung finden."

Ich wiederholte die Zeilen sehr langsam.

„Ich liebe Paris mehr als alle anderen Städte, auch wenn ich keine Französin bin. Es ist meine Adoptivstadt, und alle anderen sind mir fremd, sogar meine Geburtstadt, Hannover."

„Soll ich noch einmal wiederholen, Stefanie? Ich bin ein gehorsamer Papagei meiner Gattin."

„Nein, es reicht. Ich hoffe, es ist dir nicht zu lästig. Aber nein, du magst Paris auch so sehr und kannst mir nachfühlen. Weißt du noch, als wir vor zehn Jahren hierher kamen... Ich habe mir immer gerne alles angeschaut, die Menschen, die Straßen, die Cafés, Kirchen und Museen. Das war meine große Leidenschaft: fotografieren, malen, schreiben, viel wandern, immer unterwegs sein, mit der Metro fahren, in Kneipen sitzen und die Leute dort beschreiben. Jetzt aber kann ich mein Bett nicht verlassen. Ich bin ein zweiter Heine, nur dass er noch viele Jahre so leben konnte und ich es nur sehr kurz überleben werde."

„Bitte fang' nicht wieder an von dem Tod zu sprechen. Das mag ich nicht. Du wirst ewig da sein und wirst mir ewig diktieren, bis wir mindestens zehn Bücher zusammen entworfen haben. Ich habe dieser Aufgabe im Grunde liebgewonnen, und ich bin dir dankbar. Lästig ist es mir nur, wenn du vom Tode sprichst. Du bist noch so jung und kannst wunderbare Dinge zu Papier bringen."

„In Bezug auf die Vergänglichkeit fallen mir jetzt die Verse des spanischen Dichters Gustavo Adolfo Bécquer ein: „¿Quién, en fin, al otro día, / cuando el sol vuelva abrillar, / de que pasé por el mundo, / quién se acordará?" „Und wer am morgigen Tag / wenn die Sonne wieder scheinen wird / dass ich durch die Welt vorbei ging / wer wird sich daran erinnern?"

„Na ja, wir arbeiten gerade dafür, dass man sich an dich erinnert. Du wirst nicht vergessen, du wirst eine Spur hinterlassen."

„Ich glaube kaum. Es gibt so viele Menschen, die heutzutage schreiben, und so wenige, die noch lesen."

„Trotzdem. In einem Jahrhundert werden noch deine Worte in einem Buch gedruckt erscheinen wie Bécquers."

„Unsere Worte... Ohne dich wären sie gar nicht möglich."

„Überschätze meine Tätigkeit nicht. Ich bin nur ein Instrument wie Sartres Sekretär Pierre Victor. Er hat zwar seine Verdienste; er musste oft die schlechte Laune des alten, erblindeten Sartre bekämpfen, ihn ermuntern, durch Diskussion beleben. Sonst hätte er womöglich nichts mehr geschrieben und wäre in seiner Senilität und Apathie vollkommen eingeschlummert. Und trotzdem bleibt sein Werk ihm allein zuzuschreiben und nicht dem armen Sekretär. Genauso wenig hat die geduldige Gräfin Tolstoi einen Platz im Gedächtnis der Menschen, obwohl sie unzählige Blätter der Werke ihres Mannes in den verschiedenen Fassungen ins Reine schrieb."

„Ihr, arme Sekretäre! Man sollte fast einen Betriebsrat für euch gründen. Aber jetzt im Ernst: zwischen uns beiden ist es etwas anderes. Wir sind zusammen auf einer Reise und wenn ich meine Sätze diktiere, fühle ich mich nicht einsam, sondern verstanden, gestreichelt beinahe, denn du bist kein fremder Angestellter. Es ist eine viel intimere Beziehung als die zwischen Sartre und Victor, und du tust viel mehr als nur mein schon Geschriebenes ins Reine bringen. Du hilfst mir beim Entstehen meiner Gedanken, du hörst mir zu und bringst Leben in das, was ich schreibe und was sonst so trocken wäre, wenn ich es einem anderen diktieren würde."

„Gut, ich fühle mich geschmeichelt. Du willst ja bloß, dass ich dich wieder küsse und drücke. Aber dann würden wir gar nicht mehr arbeiten."

Seitdem Stefanie so krank ist, empfinde ich eine große Zärtlichkeit für sie. Ich weiß, dass der Druck meiner Hand ihr wertvoll ist und deshalb bin ich großzügig in allen Formen des Kontakts, jetzt da sie mich kaum noch sehen kann und mich nur durch die anderen Sinne wahrnimmt, besonders durch den Tastsinn und das Riechen. Uns gegenseitig gehört haben wir schon immer, aber uns vielleicht noch nie so viel betastet und eingeatmet. Manchmal komme ich zu ihr ins Bett, um ihr meine Wärme zu geben. Sie flüstert, dies sei wie ein Paradies auf Erden, sie fühle sich wohl, sie friere nicht mehr und brauche nicht mehr zu leiden. Manchmal bleiben wir stundenlang so, und ich bilde mir fast ein, ich könnte sie allein durch meine Wärme heilen. Um nicht ungeduldig und unruhig zu werden, nehme ich die gleichen Betäubungsmittel wie sie und wir schlafen zusammen ein und wachen fast gleichzeitig wieder auf. Zwischen dem alternativen uns Drücken und Wärmen und dann dem fleißigen Gespräch und Diktat der wachen Stunden... So verläuft unser Tag. Dann eine Kleinigkeit von dem essen, was unsere Bonne sehr appetitlich und geschmackvoll gekocht hat. Aber Adèle und ihre Kinder essen das meiste. Stefanie und ich essen sehr wenig. Ich habe mir die gleiche Hungerlosigkeit meiner Frau zu eigen gemacht. Wir beide leben meistens von Tabletten und tiefsinnigen Gedanken, ich auch noch von Kaffee und

Zigaretten, während sie diktiert, um aktiv zu bleiben und die bisher von mir gesuchte Betäubung zu beseitigen. Und so leben wir schon seit zwei Jahren, seitdem die Ärzte sie aufgegeben und jede Möglichkeit der Heilung ausgeschlossen haben, seitdem sie mit ihrer zerbrechlichen Stimme mir ihre letzten Texte diktiert. Ihr Tumor im Kopf behindert sie immer mehr; sie ist fast blind und kann ihre Hände kaum bewegen. Der schnelle Abstieg ihrer Kräfte in letzter Zeit beengt mich, belastet mich maßlos. Vor zwei Jahren war alles noch erträglich, aber jetzt... Am Ende fühle ich mich ja nicht als Mensch, sondern nur als Pfleger, ein gut trainierter Roboter ohne eigene Identität. Ich höre mir ihre Berichte über Schmerzen und ihre Erwähnungen vom Tod an, zähle Tabletten, Spritzen, schreibe mir stichwortartig Fragen an die Ärzte. Noch kann sie kurz aufstehen, um ihre Bedürfnisse zu verrichten. Noch brauchen wir keine Krankenschwester, und sie scheint sehr dankbar zu sein, dass wir beide noch alles zusammen ohne fremde Hilfe erledigen können. Manchmal fühle ich mich durch die ganze Situation überfordert. Ich war ja nie ein Pfleger und hatte nur für mich zu sorgen. Meine Gesundheit und Energie beanspruchen auch ihr Recht. Dann muss ich mir Luft machen, indem ich aus dem Haus gehe und stundenlang durch die Straßen von Paris marschiere, wie ich es in den alten Zeiten mit ihr zusammen zu tun pflegte. Ich lasse meine arme Stefanie einen halben Tag oder sogar einen ganzen Tag bei unserer Bonne oder einer Freundin zurück, die manchmal zu Besuch kommt. Wenn ich zurückkomme, diktiert sie mir dann lebhaft und aufgeregt Texte über ihre Gespräche mit Bonne oder der Freundin. Bald kommen Verwandte aus Deutschland und dann werde ich mehr entlastet sein und mich teilweise um meine eigenen, längst liegen gebliebenen Forschungsarbeiten wieder kümmern. Aber fast habe ich Angst davor. In unserem Zusammensein gibt es etwas Grausames, aber auch sehr Poetisches, Einzigartiges und Wertvolles. Oft wünsche ich mir, wir könnten beide zusammen sterben.

Jetzt reden wir nicht mehr, sondern arbeiten, tapfer und verzweifelt, um Zeit zu gewinnen gegen Vergänglichkeit und Vergessen. Das Diktat entwickelt sich zäh und mühsam, wie immer am Anfang, und dann immer fließender und glänzender in der Mitte. Sie schreibt über ihre Kindheit und Jugend, als sie noch im Haus ihrer Eltern war, als wir uns trafen, dann wieder Paris und unser Leben zusammen, eine Reise nach Japan mit ihren Nichten; sie schreibt über die Veröffentlichung ihres ersten Buches, das besonders gelobt wurde; sie schreibt über einen Freund, den sie hatte, als sie 17 war, einen älteren, verheirateten Mann. Ich werde etwas eifersüchtig und huste verlegen; ich überlege mir empört, ob ich nicht meinen Schreibdienst kündigen sollte.

„Ich weigere mich so fortzufahren, Stefanie. Ich finde es geschmacklos. Für den Rest der Menschheit mag es gut klingen, doch nicht für mich, deinen jetzigen Pfleger und deinen ewigen Mann."

Aber ich sage nichts aus Rücksicht und Mitleid mit ihr. Sie hat gänzlich vergessen, dass ich da bin. Sie denkt fast, sie würde selbst die Feder über das Papier führen und die Buchstaben malen, und es ist gut so, dass sie sich so befreit und selbstständig fühlt. Deshalb kann sie auch viel besser diktieren, als würde sie ein Lied vor sich hin singen. Ich gönne es ihr, mein gefangener Vogel ohne Flügel. Dir zu Liebe würde ich gerne verschwinden und sogar früher als du sterben. Manchmal freut sie sich über meine plötzlich wahrgenommene Gegenwart, dass ich ihr Sklave bin und nur für ihren Ruhm und den Tempel ihrer Worte lebe. Aber dann, in ihrem Fieberwahn, verzichtet sie auf mich und unsere gemeinsame Ebene.

„Er war ein Freund meines Vaters und ich wollte, dass er Missbrauch mit mir treibt. Ich lernte Klavier, um ihn mit meiner Musik zu verzaubern. Da er ein Jazzfanatiker war, spielte ich immer Jazz vor und nach der Liebe."

Aber nein, sie hat nie Klavier gespielt; sie meint wahrscheinlich eine andere Frau; mehr als über sich selbst schreibt sie über die anderen, flüchtige Gesichter von Menschen, die sie nur kurz gesehen hat und die doch viele ihrer Geschichten inspiriert haben.

„Ich habe meine Augen tausendfach und überdurchschnittlich benutzt. Jetzt muss ich wahrscheinlich dafür büßen, dass meine Augen soviel gesehen haben. Ich werde für meine Begabung einer übersensiblen Visualisierung bestraft. Ich wünschte, ich könnte wieder malen. Aber Malen unter Diktat lässt sich nicht organisieren, es geht nur mit Worten. Wo sind meine Bilder geblieben?"

Plötzlich sagt sie gedämpft, fast unhörbar: „Halten wir an, Anton. Gib mir etwas Wasser. Ich kann ja kaum sprechen. Ich kann nicht mehr schreiben, nicht mehr atmen."

Doch dies ist noch nicht unser Letztes, denke ich. Sie wird noch ihre Sprache zurückbekommen und mir einen Satz und noch einen Satz diktieren, und vielleicht einen noch morgen, wenn ich wieder den kleinen Tisch an ihr Bett bringen werde, damit sie die Illusion bekommt, dass sie frühstückt und gleichzeitig schreibt, sowie in diesem sowohl spirituellen als auch kannibalischen Ritual der Kommunion, in dem wir nicht nur ideell, sondern tatsächlich Christus essen. So isst sie ihre eigenen Worte und meine, die ich noch nicht ausgesprochen habe. Ich bin traurig. Aber noch trauriger wäre ich, wenn das unser Letztes wäre. Ich halte mich für anspruchsvoll und habe einen guten literarischen Geschmack. Der letzte Satz meiner Frau soll etwas ganz besonderes sein, einem Erdbeben oder einem Engelgesang vergleichbar, und solange sie nur kleine, alltägliche Sätze bringt, bleiben wir noch verschont und können weiter schreiben. Ich verzögere absichtlich den großen Satz oder ich stelle mich dumm und will ihn nicht erkennen, auch wenn er da ist, damit sie weiterlebt, damit wir weiterschreiben können.

Und morgen, wenn die Sonne wieder scheinen wird, wird zum Glück die Menschheit doch wissen, dass sie fast 50 Jahre auf

Erden lebte und viele Bücher schrieb, dass sie schön und reich war, mit fliegenden Füßen wie Flügel, mit ihren unendlich neugierigen und aufmerksamen Augen, die alle Details der Welt: Menschen, Räume, Naturphänomene und Gegenstände musikalisch-poetisch zu begleiten schienen.

Lope de Vega als Frau in der Liebe

Ich bin keine seiner Verwandten, auch nicht eine seiner vielen Geliebten. Ich gehöre zur Generation der jetzt 62-Jährigen, 1948 geboren, während er von 1562 bis 1635 im goldenen Jahrhundert der spanischen Literatur lebte. Aber es gibt einige Gemeinsamkeiten und Berührungspunkte in unserem so andersartigen Leben.

Ich habe heute sein Museumshaus in Madrid auf der Cervantes-Straße besucht, wo er seine letzten 25 Jahre schon als Priester mit Marta de Nevares verbrachte und wo er starb. Die Reiseführerin erzählt der kleinen Gruppe von Spaniern und auch ein paar Touristen über Lope de Vegas vielseitiges Werk: Roman, Theater, Lyrik, aber vor allem über sein reiches erotisches Leben mit so vielen Frauen. Das interessiert uns alle. Wir wachen von unserer Lethargie des Intellektuellen auf und genießen sein pikantes, schelmisches Körper-Dasein, das unersättlich immer nach neuen Abenteuern des Fleisches und der Seele suchte.

Ich lese die Namen dieser schönen Geschöpfe, einige davon Schauspielerinnen, aber einige auch hohe, wohlhabende Damen, und ich lächle amüsiert, in der Hoffnung, dass ich bald mehr Auskunft über sie alle finden werde.

María de Aragón (1580), Elena Osorio (1583-87), die erste Ehefrau Isabel de Urbina (1588-94), die Witwe Antonia Trillo de Armenta (1596), Micaela Luján (1598-1607), Flora (1602), die zweite

Ehefrau Juana de Guardo (1598-1613), Jerónima de Burgos (1613), Lucía de Salcedo, (1616), Marta de Nevares (1617-32). Eine Portugiesin, eine Dame aus Valencia und eine Unbekannte vervollständigen das Bild. In einer Biographie werden 13 Frauen insgesamt genannt und als eheliche und uneheliche Kinder werden ihm mindestens 15 zugesprochen.

Diese Führung ist ausschließlich auf Spanisch, wird hauptsächlich für Schulen und private Menschen angeboten, die ihre Kenntnisse über Lope vertiefen wollen. Deshalb wirken die wenigen Touristen, ein Engländer und ein französisches Mädchen, etwas verloren und angestrengt. Um sie nicht ganz zu isolieren, bemüht sich unsere freundliche Führerin um ein paar Brocken Französisch und Englisch, aber es ist klar, dass sie das so nicht vorbereitet hat und sie bleibt bei ihrem geplanten Verlauf. Sie zeigt sich sehr kompetent und hat eine lockere Art, Kultur zu vermitteln, die mir gefällt; ihre Beschreibungen sind abwechslungsreich und dynamisch. Sie hat wahrscheinlich Kunstgeschichte studiert; mehr als Literatur zu beherrschen, scheint sie viel über den Alltag der Madrider im 16. Jahrhundert zu wissen. Sie bietet ein sehr detailliertes und interessantes Wissen, sehr anschauliche Infos, die man in einem Buch nicht so leicht bekommen könnte. Einmal hustet sie ziemlich stark, und ihre dünne Stimme droht gänzlich zusammenzubrechen. Ich denke automatisch: „Die Arme! Sie muss ja ständig sprechen, jede halbe Stunde immer das gleiche wiederholen wie die Schauspieler im Theater. Sie sollte immer ein paar Bonbons für solche Fälle haben."

Aber zum Glück findet sie ihre Stimme nach einigen peinlichen Sekunden wieder und sie fährt weiter mit ihren Beschreibungen fort: „Es sind insgesamt drei Ebenen: sein Garten, den er so gern hatte, die Diele, die Küche und der Speiseraum. Auf der Hauptetage befand sich sein Arbeitszimmer, nebst einem kleinen Gemeinschaftsraum für die Frauen des Hauses, wo diese plauderten und manchmal seinen Vorträgen beiwohnten. Hier war die Kapelle, wo er täglich und gelegentlich während Krankheiten von seinem Bett aus die Messe abhielt; sein sehr kleines und bescheidenes Zimmer ist unmittelbar davor, wie sie sehen können. Ganz oben befanden sich die Schlafzimmer der Dienstboten und der Gäste, wie der Hauptmann Contreras, der ein sehr häufiger Gast war."

Meine Freundin Reyes Marquina und ich schauen uns alles mit Neugier an, die alten Geräte in der Küche; die Führerin zeigt uns ein Gerät für die Eier.

„Das Ei hatte damals eine besondere Wichtigkeit in allen Mahlzeiten, wie man auch in Velázquezs Gemälde ‚eine alte Frau brät Eier' sehen kann."

Sie erklärt uns, wie die Dienstmädchen sich manchmal auf der Bank in der Küche ausruhten, wenn sie vom Tragen der schweren Wassereimer aus dem Brunnen sehr müde waren; wie die Straßen der Stadt bestialisch (und besonders im Sommer) nach Kot stanken, weil der ganze Müll zweimal am Tag nach Vorschrift einfach aus den Fenstern weggeschütet wurde. Lange Zeit herrschte in Spanien kein besonderes Interesse an dem 16. Jahrhundert, aber jetzt haben wir seit der Zapatero-Regierung eine Wiederbelebung historischer Themen im Allgemeinen, und somit wird auch das klassische, spanische Theater von Lope de Vega neuerforscht und zu einer richtigen Mode erhoben. Wie lebte man im goldenen Jahrhundert? Warum konnten sich Lope und Cervantes nicht ausstehen? Das ist noch interessanter zu wissen als ob Lope 1 500 oder 1 800 Theaterstücke geschrieben hatte.

„Ja, Cervantes nannte ihn ‚ein Monstrum der literarischen Fruchtbarkeit'. Es war ihm zu viel. Alles trieb er excessiv, scheint es, das Produzieren von Werken, die Liebe zu Frauen. Als sein Sohn Carlos Félix starb, wurde er 1614 zum Priester. Aber auch dann verliebte er sich in Marta de Nevares und hatte eine Tochter mit ihr, Antonia Clara. Eine sehr positive Eigenschaft seines Charakters ist, dass er viele Kinder von den verschiedenen Frauen bei sich behielt und sich liebevoll um sie kümmerte."

„Vielleicht bin ich auch eine seiner Töchter, wenn nicht eine seiner Geliebten", sage ich zu Reyes nachdenklich und sehr leise.

„Wieso kommst du auf diese Idee, Concha? Was haben wir mit dem alten Lope zu tun?"

„Nur so... Es ist ein Phantasiespiel. Ich denke an die armen Kinder, die damals lebten: Antonia, Teodora, Jacinta, Marcela, Feliciana,

Antonia Clara. Das Baby Teodora überlebte nur ganz kurz seine junge Mutter Isabel, habe ich gelesen. Marcela ging ins Kloster, wie ich. Ich war auch Nonne seit dem Tod meines Sohnes Miguel, wie du weißt. Überhaupt, es gibt so viele Ähnlichkeiten zwischen Lope de Vegas Leben und meinem eigenen! Ich erstaune, halluziniere... Mir wird schwindlig, wenn ich nur daran denke."

„Wirklich? Es muss sich einfach um Zufälle handeln. Es gibt immer Parallelen in der Geschichte. Aber welche Ähnlichkeiten meinst du denn?""

„Alles, alles ist gleich, von Anfang bis zum Ende. Nein, nicht genau, unsere Namen sind verschieden, ich bin Concha Ibañez, und unser Geschlecht. Und ich bin noch nicht tot, natürlich. Ich bin 62, und er war 73, als er starb. Noch elf Jahre bleiben mir, um zu wiederholen, was er tat oder versuchen, davon abzuweichen."

Jetzt spricht unsere Führerin von den Orten, die in Lope de Vegas Leben besonders wichtig gewesen sind: Madrid; Alcalá de Henares; Salamanca; Islas Azores; Toledo; Valencia.

Ich nicke resigniert. Wieder ein Zufall! Es sind auch die Orte, die ich am intensivsten erlebt habe. Und in Sevilla waren wir auch, aber das haben sie hier nicht erwähnt. Lope besuchte Micaela Luján manchmal in Sevilla, und ich...

Als wir schon das Haus verlassen haben, sage ich wieder zu meiner Freundin: „Ja, auch die Orte waren die gleichen für uns beide. Lope de Vega war nie im Ausland, so scheint es, und ich auch nicht."

„Das könntest du noch ändern", flüstert Reyes überzeugt, „und so in deinen letzten Jahren deinem Schicksal entkommen und Abweichungen von seinem Leben schaffen. Heutzutage ist es sehr geläufig ins Ausland zu reisen, was im 16. Jahrhundert natürlich nicht der Fall war. Du könntest ohne weiteres nach England, Frankreich oder Österreich."

„Ja, möglich wäre es schon. Meine zwei Ehemänner und Ricardo hatten viele Verwandte und Freunde in diesen drei Ländern. Aber es hatte sich nie ergeben. Und jetzt hätte ich sowieso keine Lust mehr. Was hätte ich davon, meinem ‚Schicksal' zu widersprechen? Ich lasse lieber den Ereignissen ihren Lauf."

„Aber glaubst du wirklich, dass dein Leben mit dem von Lope so sehr durch Ähnlichkeiten verbunden ist?"

„Es ist kein Glaube, sondern ein Wissen. Die Fakten lassen sich rekonstruieren."

„Aber du warst doch nicht auf der Schlacht der Armada Invencible 1588, als Lope sich kurz nach seiner Heirat mit Isabel de Urbina freiwillig zur Armee meldete und seine Frau einige Zeit verließ."

„Das ist klar. Es gibt schon einige Unterschiede, weil ich eine Frau bin und in einer ganz anderen Zeit lebe. Doch das meiste stimmt erstaunlich. Vor allem sind die Fakten in unserem Liebesleben beinahe identisch, und auch beruflich."

„Ist es wahr? Übertreibst du nicht ein wenig? Ich weiß, dass du zweimal (wie er) geheiratet hast, bevor du Nonne wurdest. Aber hattest du tatsächlich so viele Männer wie Lope Frauen?"

„Ja. 14 Männer und 16 Kinder, um genauer zu sein. Davon waren die meisten unehelich. Nur fünf eheliche Kinder hatte ich, wie Lope; zwei Töchter in meiner ersten, zwei Töchter und einen Sohn in der zweiten Ehe. Alle fünf starben sehr früh, aber meine zwei Ehemänner, Pedro und Eugenio, starben natürlich nicht an Nachgeburtsfieber wie so viele Frauen in der Vergangenheit, sondern ich wurde durch andere Ursachen Witwe. Pedro kam bei einem Autounfall um und Eugenio wurde von einem Psychopaten ermordet, der sich hoffnungslos in ihn verliebt hatte. So etwas gab es im 16. Jahrhundert nicht, keine Autos und keine homosexuellen Amokläufer. Aber meine Erfahrungen und Lebenslinien verlaufen ungefähr so wie die Lopes. Wenn wir abstrahieren, haben wir eine ähnliche Biographie... Nur, wie gesagt, ich als Frau."

„Das sind alles Zufälle", wiederholt Reyes.

„Es kann sein. Aber es sind ohne Zweifel viele Zufälle. Es begann mit Elena Osorio in Lopes Geschichte. Bei mir war es ein Schauspieler mit dem Namen Ricardo Osuna. Es war eine große Leidenschaft voller Eifersucht, denn er war verheiratet und hatte noch andere Frauen. Er bekam die besten männlichen Rollen in meinen Theaterstücken, und ich wollte die schönsten Liebesszenen mit ihm zusammenspielen. Ich wollte keine andere

Darstellerin an seiner Seite, aber ich konnte viel besser schreiben, als auf der Bühne auftreten."

„Ich wusste gar nicht, dass du Theaterstücke schreibst wie Lope."

„Ja, doch bestimmt nicht so erfolgreich und populär wie er. Danach habe ich Romane und Lyrik geschrieben. Ich hatte viel Streit mit Ricardo und seinen Eltern, die die Inhaber des kleinen Theaters waren. Am Ende weigerten sich alle den Vertrag zu erfüllen, den sie mir unterschrieben hatten. Sie wollten die Hauptrolle meines Stücks einer anderen Schauspielerin geben, und ich wurde so maßlos wütend auf sie, dass ich einen Artikel über sie schrieb, über Ricardos Verrat an mir und seine Liebesbeziehungen zu anderen Frauen. Es gab einen richtigen Skandal, es wurde eine Diffamierungsklage gegen mich geführt und ich saß kurz im Gefängnis; ich führte auch einen Prozess gegen die Familie wegen Nicht-erfüllung des Vertrags. Ich wurde nicht von Madrid einige Jahre verbahnt wie Lope. Aber ich entfernte mich freiwillig von der Stadt, von Kastilien und von den Künstlerkreisen, die mir nicht mehr gefielen."

Ja, trotz einiger Unterschiede sind die beiden Geschichten in ihrer Substanz gleich. Elena Osorio hatte womöglich einen Liebhaber; Francisco Perrenot de Granvela, den Neffen vom Kardinal de Granvela, und Ricardo hatte auch eine Geliebte neben mir, weshalb ich ihm einmal eine Ohrfeige versetzte, so wie Lope es getan hatte, weil seine Elena einen Stierkämpfer bewundert hatte, und ich schrieb ebenfalls eine Satire gegen die Osunas, woraufhin

Pedros Bruder, der Rechtsanwalt war, wie Elenas Bruder, sehr böse auf mich wurde.

Ich setze meine Erzählung fort: „Die Isabel-de-Urbina-Episode war natürlich etwas anderes als meine Heirat mit Pedro Diaz, ‚mit dem ich Madrid verließ‘; als Frau konnte ich ihn nicht entführen. Aber einer Entführung gleich war es schon. Er war 17, ein paar Jahre jünger als ich, ich verführte ihn und nutzte seine Unerfahrenheit aus. Nachher bereute ich aber meine zu voreilige Handlung, und da ich ein Stipendium für meine nächste Komödie in Valencia bekam, ließ ich ihn einige Zeit allein, was bestimmt sehr ungerecht und inkonsequent von mir war, und er litt stark darunter. Aber danach kehrte ich wieder zu ihm zurück, und dann führten wir eine richtige Ehe, und wir hatten unsere zwei Töchter, Lola und Cristina.“

„Aber du warst kein Soldat wie Lope, der die Niederlage der spanischen Armee miterleben musste?“

„Nein, das nicht. Als Concha Ibañez werde ich verschont, und auch die Piraten von Francis Drake habe ich nicht gesehen. Dafür aber die Studentendemonstrationen und Minenstreiks, die von der Diktatur unterdrückt wurden, das Attentat gegen Carrero Blanco, Francos Tod, in dem Fall nicht durch Gewalt, die Rückehr des Königs usw.“

„Ich wusste auch nicht, dass du eine Nymphomanin bist. Hast du denn wirklich so viele Liebschaften?“

„Ja. Sogar jetzt als sor Micaela de la paz habe ich einen Liebhaber, der mich regelmäßig besucht."

„Erlauben sie es dir? Was sagt die Kirche dazu?"

„Bei Lope de Vega erlaubten sie es doch. Er konnte das eine mit dem anderen vereinbaren und ganz unbeschwert leben, und das trotz der Inquisition. Er war ein Glückspilz, er durfte überall schnuppern und sich einen Vorgeschmack der verschiedensten Dinge leisten. Das Volk liebte ihn, der Adel lud ihn zu Feierlichkeiten ein; die Armee akzeptierte ihn, als er für das Vaterland kämpfen wollte; die Kirche ermöglichte seine Priesterweihe 1614; die Inquisición ernannte ihn sogar zum Richter, Mitglied der Zensur; der Papst machte ihn zum Ritter und Doktor der Theologie 1627. Die paar negativen Sachen am Anfang, Gefängnis und Verbannung, hinterließen keine großen Spuren. Ich glaube nicht, dass man mir als Frau so viel erlaubt hätte und nicht einmal in unserer heutigen Zeit kann eine Nonne mit einem Liebhaber zusammenleben. Sie ist weniger frei als ein Priester und muss im Kloster bei den anderen Schwestern wohnen."

„Ja. Wie ist es damit? Du wohnst nicht mehr im Kloster, sondern im alten Haus deiner Eltern, nicht wahr?"

„Genau. Ich war nur Novizin und konnte mich noch rechtzeitig von dem endgültigen Gelübde lossagen. Noch eine Abweichung in unseren Geschichten: Lope blieb Priester bis zum Ende, und ich habe keine Kapelle zu Hause wie er, um täglich die Messe abzuhalten. Trotzdem bleiben die Ähnlichkeiten auffallend. Ich studierte auch in Alcalá de Henares, ich war auch zweimal Witwe. Während meiner zweiten Ehe mit Eugenio hatte ich auch eine langjährige Liaison mit einem Mann, Julio Cuevas, der in einer anderen Stadt wohnte, wie Lope mit Micaela Luján. Ungefähr neun Jahre führte ich auch dieses Doppelleben und hatte Kinder von beiden Männern. Wegen meiner Frauennatur konnte ich aber die Herkunft meiner Kinder nicht so gut auseinander halten wie Lope. Eugenio bleibt sowieso der offizielle Vater von allen und es wurde kein Vaterschaftstest gemacht. Ganz plötzlich jedoch (so inkonsequent wie ich bin) ließ ich meine Beziehung zu Julio fallen, und in den letzten fünf Jahren meiner Ehe mit Eugenio bis zu seinem Tod, war ich ihm treu. Die Kette von Todesfällen, die Lope erleiden musste, war auch mein Los, als ich nicht nur Eugenio verlor, sondern kurz danach, meine Tochter Sylvia bei der Geburt und meinen Lieblingssohn Eduardo. Dann folgte logischerweise meine religiöse Phase, wo ich das Kloster aufsuchte und mich nur nach Frieden sehnte."

„Aber du konntest da auch nicht keusch bleiben."

„Nein, nicht lange. Der Vater einer unserer Schülerinnen eroberte mein Herz und dann Don Gabriel Rozas, unser Rechtsanwalt im Kloster, der uns bei juristischen Angelegenheiten zu beraten pflegte, und mit ihm hatte ich meine letzte Tochter Victoria. Ja, das war die letzte, eine Entsprechung von Antonia Clara bei Lope. Es war fast ein Wunder, denn ich bekam sie mit schon 55 Jahren.""

„Meine liebe Concha, du bist den Männern total ausgeliefert. Was macht die Männer so anziehend und unwiderstehlich für dich?"

„Ich weiß es nicht. Es ist meistens eine gegenseitige Anziehungskraft, die mein Leben intensiviert und interessanter macht. Ich kann sehr gut Lope verstehen, der sich immer wieder und unaufhörlich neuen Lieben zuwenden musste. Dieses Gefühl der Liebesnähe unter allen möglichen Formen ist das, was uns mehr verbindet, glaube ich, noch mehr als die biographischen Fakten. Die ganze Welt ist voll von attraktiven Menschen, und man kann nicht unberührt bleiben. Er brauchte, und ich brauche, allerlei Figuren und Anregungen für unsere Stücke. Es mag wie eine Ausrede klingen, aber unsere Literatur machte es erforderlich, sich immer neuen Kontakten und Bildern zu öffnen."

"Du bist wie ein Tenorio, aber als Frau. Du wirst nicht behaupten wollen, dass du eine zweite Reinkarnation von Lope de Vega im 21. Jahrhundert darstellst?"

„Ich weiß es nicht. Es kann vielleicht wirklich nur Zufall sein. Oder eine automatische Wiederholung von Situationen und Lebensläufen. Es scheint, es gibt nur eine begrenzte Zahl von Kernerlebnissen, alles Übrige sind nur nachgetragene Wiederholungen.

Es wiederholen sich die Charaktere, innere und äußere Eigenschaften, die in gute, böse, schöne und hässliche eingeteilt werden, und daraus entstehen sehr ähnlich gelagerte Lebensmuster und Reaktionskategorien, die den Psychologen zu einer Zeichnung in verschiedene Typen der Psyche und des Handelns dienen. Einige Bausteine setzen andere voraus: Ein Mann, der viele Frauen besitzt, kann auch viele Kinder haben, und das gleiche gilt für die Frau. Einige Witwen heiraten wieder. Theaterautoren kennen viele Schauspieler. Nach einem Todesfall weint man usw. Menschen, die am gleichen Ort leben, können mehr Gemeinsamkeiten haben als die anderen aus den verschiedensten Ländern des Globus. Wie in Romanen spiegeln wir uns in den Biographien unserer Vorfahren wieder."

Reyes stößt einen Seufzer aus: „Es gibt viele Seiten deiner Persönlichkeit, die ich gar nicht kannte!"

Kein Wunder! Es ist sowieso keine sehr lange Freundschaft zwischen uns. Wir sprechen miteinander und spazieren manchmal zusammen in den letzten Monaten, weil Victoria, meine Tochter, und ihr Sohn die gleiche Schule besuchen.

„Du hast eine aufregende Geschichte, Concha. Wie soll deine Zukunft aussehen, wenn wir Lope de Vegas Biographie weiter verfolgen?"

„Don Gabriel wird sterben wie Marta de Nevares. Ich werde mit Victoria bleiben und vielleicht noch eine letzte Liebe erleben."

„Warum nennst du ihn Don Gabriel, wenn er dein Liebhaber ist?"

„Die Nonnen nannten ihn so, respektvoll, weil er so viel von Gesetzen versteht. Nein, die Konstellation kann nicht die gleiche wie bei Lope sein. Der Geschlechtsunterschied macht schon viel aus und die Zeiten. Ich kann unmöglich vom Papst zum Ritter ernannt werden, und meine Theaterstücke sind ganz andere als seine. Ich benutze viel erlebte Rede, was er nicht kannte. Aber sicher, etwas von seinem Geist ist in mir geblieben, das Atmosphärische seiner Gegenwart und der Lebenswahn seiner Abenteuer. Er hat etwas mit mir zu tun. Eines Tages werde ich eine seiner Komödien sehen und werde mich selbst in dem Autor erkennen, indem ich mich ein paar Sekunden lang in die Hauptdarstellerin, in eine imaginierte Elena Osorio verlieben werde. „Ach, diese Brüste. Ich bin erotisch und sogar obszön! Ich bin ein richtiger spanischer Mann und lebe in der Cervantes-Straße. Meine Frauen und meine Kinder sind meine herrliche Obsession."

Reyes zittert vor Überraschung und Verwirrung. Beim Versuch, Lopes Sprachduktus nachzumachen, habe ich eine extrem mächtige Männerstimme bekommen. Habe ich auch einen behaarten, männlichen Körper?

Eine exotische Geschichte

Man schreibt mir alle Vorzüge meiner Rasse zu und ich leugne sie auch nicht, entweder weil ich zu schwach dafür bin oder weil ich davon überzeugt bin, dass ich sie mir auch ausgesucht hätte, hätte ich wählen dürfen.

Ich bin „exotisch", und das gibt mir viel zu denken, exotisch, aber nicht für mich selbst, nur für die anderen... die mich nicht genug kennen, die mich nicht genug gesehen und erlebt haben. Ich bin fremdländisch, sofort von den Einheimischen zu unterscheiden, kostbar, denn ich komme von soweit her, aber gleichzeitig Misstrauen erregend und Gefahr verkündend wie eine alte Kassandra, denn ich bin unangepasst und völlig fehl am Platz in diesem Teil der Erde, zu dem ich gar nicht gehöre.

Alles ist nur ein Werk des Topos, des Ortes, wo man lebt. Wäre ich bei den meinigen, dann wäre ich nicht mehr exotisch. Aber hier bin ich es.

Die Hiesigen trauen sich kaum mich anzusprechen und noch weniger mich zu berühren in einer Mischung aus Angst, Respekt und Bewunderung. Sie lesen meine Abenteuer mit Neugierde; sie notieren meine von den ihrigen abweichenden Eigenschaften und studieren die fremden Elemente in mir mit ihrer überlegenen Weltklugheit. Aber sie nehmen mich nicht in ihre Häuser mit, noch in ihre Herzen, sie halten sich fern. Das Erstaunliche ist, dass ich die Hiesigen nie exotisch nenne, obwohl sie sich auch außerhalb meines Reiches bewegen. Für mich sind sie einfach die westlichen Männer und Frauen im Allgemeinen, die Amerikaner oder die Deutschen.

Das Wort „exotisch" definiert nur einen Teil meines Wesens, und es ist etwas verwirrend, weil es viele Länder des Globus umfasst. Sind nicht alle meine fernen Schwestern aus Ozeanien, Asien, Afrika und Amerika exotisch? Ich muss mich schnell von den anderen abgrenzen. Tatsächlich, exotisch ist nicht gleich exotisch, und ich muss dementsprechend meine Verantwortung für all die übrigen Sorten von Exotisch-Sein verneinen, obwohl ich sie vielleicht lieber als meine eigene Exotik gehabt hätte.

In der typischen Oberflächlichkeit der westlichen Traditionen machte man es sich sehr leicht mit dem Wort, man bürdete mir eine schwere Last an und legte mir undiskriminierend viele Steine in den Weg.

Aber jetzt nehme ich den ersten Stein von mir weg.

Ich bin erstens keine Tochter Allahs. Das Kopftuch ist nicht mein ewiges Thema. Ich bin nicht in Bosnien oder in Kroatien geboren, gehöre nicht in die muslimische Minderheit oder Mehrheit eines modernen Staates; ich bin nicht von einem tyrannischen türkischen Vater oder Bruder zwangsverheiratet; das grauenvolle Ritual des Abschneidens meiner Klitoris ist weder in Sudan noch irgendwo anders an mir vollzogen worden. Die damals wunderbare Exotik der muslimischen Völker, die man an „Nathan der Weise" zum Beispiel sah, hat heutzutage viel an Qualität eingebüsst. Seit dem

11. September 2001 werden sie ziemlich dämonisiert und schlecht geredet, und die Frauen sind entweder „dumme, beschränkte Geschöpfe" oder „Märtyrerinnen, denen man unbedingt helfen sollte" damit sie aus ihren qualvollen Gefängnissen herauskämen.

Es ist ein Glück heutzutage, dass ich anders exotisch bin und dass man mich nicht mit einer Tochter Allahs verwechselt.

Jetzt nehme ich den zweiten Stein von mir weg: Ich bin auch keine schwarze Göttin aus Afrika. Nein, Gott behüte! Ich weine diesem Verlust nicht nach, obwohl ich, um die Wahrheit zu sagen... alle Rassen liebe und für gleichwertig halte. Als schwarze Frau hätte ich noch mehr Nachteile gehabt, es wäre mir zu schwer, ein unverdauliches Gericht all dieses Theater wegen der Hautfarbe. Was hätte ich davon, eine Vergangenheit als Sklavin zu präsentieren oder eine Gegenwart, in der die Länder zwar politische Selbstständigkeit erlangten, aber die sich gegenseitig ermorden und bekämpfen, wo die Menschen Hunger, Armut und Flüchtlingsnöte erleiden?

Ich werfe den dritten Stein von mir weg: Ich bin auch keine Zigeunerin. Gut so, denn sonst würden viele denken, dass ich stehle, Kinder entführe, defekte Waren verkaufe und einen Pakt mit dem Teufel versiegelt habe. Die Hexendynamik ist tief mit der Exotik verbunden, und viele Frauen werden der schwarzen Magie bezüchtigt, im Mittelalter die Europäerinnen sogar, die keine Spur exotisch waren, auch sie wurden dieses Verbrechens beschuldigt und verbrannt. Auf jeden Fall hätte ich als Zigeunerin keine guten Karten. Nein, danke, ich bin schon mit meinem Schicksal zufrieden. Und jetzt werfe ich schon den vierten Stein von mir weg: Ich bin auch keine jüdische Schönheit, reich und gebildet, aber von bösen Erinnerungen verfolgt. Ich bin keine Lea, Ruth oder Rachel, und bei aller Liebe zum alten Testament möchte ich es auch nicht sein. Von so viel Trauer und Melancholie überwältigt, lässt sie den Kopf sinken und kann sich kaum zu neuen Taten zwingen, meine alte jüdische Schwester, denn Vergangenes und Gegenwärtiges erdrücken sie, lassen ihr kaum einen Freiraum zum Atmen; die ewigen Vorurteile, die ständige Völkerwanderung ihrer Vorfahren, die moderne Hölle des Holocaust und jetzt... der nie endende Krieg in Israel.

Den fünften Stein werfe ich ebenfalls von mir weg: Ich bin auch keine wilde Russin mit einer Ochi Chernyie Stimme und mit tränenvollen Augen, die immerwährend weinen muss; ich bin keine Intellektuelle aus der Universität, kein Bauernmädchen nach Tolstois Lehre und keine Verbannte nach Sibirien. Ich bin kein ausgebrütetes Ei der Sowjetunion und auch nicht der Zarenzeit mit ihrer jahrhundertelangen Tyrannei und Ungerechtigkeit. Ich heiße nicht Tanja und nicht Olga. Es war ein Versäumnis, denn ich hätte es gerne gelebt, die poetische russische Seele mit ihrer Sentimentalität und temperamentvollen Musik, aber nicht so gern die verödende und verstümmelnde Sklaverei des Landes unter willkürlichen und blutigen Herrschern.

Sechster Stein der exotischen Gebäude: Ich bin keine japanische Geisha, keine dieser auserlesenen Frauen der Tradition, die jetzt sowieso bald aussterben werden. Und ich bin auch keine neue Japanerin, keine Studentin in einer übervölkerten Stadt und einer sehr klein bemessenen Wohnfläche. Ich brauche mich nicht in Folge einer japanischen Menstruation vor Bauchweh zu krümmen; sie wäre im Grunde nicht viel anders als eine amerikanische oder eine thailändische Menstruation. Aber mein japanisches Gehirn würde sich doch zwischen Tradition und neuen Zivilisationserscheinungen herumplagen und unter den schweren Erinnerungen an die Atombomben von Hiroshima und Nagasaki – mehr als sonst üblich bei anderen Völkern – zu leiden haben. Nein, lieber bin ich keine Japanerin.

Den siebten Stein lasse ich ebenfalls durch die Böschung rollen, ohne dass ich etwas tue, um seinen Fall in den Abgrund zu stoppen oder wenigstens zu bremsen. Ich bin keine sinnliche, lateinamerikanische Tänzerin, kein Mischling, keine Kreolin zwischen zwei Rassen auf der Insel Martinique wie die Kaiserin Josephine, keine frühreife Mutter mit nur zwölf Jahren und keine politische Heldin wie Minerva gegen den dominikanischen Diktator Trugillo. Ich muss gestehen, dass ich gerne sie gewesen wäre. Vor allem zieht mich die Mischung der Rassen an, es scheint mir viel reicher und weniger monoton als nur weiß oder nur schwarz zu sein. Schwarz und weiß zusammen ist für mich die wahre Schönheit, auch wenn ich ganz anders gebaut worden bin.

Aber den Höhepunkt der Exotik bilden vielleicht die Frauen aus den polynesischen Inseln, habe ich gehört. Leider bin ich nicht unter ihnen, nicht in dieser achten Kategorie oder in dieser ersten, je nachdem, wie man diese beliebigen und im Grunde nichtssagenden Ordnungszahlen benutzt. Ich bin kein mit Blumen geschmücktes, graziöses und fröhliches Mädchen aus Bali, das mit unvergleichlicher Naturverbundenheit vor ihren Toten tanzt. Auch wenn ich es wollte, könnte ich es nicht sein. Dafür bin ich schon zu lange im Westen, als dass ich meine Unschuld hätte bewahren können.

Beinahe wäre mir keine Exotik mehr geblieben vor lauter Nicht-Sein, weder Allahs Tochter, noch Japanerin, noch Zigeunerin, noch Russin... keine Libanesin, keine Iranerin und keine Ägypterin. Der Libanon zieht mich besonders an. Ich wäre sehr gerne dort geboren, aber leider haben sie zu viele Kriege und Unruhen.

Neunter Stein: Ich bin nicht aus Indien. Miteinander unversöhnliche Kontraste, habe ich gehört, ein Superland des Albtraums; alles Überraschende und Unglaubliche kommt aus Indien, Armut und neue Computertechniken bei den großen Managern der Zukunft, aber trotzdem werden die Witwen immer noch nebst ihren verstorbenen Ehemännern ins Jenseits gefördert. Nein, danke, meine guten Schwestern, ich möchte nicht in eurer Haut stecken. Aber ich möchte diesbezüglich folgende Einschränkung machen: Manchmal habe ich den Eindruck, als würde man absichtlich vieles von eurem Schicksal verfälschen, von euch allen exotischen

Geschöpfen der Welt, von allen Frauen der verschiedensten Rassen und Kulturkreisen. Im Grunde geht es euch nicht so schlecht, wie man es euch nachsagt, und es sind mehr Gerüchte von westlicher Provenienz. Zumindest möchte ich es so glauben, so leide ich weniger darunter und tröste mich gewissermaßen.

Manchmal in meinen noch für irgendwelche Träume freigelassenen Stunden nehme ich mir vor, eine lange Forschungsreise gerade zu diesem Zweck zu machen, um die Unterschiede zwischen uns exotischen Schwestern zu analysieren und ganz aus der Nähe in den Ursprungsländern zu erleben. Inwieweit unterscheiden sich zum Beispiel die Koreanerinnen von den vietnamesischen, den thailändischen und den indonesischen Frauen? Und wie unterscheiden sich diese von uns? Sind die Unterschiede nur auf das Äußere bezogen oder auch charakterliche Merkmale? Sind wir alle im selben Grad tatsächlich so unterwürfig, undurchsichtig, lächelnd, aber mit wenigem Ausdruck, sanft und zum Dienste bereit? Man neigt dazu, alles zu verallgemeinern, um sich den Kopf nicht zu zerbrechen, und so sagt man einfach, exotische Frau, und damit basta. Die Hiesigen überlegen sich gar nicht, wie verschieden die Wege sind, die wir alle laufen. Aber ich selbst weiß auch zu wenig, ich bin zu sehr nur auf die Kontakte mit den Hiesigen und mit den Menschen meiner eigenen Rasse beschränkt oder auf bloße Infos im Internet, auf einige Filme, auf einige Fotos von mehreren östlichen Miss Universums zum Beispiel. War nicht auch eine Koreanische dabei und eine aus Indien? Das ist alles zu wenig. Im Grunde sollte jeder in der beneidenswerten Lage sein, jeden Tag mindestens eine Probe der Unterschiede zu schmecken und zu riechen, eine Japanerin, eine Russin oder Thailänderin etc... zu umarmen und ein Stück ihrer Sprachen direkt von ihnen zu hören. Ja, ich hätte bei den Vereinigten Nationen arbeiten sollen. Stattdessen bin ich schon seit Jahren hier geblieben in diesem chinesischen Laden, wo man alles Mögliche für wenig Geld kaufen kann. Alles ist billig hier und von kurzer Dauer, alles zerbricht bald: die Handtasche verliert ihren Griff, der Mantel seine Farbe, die Kette ein paar Perlen, und auf den neuen Koffer ist auch nicht viel Verlass, er wird nicht viele Ausflüge überleben. Aber wenigstens kann man leichten Herzens auf Entdeckungsreisen gehen und sich immer etwas holen. Die Menschen, die scharf auf Sonderangebote sind, lächeln dankbar und ich lächle zurück. Ach, ich glaube, ich habe es bereits gesagt, habe mich verraten, ich bin Chinesin, eine typische Chinesin mit alldem, was mein exotisches Aussehen mir gegeben und mir weggenommen hat: Ich bin klein, ich habe Schlitzaugen, gelbe Haut, keine Probleme mit der Sprache, denn ich bin hier geboren, aber ich spreche weniger fließend als die Einheimischen, mit einem ganz anderen Akzent; ich habe ganz andere Gedankengänge als die Hiesigen und eine von der ihrigen abweichende Glaubensrichtung, ich glaube an die Wiedergeburt und nicht an Christus als die einzige Gotteserscheinung, denn nach so vielen Jahrhunderten muss er ja auch irgendwo wiedergeboren sein oder er ist endgültig in seinem Nirwana geblieben, aber dann hätte er uns weitere lebende Buddhas, seine Seelenkinder, hingeschickt und als Nachfolger hinterlassen, damit diese uns als Vorbilder der Vollkommenheit weiterleiten.

Ich heiße Peony wie die Blume, wie Pearl S. Bucks Geschichte über eine Chinesin, die sich in einen Mann verliebte und eine sehr starke Leidenschaft überwinden musste und zum Schluss ihr Leben als heilige Nonne in einem buddhistischen Kloster beendete. Das heißt natürlich nicht, dass ich unbedingt mein Leben so beenden werde... Nur den Namen haben wir gemeinsam, Peony.

Ich bin die Tochter eines tibetischen Gelehrten und einer Chinesin im Exil, die sich schon in Deutschland kennen gelernt hatten. Mein Vater ist schon über sechzig; er kam als Kind mit seinen Eltern nach Hamburg, und die Eltern meiner Mutter besaßen damals schon seit Jahren ein Restaurant. Ich bin ihre jüngste Tochter, ich könnte fast ihre Enkelin sein. Aus irgendwelchen Gründen verzögerte sich meine Ankunft sehr stark, ich kam erst nach einer langen Kette von Geburten, nachdem meine sieben Geschwister schon weitere Familien gegründet hatten. Wie der verspätete Isaak aus der Bibel bin ich, nur dass dieser keine Geschwister hatte.

Trotzdem bin ich exotisch. Es ist komisch, dass man das Wort mehr für die Südländer benutzt und gar nicht für den nordischen Typ, zum Beispiel für Frauen aus Finnland oder Island. Warum nennt man auch die Griechinnen und die Italienerinnen und Spanierinnen manchmal exotisch. Aber wir, Chinesen, werden weder als nordisch, noch als südlich eingestuft, man nennt uns höchstens Asiatinnen, ohne geographische Kennzeichnung, ob im Norden oder im Süden. Im Grunde beginnt hier ein Konflikt von Vermischungen und Ungenauigkeiten, denn ich bin nur mütterlicherseits Chinesin; ich bin Tibeterin väterlicherseits, und was mich selbst betrifft, in Deutschland geboren. Doch keiner empfindet mich hier als Deutsche, wegen meines Aussehens und meines „exotischen" Benehmens, weil ich selbst andere Sitten und eine andere Religion habe. Auch meine Sprache, wie gesagt... Obwohl perfekt in der Grammatik, hat sie einen anderen Klang, einen anderen Rhythmus, den ich von meiner Familie und unseren Landsleuten insgesamt mitgeerbt habe. Ich übertrage chinesische, tibetische und deutsche Laute mit meinem kleinen Mund und fühle mich ganz wohl dabei. Im Jahre 2008 gibt es ungefähr zweitausend Chinesen in Hamburg. Wir, die Tibeter, sind weniger, aber auch wir haben ein tibetisches Restaurant und ein tibetisches Zentrum für kulturelle Angelegenheiten, Meditation und weitere Studien des Buddhismus. Und da liegt, glaube ich, der Kernunterschied, das Hauptmerkmal, das mich von den Deutschen trennt: Ich bin eine überzeugte Buddhistin, mit ganzer Seele. Um auf mein Leitmotiv zurückzukehren: Buddhismus ist exotisch und bringt eine ganz alte Zivilisation mit sich. Trotz meiner Jugend, denn ich bin nur 23, fühle ich mich zweitausend- oder dreitausendjährig mit unendlichen Erfahrungen und Glanzaugenblicken. Ich will nicht unbescheiden sein, aber ich habe eine innere Substanz, die ungewöhnlich ist, die die üblichen Menschen nicht mit mir teilen können, einen spirituellen Schatz an Erinnerungen und Kenntnissen, die von meinen bisherigen Geburten, von meinem Vorleben in seinen vielen Formen und Ausdrucksweisen stammen. Ich weiß zum Beispiel, dass ich dreimal als Mann auf die Welt gekommen bin. Aber gewöhnlich bevorzugt man ein Geschlecht, und so war das Frau-Sein meistens mein Schicksal oder meine Vorliebe. Sieben oder acht Mal als Frau habe ich bruchstückhaft rekapitulieren können, wie mir scheint. Es kann auch eine Täuschung sein, denn die Grenzen zwischen Einbildung und tatsächlichem Geschehen sind fließend. Aber oft habe ich eine Gewissheit, ein untrügerisches Gefühl von Wissen und Verstehen über meine ganze Entwicklung, und dann sehe ich, angereiht aneinander, verbunden wie in einem Reigen, Momente meiner verschiedensten Reinkarnationen. Ich bin immer in Asien geboren, meistens in China, so dass ich immer exotisch war. Ich hatte viermal eine karmische Mutter, die auch jetzt meine Mutter ist, und das ist mein viertes Leben mit ihr, jetzt in Deutschland. Manchmal frage ich mich, warum ich die gleiche Mutter haben muss, immer diese gleiche Kette von sich wiederholenden und nie ganz abgeschlossenen Ereignissen! Ist es weil ich sie so sehr liebe? Oder ist es, weil eine sehr wichtige Aufgabe zwischen uns immer unerledigt bleibt? Ich hatte auch vier karmische Geschwister und einen karmischen Partner, die immer wieder und unter sehr ähnlichen Umständen in meinen verschiedenen Vorlebenszyklen auftauchten.

Über mein jetziges Leben weiß ich zum Beispiel, dass eine meiner karmischen Schwestern, die letzte, die mit mir zusammen in Thailand in den zwanziger Jahren aufwuchs, mir heute täglich als eine sehr gute Freundin begegnet; sie will ständig mit mir kommunizieren und in meine Geheimnisse eindringen. Sie trägt den Namen einer exotischen Frucht, Lychee. Wir sind seelenverwandt, und irgendetwas Unerklärliches zieht uns gegenseitig an. Sie kommt auch aus Thailand, in Deutschland ist sie seit acht Jahren. Sie hat jetzt eine andere Mutter als unsere damalige, aber das hat nichts zu sagen. Ich habe mit der Hilfe meines Instinkts und einiger Auffälligkeiten, die mich immer wieder überrascht haben, unsere Geschichte rekonstruieren können. Wir waren in den zwanziger Jahren Zwillinge und starben auch zusammen in einem Autounfall, als wir nur zwölf waren. Ja, ein sehr kurzes Leben war es, während dessen wir kaum etwas lernen und uns weiterentwickeln konnten. Aber es war ein sehr intensives Leben von meiner Seite aus, denn ich hatte schon so viel in meinen bisherigen Reinkarnationen durchlebt. Auf jeden Fall empfinde ich es nicht als Regression, sondern als einen weiteren Reinigungsabschnitt. Ich war wahrscheinlich so jungfräulich, als ich starb, noch so energisch und lebensfroh, dass mein früher Tod meine weitere Entwicklung eher beschleunigt als sie verhindert hat. Ich weiß noch, dass ich als Kind in meinem jetzigen Leben mit Blitzerinnerungen einer unerwarteten Klarheit plötzlich an Thailand und an eine Zwillingsschwester gedacht hatte, obwohl ich Thailand noch nie gesehen habe. Die Skeptiker werden sicherlich meinen, dass ich mir gerade China ausgesucht habe, weil ich dieses Land am meisten durch die Erzählungen der Familie kenne und deshalb meine Phantasien darauf gerichtet sind. Aber warum Thailand? Als ich meine Freundin vor sechs Jahren kennen lernte, wusste ich es mit hundertprozentiger Sicherheit. Sie war keine Unbekannte, wir hatten zusammen geschlafen, geweint und gelacht und sogar die letzte Minute zusammen erlebt. Ich habe es ihr schon gesagt, dass wir Schwestern waren, aber Lychee glaubt nicht ganz daran; sie beruft sich lediglich auf unsere sehr tiefe und ehrliche Freundschaft. Wir sehen uns jeden Tag und haben nie genug voneinander. Einmal stellte ich ihr meine jetzige Familie vor, und seitdem ist sie immer wieder zu uns gekommen. Meine karmische Mutter, die auch ihre damalige Mutter war, liebt sie wie eine Tochter, und es ist tatsächlich so, auch wenn die zwei Frauen nichts von ihrer ehemaligen Beziehung wissen.

Das Wissen um so viel Vergangenheit lastet manchmal schwer auf mir; gleichzeitig aber würde ich mit keinem tauschen und die Unwissenheit der anderen übernehmen wollen. Meine Vorahnungen, Blitzerinnerungen und unerklärliche Bilder der verschiedensten Formen meines Wesens im Laufe der Zeit machen mich universell, ätherisch und leicht wie ein Stern, beinahe als würde ich fliegen können.

An meine Erfahrungen als Mann kann ich mich kaum erinnern, doch auch da bekomme ich Blitze von plötzlichen Eingebungen und Erkenntnis, während ich einen Film sehe, ein Buch lese oder jemand eine Stadt, ein geographisches Gebiet nennt. Ich habe die Vermutung, dass ich am Anfang des achtzehnten Jahrhunderts und in China als Mann geboren wurde. Mein Leben war sehr ereignisreich und voller Erschütterungen und Widersprüche. Ich war Soldat in einem Krieg, ich tötete mehrfach und einmal versuchte ich eine Frau zu vergewaltigen, aber in letzter Minute hielten mich ihre hass- und angsterfüllten Augen davon ab. Danach bereute ich sehr meine Aggressionen und suchte Zuflucht in einem Kloster, wo ich mein Leben beendete, wie Peony, und mich von meinen Unvollkommenheiten und niedrigen Motiven völlig reinigen konnte. So dass ich in meinem nächsten Leben schon als eine sehr harmoniereiche, von vornherein überlegene Gestalt, als ein sehr musikalisches und künstlerisch begabtes Mädchen in Tokio geboren wurde. Deshalb üben Japan und Thailand einen besonderen Reiz auf mich aus. Ich möchte irgendwann dahin, noch mehr als nach China. Ich frage mich nur, in welchen Krieg ich damals verwickelt worden war. In Geschichtsbüchern habe ich gelesen, dass gerade das achtzehnte Jahrhundert in China ziemlich friedlich verlief im Gegensatz zu dem Jahrhundert davor; China war ein fortschrittliches Land und unterhielt freundschaftliche Handelsbeziehungen mit der ganzen Welt. Aber vielleicht war es ein Krieg im Ausland, an dem er, ich... sich beteiligte. Und wer war diese Frau, die er beinahe vergewaltigt hätte? War es eine karmische Partnerin, wie es so viele gibt, die immer wieder auftauchen?

Der Gedanke, dass ich in Zukunft auch einem karmischen Partner begegnen werde, macht mir großen Kummer. Noch habe ich keinen Freund, und ich suche auch keinen, denn daraus kann nur Abhängigkeit, eine schöne, aber auch sehr gefährliche Bindung, entstehen. Ich glaube nämlich, ich habe den Verdacht... dass ich in einer meiner vielen Reeinkarnationen einen Mann sehr stark geliebt habe. Und als er starb, konnte ich keinen Schritt mehr ohne ihn machen, viele Jahre lang. Ich war betäubt, verstümmelt, blind, gelähmt, geisteskrank, alles, was man sich denken kann, existent, aber völlig unfähig weiter zu existieren. Bis ich am Ende eine neue Aufgabe fand und bis zu meinem Tod im Dienste der Schwächsten lebte, vor allem der Kinder, der Kranken und der Tiere. Ja, das war mein Leben vor Thailand, am Ende des 19. Jahrhunderts.

Von der Japanerin weiß ich wenig. Ich glaube, sie hatte auch keinen Freund, so wie ich jetzt. Sie war Jungfrau, und sie lebte nur für die Kunst. Sie komponierte Lieder und malte Bilder, schrieb Haikus und Erzählungen. Aber leider ist gar nichts von ihr geblieben, denn sie lebte sehr zurückgezogen, und keiner wusste von ihren Werken. Als sie auch ziemlich jung verstarb, verbrannten ihre Erben alles aus Bequemlichkeit, aus Platzgründen, und weil sie von der Kunst nichts verstanden. Das war ein ziemlich bitteres Ende und hat in mir eine gewisse Wut gegen die Gesellschaft hinterlassen. Nur so kann ich es mir erklären, dass ich manchmal plötzlich so wütend gegen meine Mitmenschen werde, so sauer und giftig gegen Ungerechtigkeiten und gegen die Meinungen der anderen in Bezug auf meine Leistungen. Mein eigenes Verhalten stößt mich ab, und ich empfinde es als sehr bedrohlich, denn es könnte, in nur ein paar Sekunden, meinen Tempel der Ruhe und Besonnenheit, meine so hart gewonnenen spirituellen Werte von jahrhundertlanger mühsamer Arbeit auf einmal vernichten. Meine japanische Künstlerin war besser als ich. Dieser Gedanke tröstet mich. Sie wurde nicht wütend und machte sich nichts daraus, als die Erben alles verbrannten. Sie hatte nicht für die anderen gemalt, musiziert und geschrieben, sondern nur für sich selbst und die Transzendenz in andere Bereiche, die über die Eitelkeit der Äußerlichkeiten hinausgehen, und ihre Werke blieben für ihr Inneres wie ein Schönheitsprodukt der Seele, um die Innenhaut geschmeidig zu machen; sie blieben für Buddha, für die Seelenwanderung, die wir alle durchmachen, und vielleicht auch für mich, ihre Nachfolgerin, ihr chronologisches Ich, damit ich jetzt nicht nur den chinesischen Laden habe, sondern auch einige künstlerische Begabungen. Ich habe einiges von ihr geerbt, auch ihre Ruhe, ihre Neigung zur Meditation und zur Einsamkeit. Sie war keine Nonne wie Peony, aber so gut wie eine. An sie und an die Zwölfjährige mit der Zwillingsschwester erinnere ich mich am meisten. Sie sind die am nächsten gelegenen, zeitlich kaum von meinem jetzigen Leben getrennten Abschnitte. Ich bin fast froh, dass wir so einen kurzen Aufenthalt in Thailand hatten, dass wir so kurz lebten... denn so blieben wir rein, von dem Weg nach oben durch nichts abgelenkt, unbemerkt, als Kinder unverdorben, hochsteigend wie Lichtfiguren, und sogar geistige Reserven für unser zukünftiges Leben, das Jetzige, konnten wir sammeln, denn, wer weiß, was uns erwartet?

In der Kindheit erinnert man sich vielleicht noch besser an die vergangenen Reinkarnationen. Ich glaube, dass ich mit fünf Jahren viel mehr als jetzt über die Japanerin und die Zwölfjährige wusste, und über die Frau, die den Partner verlor und weder sterben noch weiterleben konnte.

Es gibt noch so viele Kristallisationen meiner Person und meiner Wege, die ich gar nicht kenne! Aber ich bin nicht ungeduldig und bin stolz darauf, dass ich überdurchschnittlich viel über mich selbst erfahren habe. Zum Beispiel, dass ich vor nicht zu langer Zeit – vielleicht zwischen meiner Geburt als Japanerin und meiner Geburt als verzweifelte Witwe – noch ein anderes Mal ein Mann gewesen bin. Darauf wäre ich aber selbst nicht gekommen, das hat mir jemand erzählt.

Als ich 14 Jahre alt war, hatte ich eine sonderbare Begegnung, im tibetischen Zentrum, mit einer Frau, einer Deutschen, die aber viele Jahre in China gelebt hatte. Sie war eine ältere Dame, ungefähr 60 oder 70, aber noch sehr schön, stark, gesund und mit einer unglaublichen Jugend in all ihren Handlungen und ihrem Ausdruck. Das war auch das erste, was sie mir sagte: „Mein jetziges Alter ist nicht so wichtig. Damals war ich jung, als wir uns fanden, du und ich, und zusammenlebten."

Als ich ihre Stimme hörte, konnte ich nicht umhin mich zu wundern und sehr überrascht zu sein. Ich war tatsächlich sexuell erregt. Mein Körper war gar nicht daran gewöhnt, denn er reagierte selten auf Kontakte in dieser Hinsicht und besonders in diesem Alter. Ich kannte nur platonische Schwärmereien von meinem Lehrer und meinem Lieblingsschauspieler auf den Fotos, aber diesmal war es wirklich sinnliche Anziehungskraft, die mich überkam und aus der Fassung brachte. Meine Hose wurde nass, und es war mein erster bewusst erlebter Orgasmus, komischerweise mit einer Frau als Gegenstand. War es eine gleichgeschlechtliche Liebe? Oder die Widerspiegelung einer zweigeschlechtlichen Konstellation damals? Sie kann meine Erregung nicht sehen, dachte ich erleichtert. Wäre ich ein Mann, dann würde sie es doch sehen. Mein Kleid bleibt passiv und meine weibliche Natur schützt mich vor allen Blicken.

Aber die ältere Dame sagte mit einem Lächeln: „Ich komme dir nicht fremd vor, weil wir uns sehr nahe stehen. Wir haben alle Distanz und alle Barrieren überwunden. Damals warst du ein Mann, und du hast mich geliebt."

„Wann war das denn?", fragte ich voller Erstaunen. „Wie heißen Sie jetzt? Und damals?"

„Ich heiße Brigitte, damals Shamuk aus Indien. 1838 lernten wir uns kennen, in Peking. Aber leider konnten wir nicht sehr lange zusammen bleiben, denn ich hatte meine Schwiegermutter zu versorgen, meinen Mann und fünf Kinder."

Es klang wie ein Märchen, die Frau war einfach verrückt... oder es war tatsächlich wahr. Würde sie mich vielleicht adoptieren und mich zu ihrer Erbin machen? Würde sie vielleicht verschwinden? Ich glaube, sie hatte so viel Angst wie ich vor karmischen Partnern, denn sie entschloss sich für das Letztere. Sie besuchte das Kulturzentrum nie wieder, um mich nicht wieder zu treffen, sie besucht mich nur hin und wieder in meinen Träumen.

Flüchtige Einblicke in noch zwei Lebensporträts habe ich manchmal, und es ist nicht so, als wenn man einen Film sieht und sich später daran erinnert. Es hat etwas mit mir selbst persönlich zu tun, es ist tiefgreifend und sehr wichtig.

Ich bin fast sicher, dass ich irgendwann, in dieser begrenzten Ewigkeit der erinnerten Vergangenheit, ein sehr armes Kind gewesen bin. Ich bewohnte mit noch vielen anderen Unglücklichen eine alte, schmutzige und unbeheizte Hüte, wo ich in der Nacht fror. Mit vier Jahren starb ich an Unterernährung. Das würde gewissermaßen meine heutige Beziehung zum Essen erklären. Ich esse ungern, mit großem Widerwillen. Meine Eltern konsultierten Psychologen, als ich 16 war und fürchterlich abgemagert aussah; sie sagten etwas von „Anorexie". Aber ich – in meiner tiefen Religiosität – habe es anders gedeutet. Ich sehe eine überzeitliche Begründung darin. Wenn man in einem Leben etwas nicht haben darf und dann in dem nächsten Leben einen Überfluss davon hat, dann widerstrebt es einem, es anzunehmen. Man ist zu stolz. Die Schmerzen, die ich manchmal habe, stehen nicht nur in Verbindung mit meinem Körper, sondern mit anderen Körpern, in denen meine Substanz verweilt hat, Hungerschmerz der Vierjährigen, Unfallschmerz der Zwölfjährigen, Liebesschmerz des Mannes Shamuk mit der verheirateten Geliebten... Schmerzen der Einsamkeit bei der Japanerin, deren Werk nicht an der Öffentlichkeit gelangen konnte.

Bei mir ist überhaupt die Tendenz da, ziemlich jung zu sterben. Das ist auf der einen Seite schmerzhaft, denn man hat kaum Zeit, um die Aufgaben zu erledigen, aber andererseits hat diese Form der Kindheit in ihrer Verdichtung und Transparenz einen reinigenden Einfluss; es ist fast so gut, wie das Leben in einem Kloster zu beenden.

Die älteste meiner noch verinnerlichten Reinkarnationen ist eine, in der ich auch als Mann geboren wurde. Es ist schon sehr, sehr lange her, im Mittelalter, ich starb an der Pest. Ich war mit einer jüdischen Schönheit verheiratet, die mich am Anfang pflegen wollte, aber die später mit dem Arzt vor mir flüchtete, weil beide Angst vor der Ansteckung hatten. Übernehme ich das aus irgendeinem Roman oder Theaterstück? Nein, es könnte durchaus in mir selbst sein. Die Frau verschwand, und ich wollte diese karmische Partnerin nicht mehr finden, nicht mehr sehen. Aber sie hatte ein schlechtes Gewissen und kam immer wieder. Hoffentlich kommt er jetzt nicht wieder, sie als Mann, ich als Frau in dieser neuen Fassung des 21. Jahrhunderts.

Meine Beziehungen zu Männern sind bisher oberflächlich gewesen, keine intimen Kontakte, obwohl ich schon 23 Jahre alt bin. Die deutschen Männer wundern sich immer wieder darüber und können es mir nicht glauben, dass gerade ich, so eine „exotische Frau", eine Chinesin, mich sofort, wie ein verbranntes Kind, dem sexuellen Verlangen der Europäer widersetze. Vor den Chinesen muss ich mich gleichfalls in Acht nehmen, denn sie denken ungehemmt, ich wäre auf meine Landsleute angewiesen und würde mich ihnen gegenüber besonders nachgiebig zeigen. Wie sie sich alle irren! Eine der Lektionen, die ich in meinen abenteuerlichen Reinkarnationen gelernt habe, ist die Keuschheit. Wenn man keusch ist, lässt es sich viel leichter, harmonischer und ohne Schatten sterben; man ist freier und weniger an den Körper gebunden, genauso wie wenn man wenig isst und trinkt. Die Laster sind an sich keine Sünden gegen irgendwelche Gesetze, aber sie beschweren schon den Zugang zum Spirituellen. Deshalb sind die Mönche und Nonnen, wie Peony, so enthaltsam und am Ende völlig unabhängig von irdischen Bedürfnissen. Vielleicht war ich in einer meiner Vorexistenzen eine Prostituierte und hatte soviel davon gehabt, so einen Überfluss, dass ich jetzt das Sinnliche nicht mehr brauche. Genau das gleiche wie mir mit dem Essen passiert ist. Damals hatte ich zu wenig, und jetzt verabscheue ich diesen

Überfluss an widerlich süßen oder herzhaften Speisen, die die Menschen ständig in mich hineinpumpen wollen.

Vor drei Jahren hatte ich ausnahmsweise einen Freund, zwei Monate lang. Er war ein deutscher Kussfreund und wir standen schon auf der Schwelle des Liebesaktes, aber ich hatte viel Angst. Er konnte so wunderbar heftig küssen, dass ich mich total versklavt fühlte, der Erde ausgeliefert. Ich hätte beinahe auf jede weitere spirituelle Entwicklung verzichtet. Aber zum Glück heiratete er seine damalige Verlobte aus einem bayerischen Dorf und wir haben uns nicht wieder gesehen.

Im Großen und Ganzen bin ich mit meinem spirituellen Werdegang zufrieden, obwohl ich auch sehr düstere Erlebnisse gehabt habe. Die Pest war bestimmt kein Leckerbissen, und dann das Verhungern... der Krieg... das Verschwinden der eigenen Werke, sobald man die Augen zumacht... in einem fremden Auto (weil man noch keinen Führerschein hat) unwiderruflich verbrennen... Wir wurden zu Asche so schnell und ohne Rituale, dass keine Einäscherungszeremonie mehr notwendig war. Gott sei Dank habe ich keine Erinnerung an die Prostitutionsszenen, als ich nach vielen sexuellen Erfahrungen jeglicher Art womöglich zur Konkubine eines reichen Chinesen wurde. Aber egal wie schwer mein Leben war, ich glaube, ein überwältigender Impuls nach vorne ist mir immer erhalten geblieben und hat mich auf immer höhere Stufen weitersteigen lassen, konstruktiv geschützt und geleitet. Ich habe so viel gelernt und ein Beweis dafür ist, dass ich mich an so vieles aus meinen vergangenen Leben erinnern kann. Den meisten Menschen ist es nicht gegeben zu wissen, wie ihre Geburts- und Todeserfahrungen waren. Ich habe eine besondere Gabe. Ohne Hypnose und voll wach bin ich im Stande, große Strecken meiner Reinkarnationen zu sehen.

Bin ich jetzt noch exotischer als sonst? Ich bin nicht nur Peony, die Deutsch-Chinesin, sondern auch eine Seherin, mit besonderen Kenntnissen ausgestattet, eine Wahrsagerin und Kartenlegerin.

Heute habe ich eine wichtige Entscheidung getroffen. Ich sage zu meiner karmischen Mutter, die es gar nicht weiß, dass sie schon ein paar Mal meine Mutter gewesen ist: „Meine Arbeit im Laden hat wenig Sinn. Sie bringt mich nicht weiter und wird zu mechanisch und materiell. Sie war nur gut für kurze Zeit, damit ich allerlei Leute beobachten konnte. So konnte ich auch länger bei euch bleiben und etwas Geld verdienen. Aber jetzt wäre es ein Zeitverlust."

„Was hast du denn vor, kleine Peony? Du willst wohl nicht nach China zu deinen alten Verwandten? Dort gibt es schon zu viele Leute und bei der jetzigen politischen Lage... Kein vernünftiger Mensch würde Deutschland verlassen, um dahin zu ziehen. Auch nicht nach Tibet, oder? Hat dir dein Vater etwas eingeredet? Immer flüchten mehr Leute, immer gibt es mehr Asylanten aus Tibet auf der Welt und nicht einmal der Dalailama ist dort geblieben und plant bei seiner nächsten Reinkarnation anderswo geboren zu sein."

„Nein, Mutter. Im Moment verlasse ich Deutschland noch nicht. Hier bin ich exotisch und kann einige Vorteile daraus ziehen. Ich gehe nur in eine andere Stadt."

Gedanklich bin ich die verschiedenen möglichen Berufe für mich durchgegangen: Ein Model? Meine Figur ist dementsprechend sehr schlank, da ich kaum esse, und ich könnte von daher eines sein. Aber ich bin nicht frivol und extrovertiert genug. Ich mag keine Fotos, keine eitlen Vorbereitungen mit Kleidungsstücken, Frisuren und graziösen Bewegungen, auch keine Kontakte mit Männern. Ich könnte höchstens Akupunktur und chinesische Massage lernen oder als Krankenschwester arbeiten. Das Wohlergehen anderer im Reich der körperlichen und seelischen Gesundheit wäre schon eine schöne Aufgabe. Aber für die Ausbildung wäre es jetzt eigentlich zu spät, ich hätte früher anfangen sollen.

„Was für eine Arbeit möchtest du?", fragt meine Mutter wie in einem Nachhall meiner eigenen Fragen.

„Ich habe ein inneres Wissen, und das würde ich gerne weitergeben. Es gibt seit kurzer Zeit einen neuen Fernsehsender für esoterische Beratung auf allen möglichen Gebieten des Okkultismus: Astrologie, Wahrsagung, Engelkontakte, Seelenwanderung. Ich habe zufälligerweise eine der Berater dort kennen gelernt (es sind viele, die dort arbeiten, bestimmt 60 oder 70, denn sie sind rund um die Uhr für alle spirituellen Sorgen da) und vielleicht werden sie mich aufnehmen. Wenn nicht, dann könnte ich immer zurückkommen und wieder Sachen verkaufen oder in einem Restaurant servieren. Aber das sind alles Beschäftigungen, die mich nicht befriedigen, und ich bin sicher, sie werden mich anstellen. Sie brauchen auch exotische Frauen. Mein Deutsch ist fehlerfrei, was für solche Sendungen unabdingbar ist, doch ich komme aus dem alten China und habe viel meditiert. Die ganze Weisheit Asiens ist in mir. Ich habe nicht nur ein paar Monate in Indien unter der Anleitung eines Schamanen wie einige verbracht, sondern mein ganzes Wesen ist davon geprägt. Sie können mich nicht ablehnen. Ich habe in meine Karten geschaut, und das ist mein Weg."

Meine Mutter sagt nichts. Sie ist passiv und kompromissbereit. Schon in einem Vorleben musste sie mich gehen lassen, und im Grunde ist sie schon daran gewöhnt. Am schwersten fällt mir die Trennung von meiner Freundin Lychee, meiner ehemaligen Schwester. Aber wir haben uns darüber geeinigt, dass sie mir bald folgen wird.

Im Fernsehsender habe ich tatsächlich mein zweites Zuhause gefunden. Am Anfang bin ich natürlich auf Probe dort, aber unverzüglich und reibungslos werde ich zu einem festen Bestandteil des Beraterteams. Die meisten sind Frauen, sehr nette Kolleginnen mit vielseitigen Begabungen und einem sicheren Auftreten. Sie sind vor allem sehr flexibel, rhetorisch und psychologisch geschult, schön anzuschauen, meistens jung und haben hübsche Stimmen. Sie sind eine bezaubernde Mischung aus Fernsehstar und moderner Hexe. Schon damals habe ich sie sehr bewundert, als ich mir ihre Sendungen anschaute. Sie sind eine reizende Gruppe von sympathischen Hexen, die nicht wie in den Märchen Angst hervorrufen, sondern eher eine Atmosphäre von Hilfsbereitschaft schaffen, Gutgläubigkeit und alltägliche Kumpelhaftigkeit gegenüber den Frauen, die um Rat bei den Sendungen mit ihnen fragen. Sie sind meistens weiblich, attraktiv, unterhaltsam; manchmal wirken sie etwas gekünstelt, wie Schauspielerinnen, die unbedingt ihre Rolle spielen müssen, oder wie Marketingexpertinnen, die mit klugen Gesprächen und subtiler Werbung die Kunden am Telefon festhalten wollen. Sie vermitteln eine übersinnliche Welt der Tiefe und der inneren Kenntnisse aber gleichzeitig in einer Verpackung von Harmlosigkeit und Trivialität. Wir können es nicht ändern. Es ist unsere moderne Zeit, und auch wenn es uns teilweise widerstrebt, müssen wir so weitermachen.

Seit einigen Jahren hat der sechste Sinn in Deutschland große Konjunktur: Schamanen und Wahrsager, Botschaften des Jenseits, Entspannungsübungen, Sammlung von Energien, Gedankenübertragung, Theosophie, östliche Rituale und Buddhismus. Noch in den neunziger Jahren wäre es unvorstellbar gewesen, dass ein Sender sich ausschließlich mit solchen Themen befassen würde. Jetzt sind wir in Mode, dafür müssen wir aber den Preis des Kommerziellen bezahlen. Ist es nicht zu viel verlangt, dass eine Kollegin zum Beispiel „Schnellrunden" am Telefon wie in einem Marathon von Blitzantworten anbieten muss? Es wird von ihr erwartet, dass sie innerhalb von Sekunden alles Mögliche, meistens über Liebesbeziehungen, anhand der Karten voraussagt. Und das alles so flüchtig, am Telefon, aus der Ferne, ohne die Menschen zu kennen, manchmal auch ohne die Vornamen der betroffenen Partner zu nennen... Das widerspricht gerade unserem heiligen Prinzip der Ruhe, und Ruhe braucht man unbedingt, um in die so verschiedenen Ebenen des Seins einzudringen, um die geheimnisvollen Wissenschaften der Seele zu ergründen. Ich kann mir nicht helfen, es ist zu viel Show darin. Meine Kolleginnen können unmöglich so viel wissen, wie sie angeben; sie beherrschen nur sehr gut die Techniken der Gesprächsführung und haben vorbereitete Antworten, die meistens zu den Situationen und Wünschen der Zuschauerinnen passen. Es ist zum Teil empörend. Wir erliegen auch einem Arbeitsverhältnis und sind nicht eigenständig. Von uns wird die Lüge der Allmacht abverlangt. Aber ich wehre mich dagegen und mache nicht bei allem mit, was die kommerziellen Fernsehmanager von uns wollen. Ich bin doch keine Sklavin. Ich habe es schon den Kolleginnen gesagt: Dann lieber verdiene ich weniger Geld und komme nur hin und wieder zu bestimmten Sendungen, wo man etwas mehr Zeit hat und sich mit mehr Ehrlichkeit und Ausführlichkeit den Zuschauern widmen kann. Ich brauche sowieso kaum zu essen und habe keine Familie zu ernähren, während einige meiner Kolleginnen sehr ehrgeizig sind und sparen wollen, um sich irgendwann eine eigene Praxis als Heilpraktikerin oder Beraterin besorgen zu können. Ich dagegen bin zukunftslos und denke nur an jetzt. Ich sage auch keine Lügen, denn mein Beruf ist mir sehr wichtig. Wenn ich nicht ganz sicher über die Karten bin, dann gestehe ich meine Grenzen; dann erbiete ich mir mehr Zeit oder ich schlage ein privates Telefongespräch vor. Wir haben abwechselnd auch die Möglichkeit, private Beratungen zu geben, was natürlich schöner ist. Dann brauchen wir nicht live vor den Kameras zu stehen und uns nervös machen zu lassen von den quälenden technischen Erfindungen unseres Zeitalters. Wenn ich die Hektik und das moderne Getue meiner Kolleginnen sehe, kriege ich eine Gänsehaut. Es ist tatsächlich ein zu harter Gegensatz zu dem kontemplativen, meditierenden Geist der Erleuchtung in uns. Alle im Studio und besonders die Techniker der Regie nennen mich kritisch „die unentschlossene, zögernde Prophetin, die langsame, exotische Peony". Aber ich glaube, dass die Zuschauer mehr Vertrauen zu mir als zu den anderen haben. Immer wieder werde ich für private Telefonate ersucht, um eine Weiterführung des angefangenen Gesprächs unter besonders speziellen und schwierigen Fragen gebeten.

Ja, unser Beruf hat, wie gesagt, auch einiges Negatives und Nervenaufreibendes. Manchmal, wenn keine Anrufe bei uns ankommen und die Fernsehkamera auf die Gestalt der Wahrsagerin in Wartestellung vor dem stummen Telefon zeigt, sind meine Kolleginnen und ich verzweifelt. Damals hatte ich schon Mitleid mit den Kolleginnen gehabt, immer wenn ich das sah, und jetzt habe ich auch Mitleid mit mir selbst. Meistens ist es so, dass in der Nacht, um zwei Uhr morgens zum Beispiel, kaum jemand anruft. Mit mehr oder weniger Geschick müssen wir dann als Alleinunterhalter sitzen und warten. Wir benehmen uns alle ungefähr gleich: wir müssen die Zeit überbrücken, bis der nächste Anruf kommt und etwas Leben in die Sendung bringt. Manchmal vergehen 10, 15, 20 Minuten sogar und nichts geschieht, nur diese astrale Musik im Hintergrund, das hypnotische Ticken des Generators und unsere Zwischenrufe und Kommentare, denn wir müssen immer etwas sagen, damit die Sendung nicht so tödlich langweilig wird. Mag sein, dass ich mehr als die anderen seufze und fast in Versuchung gerate, einzuschlafen, denn diese Bettelei um den Anruf ermüdet mich unaussprechlich. Aber ich tue auch mein Bestes: Ich mische die Karten, um Zeit zu gewinnen. Wenn ich singen oder Märchen erzählen könnte, würde ich es auch tun. Ich erzähle über meine spirituellen Fähigkeiten, mein chinesisches Blut und die acht Reinkarnationen, die ich über mich selbst erfahren habe. Ich versuche, die hypothetischen Anrufer dazu zu animieren, dass sie in Kontakt mit mir treten: „Bitte seien Sie nicht feige, liebe Zuschauer. Sie wollen doch etwas über sich selbst wissen, darum rufen Sie jetzt an und sprechen Sie mit mir. Sie bleiben anonym. Wenn Sie möchten, können wir Ihre Stimme ausblenden, sodass man nur mich hört, aber nicht das, was Sie sagen. In dieser sehr intimen Beratung bleiben wir ganz unter uns. Und weil es so spät ist, mache ich Ihnen sogar ein Geschenk, da Sie zu den Tapferen gehören, die nicht schlafen gegangen sind.

Wenn Sie jetzt anrufen, biete ich Ihnen einen vollständigen Seelenblick an, ein volles Porträt Ihrer Persönlichkeit. Über eine Viertelstunde bin ich für Sie da, und Sie können mich alles fragen."

Mir wird am Ende richtig kribbelig vor lauter Stille im Studio, aber ich darf die Kontrolle über meine Nerven nicht verlieren. So eine moderne Hexe in einem Telecast darf sich nichts anmerken lassen und muss immer cool bleiben, dafür lernen wir haufenweise so viel Philosophie und Psychologie in Weiterbildungs- und Vorbereitungskursen, die uns ständig vom Konzern angeboten werden. Die Kollegen der Regie lachen mich manchmal aus, weil ich schüchtern und wortkarg bin, und gleichzeitig versuchen sie mich mit energischen Lebenszeichen des Lobes zu ermuntern, wenn ich etwas Interessantes erzähle.

Durch Übung und Eingewöhnung wird meine Arbeit natürlich leichter. In meiner Freizeit habe ich auch ein großartiges Hobby entwickelt, das ich damals in dem Maße noch nicht hatte. Mehr als Hobby ist es schon eine Berufung, das Schreiben von Gedichten. Bereits als Kind hatte ich damit angefangen, aber erst jetzt wird es zu meinem Lebensinhalt. Ich schreibe und fühle mich von allen Lasten befreit. Ich entdecke in mir und jedes Mal mehr die künstlerische Ader der Japanerin.

Aber mit der Zeit werde ich auch pessimistischer als am Anfang meines Aufenthalts in X. Ich grüble viel, ich werde schwermütig und nur das Schreiben, die Melodie meiner eigenen Worte im kleinen Zimmer der Pension, wo ich wohne, tröstet mich. Ich vermisse meine Familie und fühle mich nicht ganz wohl bei meiner neuen Arbeit. Das öffentliche Striptease meiner inneren Begabungen widerstrebt mir. Ein Mönch könnte sich nie mit Fernsehen abfinden. Und so kann ich es auch nicht. Ist es nicht wie ein Warenhandel, diese Zurschaustellung meiner Qualifikationen als Medium, als Wahrsagerin? Ich mag dieses sensationalistische Befriedigen heutiger Bedürfnisse nicht. Der eine will abnehmen und holt sich ein Produkt, der andere will wissen, von Neugier getrieben, wie es mit seinen Finanzen steht, mit der Gesundheit oder mit der Liebe. Andererseits aber habe ich große Sympathie mit unseren Zuschauern, ihrer Ratlosigkeit und Suche, ihren Krisen und unendlichen Fragestellungen. Ich habe meine Berufung entdeckt, ihnen zu helfen, und Fernsehen ist gerade so ein gutes Mittel wie jedes andere. Es wird bestimmt nur eine vorübergehende Phase sein. Irgendwann lande ich auch in der Praxis einer meiner Kolleginnen und werde nur noch private Beratungen unter vier Augen machen, kein Telefon mehr, keine Regie, kein Betteln mehr, um Kunden zu bekommen.

Eines Tages geht es mit meiner Geduld zu Ende. Alles erscheint mir plötzlich sinnlos, vergiftet und ungenießbar. Ich erkenne mich nicht wieder. Ich habe mein Gleichgewicht, meine Ziele und meine Würde verloren.

Die Wut, dieser wiederkehrende Teufel meiner Existenz, den ich schon manchmal nicht unter Kontrolle bringen konnte, hat mich wieder gepackt, und mit so viel Heftigkeit, dass er mich zu ersticken droht.

Ich merkte schon, nach den ersten Monaten der Euphorie, dass es allmählich bergab mit mir ging. Warum bin ich so von den anderen Menschen abhängig? Warum können sie mich so sehr kränken und sogar total zerstören, wenn sie mir nicht wohl gesonnen sind oder mich mit kalter Gleichgültigkeit übergehen? Mir sind in letzter Zeit einige Begegnungen und Ereignisse sehr ungünstiger Natur passiert. Aber soll alles schon reichen, um mich so negativ zu stimmen? Ich bin so überdimensional irritiert, gereizt, bis zur letzten aller Grenzen aggressiv! Wenn ich wenigstens melancholisch traurig wäre! Aber mein jetziger Zustand ist betont feindselig. Ich bin ein Nervenbündel, wie unter Strom. Ich bin sprungbereit, erschüttert und gekrümmt, aber dann hochstehend, steif und ohne Angst wie ein Baum, ein wütender Baum aber, der keinen Schatten mehr gibt und keine erfrischende Wirkung mehr hat, der gefällt wird und das weiß... und deshalb keine Weichheit mehr besitzt; nur Fluchen, Zähne zeigen, im Zorn widersprechen und sich gegen eine ungeheure Ungerechtigkeit äußern kann er. Es ist schon gravierend, was mir zugestoßen ist. Soll ich zu einem Psychologen gehen? Ich kann mich nicht daran erinnern, dass ich jemals in meinen Vorlebenserfahrungen einen gebraucht hätte, weder als Japanerin, noch als Thailänderin, noch als Mann. Ich habe mir immer genügt und konnte mich selbst heilen.

Alles begann mit dem Vetter meiner Kollegin Olivia, der Astrologin und Heilpraktikerin. Er hieß Heinrich Gromberg. Er wollte mich zwingen, mit ihm zu schlafen, und ich wollte keusch bleiben. Ich mochte ihn nicht. Wenn überhaupt, dann hätte ich mir lieber einen Chinesen und keinen Deutschen genommen. Eines Tages gab er mir viel Sekt zu trinken, ich fühlte mich ziemlich einsam und durch seine hartnäckigen spielerischen Liebkosungen sexuell sehr erregt. Am Ende gab ich nach; aber eine halbe Vergewaltigung war es schon, denn ich wollte es nicht. Am nächsten Tag fühlte ich seine Lieblosigkeit und meine eigene. Ich fühlte mich erniedrigt und durch diese dumme Gestalt verärgert. Meine Wut begann gegen ihn, und dann verbreitete sie sich gegen viele andere Menschen oder Schicksalswendungen.

Dann starb plötzlich meine Mutter. Das war Pech. Es kam zu verfrüht und unerwartet. Es ist mein erster Todesfall in diesem Leben, und natürlich schmerzt es wie Feuer. Ich hatte nicht damit gerechnet, und besonders jetzt nicht, da ich auf Reisen war, mit mir selbst beschäftigt, und da ich mein Elternhaus zum ersten mal verlassen hatte. Ich fühlte mich schuldig. Wäre ich doch bis zuletzt bei ihr geblieben!

Durch den zufälligen und einmaligen, ungewollten Kontakt mit Heinrich wurde ich schwanger, genau so plötzlich und ohne Vorwarnung wie meine Mutter gestorben war.

Alles waren seltsame Dinge, dramatisch, schnell, Als ich schon angefangen hatte, mich ein wenig über dieses neue Geschöpf zu freuen (ich dachte, es wäre eine Tochter und dass meine Mutter in ihr weiterleben würde), da gab es eine für mich erschütternde und grausame Fehlgeburt. Ich weiß nicht warum, denn ich hatte nicht versucht, abzutreiben. Wahrscheinlich war es durch die Nervosität über die Beerdigung der Mutter, das Verschwinden unseres Vaters und meine nichtssagende, trockene Beziehung mit Heinrich. Ja, kurz nach der Beerdigung war mein Vater verschollen und wir wussten nicht im Mindesten wohin er sich begeben hatte. Die Karten sagten zu mir mitleidslos, wie sie immer sind, dass er in in den Niederlanden mit einer hübschen Zigeunerin lebte. Aber eine andere Stimme sagte zu mir in meinen Träumen, dass er sich in einem tibetischen Kloster versteckt hatte und auf mich wartete. Doch keiner wartete auf mich in dem nun leeren Haus. Meine Geschwister und ihre Familien waren ziemlich apathisch geworden, seitdem ich Hamburg verlassen hatte. Auch meine karmische Schwester schien mich gar nicht mehr zu brauchen und sie folgte mir nicht trotz meiner herzzerreißenden Sehnsucht und Liebe, als ich wegen meiner Arbeit wieder nach X zurückkehren musste.

„Da hast du es", dachte ich manchmal bitter-ironisch. „Durch das Ausziehen vom Zuhause wolltest du ein breiteres Leben haben, und nun ist es viel enger geworden. Teilweise werde ich für meinen Ehrgeiz bestraft; ich wollte Beraterin werden statt Verkäuferin. Ich bin eitel und mache mir zu viel aus den Meinungen der Gesellschaft."

Ja, mein Fixiertsein auf die Gesellschaft war tatsächlich immer mein größter Fehler gewesen. Ich hätte alles für Lob, Anerkennung, Auszeichnungen, einen ersten Platz gegeben. Und wenn jemand mich herabsetzte, anderen den Vorzug gab und mich als minderwertig behandelte, konnte ich es nicht ertragen. Ich musste mich in irgendeiner Form dagegen wehren und meiner Wut Luft machen. Ich beneidete unentwegt - mit einer fast rabiaten Besessenheit - die Schützlinge, die Gutsituierten, die immer Preise bekamen und auf ihrem Gebiet glänzten. Solange ich noch keine festen Ziele hatte, ging es noch mit meinen Erwartungen und Bedürfnissen. Aber jetzt, seitdem ich schrieb, in der Öffentlichkeit aus meinen Texten las, sie mit Gruppen besprach und an Verlage schickte, war ich noch mehr auf Anerkennung und Verständnis fixiert. In allem anderen konnte ich ruhig unbedeutend sein, zurückgezogen leben und wenige Feierlichkeiten auf der Welt mitmachen, aber in meinem Schreiben wollte ich schon präsent sein und dass mein Buch weiter bleiben dürfte, wenn ich nicht mehr da wäre. Alle Hindernisse, die sich mir stellten, waren mir verhasst. Vielleicht war es die alte japanische Künstlerin in mir, die womöglich doch nicht so erhaben, distanziert und zufrieden starb, die jetzt durch mich mit unversöhnlicher Aktivität und kämpferischem Geist ihre Rache daran üben wollte, dass ihr Werk damals verbrannt wurde und alle ihre Anstrengungen vergeblich waren. Das sollte mir nicht geschehen, nicht zum zweiten Mal. Da ich diese Gabe des Schreibens hatte, die Gott in mich eingepflanzt hatte, wollte ich sie verteidigen und für sie überleben.

Aber oft war ich erfolglos und mit meinen Worterfindungen ganz alleingelassen. Alle Augen schauten verständnislos und ohne Begeisterung auf die Zeilen, die ich mit so viel Inbrunst und Freude geschrieben hatte, für mich selbst, aber auch für sie, für die Gesellschaft. Worin bestand diese fundamentale und radikale Abweichung zwischen dem, was ich empfand und dem was die anderen empfanden? Auf jeden Fall waren die Menschen, die mich umgaben, ganz anders konstruiert als ich, von einer ganz anderen Bauart.

Ich wurde meistens übersehen, beinahe für eine literarische Null gehalten, und das verletzte mich zutiefst. Nur als Kartenlegerin wurde ich akzeptiert, aber nicht als Dichterin, und das fiel mir umso schwerer zu begreifen, als dass ich gerade in meinen Versen das Beste von mir selbst erblickte. Jedes Mal hatte ich ein echtes Problem mit meiner Eitelkeit, wenn ein Verlag Manuskripte ablehnte, wenn eine mir versprochene Lesung nicht zustande kam, wenn ich die unangenehme Pille schlucken musste, dass andere bevorzugt wurden, dass mein Name gar nicht erwähnt wurde, und wenn, dann nur in einem falschen Zusammenhang. Ich war so überempfindlich und kleinlich, dass ich mich selbst manchmal verachtete. Doch ich musste weiterhin an mich glauben. Es war nicht nur Eitelkeit, der Wunsch, Geld zu verdienen und applaudiert zu werden. Ich verblutete an der Opposition der Gesellschaft gegen mich. Warum unterschätzten sie mich immer und nahmen mich nicht ernst? Das Grauenhafte war, dass es schien, als hätten sich alle in diesem massiven, einheitlichen Verhalten verbündet. Nicht nur einige, sondern alle, handelten gleich ungerecht mir gegenüber, wie mir schien. Es war eine Kettenreaktion des Übels: Die Verlage lehnten alles ab; die Lesungen, die ich auch für andere Dichter organisierte, wurden immer schwieriger; meine wohl geplanten Einladungen, Programme und meine Suche nach Sponsoren hatten kaum einen Nachhall. Keiner meldete sich auf meine wiederholten E-Mails, weder das Publikum, noch die Kollegen, die mit mir lesen sollten. Alles blieb unbeantwortet, und keiner hatte Zeit. Der Computer mit seiner Leere an Nachrichten irritierte mich auf das Äußerste. Immer wenn ich dynamisch und voller Kraft etwas planen wollte, da kamen immer wieder diese trägen und dunklen Gestalten, die mir nicht zu agieren erlaubten. Die mit Sorgfalt überlegten Formulierungen halfen nichts, die guten Einfälle, die fleißig gespeicherten Adressen, die brillanten Projekte voller Ausdruck und lebendiger Sprache in meiner Phantasie... Alles half nichts. Die Tage verschleppten sich mühsam in der Anonymität der nicht-verwirklichten Ideen und der nicht erreichten Menschen. Am Ende war die geplante Veranstaltung nicht zu retten gewesen, oder wenn sie überhaupt stattfand, war sie ganz anders, als ich sie konzipiert hatte, ohne Ruhm, kaum wahrgenommen, zu einer unverdaulichen Milch geworden, gemischt mit Wasser, und nie erhielt ich einen Lob für meine Versuche.

Da kam eines Tages die eigentliche Krise meines Lebens.

Ihr waren als Vorläufer einige körperliche Gebrechen vorausgegangen. Zum Beispiel hatte ich einen dummen Unfall bloß wegen einer Stufe, auf die ich nicht geachtet hatte, und zerbrach mir das rechte Handgelenk. Lange Zeit konnte ich nicht schreiben und versank in Meditation. Aber diese verschaffte mir kaum Erleichterung. Ich beschwerte mich über mein Schicksal. Warum war die Mutter noch so jung gestorben? Warum war meine Sinnlichkeit als Frau und Mutter schon von vornherein so frustriert, verwelkt und ohne Freuden? Warum hatte sich meine karmische Schwester von mir losgesagt, nur weil sie jetzt neue Freunde hatte? Fühlte ich mich überhaupt berechtigt, mein geheimes Wissen weiter in den Dienst eines kommerziellen Senders zu stellen, der offensichtlich nur auf Profit und Geschäft aus war? Und wie würde ich es verarbeiten, wenn mein Schreiben weiterhin vergeblich blieb und kein Mensch sich darum kümmerte?

Als ich von meinem Handgelenk Ruhe hatte und erneute Energien zum Schreiben bekam, hatte ich sehr starke Schmerzen im Mund, eine unangenehme Kieferentzündung, die mir das Essen noch lästiger machte; sieben meiner Zähne mussten auf einmal gezogen und ein Teilgebiss schon in meinem jungen Alter eingesetzt werden. Man redet immer von Thantalus und Prometheus, aber das mit den Zähnen ist auch so eine Tortur, die sich auf viele

Stunden erstreckt und die Lebensqualität grundlegend beeinträchtigt. Meine Zunge war angeekelt, wie abgestumpft und durch das unerfreuliche Spazieren in einem brennenden Mund mit vielen Löchern oder Kronen und Implantaten verärgert. Ja, das beschrieb meinen Zustand am besten, ich war verärgert, gespannt und zornig, als hätte man mich ohne Grund geschlagen und noch behauptet, ich wäre an allem schuld, was passiert war. Ich hätte mich beinahe umbringen wollen. Aber wozu denn, wenn man sowieso wieder geboren wird? Es war wie eine Sackgasse ohne Fluchtmöglichkeiten. Ich hatte auch keine Lust, wieder geboren zu sein. Wozu denn? Die ganze mystische Leiter nach oben zur Vollkommenheit schien mir jetzt leer. Zum ersten Mal zweifelte ich an meinen Fähigkeiten als Medium, an meiner Harmonie mit der Natur und mit dem ganzen Sinn der Schöpfung. Was sollte ich überhaupt vermitteln? Und wofür? Gewiss, das waren die Vorläufer der Krise, die Zähne, die mich quälten, einmal das Handgelenk schon wiederhergestellt war. Ich fühlte mich nicht mehr exotisch und attraktiv, nicht für die anderen und nicht für mich selbst. Und dann überschütteten noch zwei schlechte Nachrichten ihr Gift auf meinen schon geschwächten Schreibtisch, den toten Schreibtisch, den verhungerten ohne die Nahrung des Erwünschten. Es waren eine E-Mail und ein Telefonat, die mich in eine düstere Laune versetzten.

Ich hatte mich zu einer bald kommenden Lesung angemeldet. Die vornehme Dame vom Kulturamt, Frau Schmitt, hatte sie mir beim letzten Termin so gut wie versprochen und auch das ungefähre Datum stand fest: kurz vor Weihnachten. Jetzt aber schrieb sie sehr vorsichtig und abweichend, dass es nicht geklappt habe.

„Im nächsten Jahr vielleicht ..." Aber auch da wollte sie sich nicht kompromittieren, „denn die Kultur läuft schwierigen Zeiten entgegen und man kann nie über die finanziellen Mittel für ein Projekt sicher sein."

Die Wahrheit war aber, dass sie eine andere Person bevorzugt und ihr die Lesung an meiner Stelle gegeben hatte.

„Ich kenne diese Person. Sie ist überall, so wiederkehrend in meinem Leben wie ein Fluch. Sie ist eine sehr berühmte Journalistin, kalt und hart, eine unsympathische Frau, doch überall wird sie sehr gut empfangen wegen ihrer vielen Beziehungen, und sie holt sich alle möglichen Lesungen, wenn sie nur den Wunsch äußert. Ich glaube, ich müsste die Stadt verlassen, sonst wird sie mir immer zum Verhängnis werden. Irmela Schaffner heißt sie. Schon in Hamburg hatte ich von ihr gehört und ich ging zu einer ihrer Lesungen. Als ich sie kennen lernte, war ich enttäuscht, und sie mag mich auch nicht. Sie redet immer schlecht von dem, was ich schreibe. Sie findet mich nicht exotisch, sondern kränklich, minderwertig und uninteressant. Sie mag grundsätzlich keine Ausländer, habe ich den Eindruck, obwohl sie es hartnäckig leugnet, denn sie verdient ganz gutes Geld und öffentliche Aufmerksamkeit durch ihre Kampagnen gegen Ausländerfeindlichkeit und Rassismus. Das ist ein Paradoxon, das ich oft erlebt habe. Aber lassen wir Frau Schaffner beiseite. Das Essen schmeckt mir noch weniger, wenn ich an sie denke. Auf jeden Fall ist die Lesung schon weg. Sie hätte wahrscheinlich mir auch nicht viel gebracht, aber vielleicht die Möglichkeit weiterer Kontakte gegeben. Außerdem lese ich gerne meine Lyrik in der Öffentlichkeit. Ich will ständig und so viel wie möglich meine Vortragsweise üben, damit ich sie nicht gänzlich verlerne."

Das Telefonat war mit Frau Annette Riehler, von einem kleinen Verlag. Schon seit einigen Monaten hatte sie zwischen der Veröffentlichung oder der Ablehnung meiner Gedichte geschwankt, was mir noch einigermaßen Mut gab. Sie ließ mich zwischen einem halben „ja" und einem halben „nein" zappeln. Jetzt aber entschied sie kategorisch und bitter: „Wir sind pleite. Wir können kein Risiko mehr eingehen. Es tut mir Leid."

Die Frau war nicht schlecht, und es fiel ihr schwer, mir „nein" zu sagen. Aber sie redete nur von Finanzproblemen und sagte kein einziges Wort zu meinen Gedichten. Ich glaube, sie hatte sie gar nicht gelesen ,wie so viele... und allein diese Unterschätzung, die schon daran lag, nichts kommentieren zu wollen und kein Interesse gezeigt zu haben, verletzte mich wie eine Ohrfeige. Aber vielleicht sind deutsche Verleger so. Wenn kein Geld da ist, dann begeistern sie sich für nichts.

Noch eine dritte Nachricht kam später hinzu, die aber nichts mehr mit meinem Schreiben zu tun hatte. Immer müssen es drei sein, wie die Grazien, die Furien und die Dreifaltigkeit für die Christen.

Meine Beratungen waren in letzter Zeit nicht mehr so gut, der Fernsehsender war voll überlaufen von Bewerbungen von Frauen, die viel schöner und begabter als ich waren, und so hatten sie beschlossen, mich innerhalb von drei Monaten zu kündigen. Auch da konnte ich das manipulierende, hässliche Verhalten einiger Menschen spüren. Eine Zuschauerin hatte sich über mich beschwert, weil ich angeblich nicht auf ihre Fragen gut genug eingegangen war. Eine andere, weil ich ihr klipp und klar gesagt hatte, dass ihr Freund endgültig Schluss mit ihr gemacht hatte. Sollte ich sie etwa belügen und ihr sagen, dass er doch zurück zu ihr kommen würde, auch wenn die Karten etwas ganz anderes sagten? Aber die Beschwerden der Kunden sind schon wichtig, genauso wie die Beschwerden der Patienten über einen Arzt oder der Eltern in der Schule über die Lehrer. Außerdem hatte eine Kollegin gegen mich intrigiert. Es war Olivia, Heinrichs Cousine, die beabsichtigt oder unbeabsichtigt mir das Böse vor die Tür gesetzt hatte. Nicht immer herrscht Friede und Loyalität zwischen den Wahrsagerinnen. Auch unter uns gibt es Konkurrenzkämpfe und riesige Missverständnisse.

Aber jetzt ist mein Glas schon voll. Meine Wut steigt und steigt... Ich kann mich nicht mehr halten, nicht mehr kontrollieren. Intrigen, Beschwerden... Was noch? Missachtung meiner Rechte (denn ich hatte mich ja zuerst bei der Lesung gemeldet und nicht Frau Schaffner) und dann diese Gleichgültigkeit der Verleger, die nicht über Literatur und Gefühle sprechen, sondern wie Geschäftsleute nur über „rentabel oder nicht rentabel". Kaputte Zähne, Handgelenk und der Tod der Mutter, das sind alles von der Natur gegebene Erscheinungen. Aber es sind gerade die gesellschaftlichen Phänomene, die ich am wenigsten ertragen kann: die verlorene Freundschaft, dass mein Name vergessen wird, dass ich herabgesetzt und dafür andere zum Himmel mit übertriebenem Eifer hervorgehoben werden, dass keiner meinen Impuls erwidert und eine Antwortsreaktion auf meine Fragen oder Aussagen zeigt. Was hat diese Frau Schaffner Besonderes? Immer wird sie wie ein Idol vergöttert, und dabei ist sie eine Schwindlerin und eine kalte, arrogante Person ohne Liebe für die Ausländer!

Heute fühle ich mich wie ein Amokläufer, eine Terroristin. Schließlich sind es heutzutage die Araber, und nicht die Chinesen, die für Terrorismus den ersten Preis bekommen. Und dabei ist es so seltsam, dass ich an Terrorakte gegen meine Mitmenschen denke, ich, die ich mich schon so perfekt glaubte, schon so hoch... und in meinen Entwicklungen so fortgeschritten! Ich muss es mit Bedauern feststellen, dass ich mich noch in einem der primitivsten Stadien befinde, in dem des Hasses. Ich bereite schon die Waffen, am besten eine Bombe. Man sieht sie nicht so leicht, und wenn sie explodiert, ist sie um so wirksamer. Ich werde eine Bombe gegen all diejenigen legen, die mir das Leben ungenießbar machen. Es ist schwer, die Macht einer Bombe so zu limitieren, dass sie nur auf einen bestimmten Kreis abzielt und dass die anderen verschont bleiben. Es ist schwer die genaue Gruppe zu definieren und abzugrenzen, auf die ich so unendlich wütend bin. Mit dem Wort „Gesellschaft" kann man alles so schön umfassen, aber ich will natürlich nicht wie ein hysterischer Gegen-Gott die ganze Menschheit ausrotten. Auch die Amokläufer spezialisieren sich auf etwas Bestimmtes, meistens auf den Arbeitsplatz, Schulen oder Kirchen. Ich nehme mir die Büchergilde vor, den Kreis der Verleger, Lektoren, Kulturveranstalter, auch der Schriftstellerkollegen, die mich respektlos behandelt haben, der Rundfunkredakteure, die nie Zeit für mich gefunden haben.

Gegen das Publikum bin ich nicht, und auch nicht gegen die Leser, die mein Buch überhaupt nicht in die Hände bekommen haben, weil es nie veröffentlicht worden ist.

Meine Bombe wird auch nicht alle gleich treffen, nur die Schuldigsten. Diejenigen, die aus Faulheit oder Zerstreutheit ihre E-Mails nicht überprüften und mir deshalb keine Antwort gaben, werden nicht getötet. Auch nicht die Frauen, die sich über mich beschwert haben. Ich bin zu großzügig und am Ende würde ich sie alle noch leben lassen. Die Hauptschuldige ist auf jeden Fall Frau Schaffner, meine Feindin, und an sie wird sich meine persönliche, allergrößte Rache richten. Aber auch die Verlage, die Verlage, die mich immer mit falschen Versprechungen oder Absagen gequält haben, müssen daran glauben. Ich werde zum Schrecken der Verlage werden.

„Geistig gestörte Autorin (und nicht in Amerika, sondern im zivilisierten Deutschland) wirft vier Bomben an einem Tag in verschiedenen Verlagen, wahrscheinlich aus Frustration, weil sie ihr Werk nicht veröffentlichen konnte."

Wie lächerlich! Die Zeitungen werden behaupten, dass ich wahnsinnig geworden bin. Stimmt es tatsächlich? Die Bomben oder wenigstens die Gedanken an sie machen schon Spaß.

Und hier geht eine Bombe hoch wegen Nicht-Förderung, und hier noch eine wegen versäumter Rückgabe der Manuskripte und noch eine Bombe wegen Nicht-Erfüllung des Vertrages.

Es waren aber vier und nicht drei. Brauche ich wirklich einen Psychologen? Ich bin die erste in der Familie, die wahnsinnig geworden ist. Zu viel gekämpft, gewusst und gesehen... Ich kann unmöglich so passiv und überlegen wie die Japanerin sein und sehen, wie sie mein Werk verbrennen oder missachten. Sie war besser als ich. Ich bin eitel, schwach und habe soviel Angst vor Schmerzen. Warum ist meine karmische Schwester in letzter Zeit unerreichbar? Vielleicht schämt sie sich meiner, weil sie viel besser als ich ist.

Und ich dachte am Anfang, ich hätte schon die Höhe erreicht und könnte mir sogar den Platz meiner nächsten Geburt aussuchen! Wie weit bin ich jetzt vom Ziel entfernt? Und wie viel werde ich jetzt lernen müssen? Ganz von vorne wieder anfangen... Ich habe keine Lust. Wie eintönig und nervig! Jetzt will ich nur eine Bombe gegen Verlage und Kultureinrichtungen werfen. Ich bin nicht mehr exotisch, sondern Angst einflössend, eine chinesisch-deutsche Terroristin.

Ob ich mich in meinem zukünftigen Leben daran erinnern werde, dass ich eines Tages wahnsinnig geworden bin, dass ich die Menschen und mich selbst nicht mehr lieben konnte? Hoffentlich nicht. Diesen uferlosen Wahnsinn, der zu keiner Klarheit und zu keinem Lösungsmodell führt, möchte ich von mir ganz weg haben.

„Alle Kulturveranstalter der Stadt X waren erschrocken und flüchteten vor der verwirrten Frau, Peony (Blumenname für eine Verrückte), die eine Bombe trug, um aus ungeklärten Gründen sich selbst und die anderen zu vernichten."

Pilar Baumeister

Zu der Autorin

Pilar Baumeister, 1948 in Barcelona, Spanien, geboren, lebt seit 1975 in Deutschland. Sie studierte deutsche, englische und russische Philologie. Seit 2006 leitet sie ein NRW-weites Projekt, Lesungen von AutorInnen mit Migrationshintergrund in deutscher Sprache.

www.pbaumeister-andreo.de

Veröffentlichungen (Auswahl):

„Die Erfindung des Erlebten", Essen, 2000

„Zwei Länder, die sich lieben", Geschichten aus Spanien und Deutschland, Bonn, 2006

„Lyrikbrücken, Zehn blinde Dichter aus zehn Ländern Europas", Berlin, 2009

„Wir schreiben Freitod", Schriftstellersuizide in vier Jahrhunderten, Frankfurt am Main, 2010

„Das Schiff Pardis für alle, auch für die Blinden", Bonn, 2011